W9-BNM-891

DATE DUE

11/23/19		

Eres mi paraíso

BARB CAPISCE

Si un amor cayó del cielo
no pregunto más
en mis sueños nunca pierdo
la oportunidad

Aunque a veces se equivoquen
no confundo más
voy a hacer que mis cenizas
vuelvan al papel

Siempre es hoy
ya es parte de mi ser
siempre es hoy
lo claro entre los dos
siempre es hoy
sos parte de mi ser
Quiero hacer
cosas imposibles

Mi pasión del porvenir
es la eternidad
no me hablen de esperanzas vagas
persigo realidad

Siempre es hoy
ya es parte de mi ser
siempre es hoy
lo claro entre los dos
siempre es hoy
sos parte de mi ser
Quiero hacer
cosas imposibles

Gustavo Cerati
Cosas imposibles

Título original: Eres mi paraíso

Fotografía: © Shutterstock
Diseño y maquetación: © Bárbara Sette
Diseño de tapa: © Stefanía Sanchez Rojo

Esta historia es pura ficción. Sus personajes no existen y las situaciones vividas son producto de la imaginación. Cualquier parecido con la realidad es coincidencia.

Las marcas y nombres pertenecen a sus respectivos dueños, nombrados sin ánimo de infringir ningún derecho sobre la propiedad en ellos.

Todos los derechos reservados. Queda rigurosamente prohibida, sin la autorización escrita y legal de los titulares del "Copyright", bajo las sanciones establecidas en las leyes, la reproducción parcial o total de esta obra por cualquier medio o procedimiento, incluidos la reprografía y el tratamiento informático, así como la distribución de ejemplares mediante alquiler o préstamo públicos.

1ª Edición, NOVIEMBRE 2013
ISBN-13: 978-149223848

ISBN-10: 1492923842

NORTHLAKE PUBLIC LIBRARY DIST
231 N. WOLF ROAD
NORTHLAKE IL 60164

Para Mapi,

Por no soltar mi mano

A Camila Speziale

a su familia

y a sus compañeros

GRACIAS TOTALES

᪥ᨸᨹᨸᨹ Capítulo 1 ᨸᨹᨸᨹ᪥

28 de diciembre

*Lufthansa anuncia la salida de su vuelo 534 con destino
a Caracas, Venezuela. Pasajeros abordar por la puerta C
con documentación y pasajes en la mano. Muchas gracias.*

Eric Artinian miró la enorme pantalla del Aeropuerto Internacional de Frankfurt y se mezcló con la marea de gente en el pasillo central en busca de la puerta C. El de Alemania, era uno de los aeropuertos más importantes y concurridos del mundo, pero también uno de los más eficientes. Y él, que había visitado casi todos, podía dar fe de ello. Ya había hecho el *check in* y despachado el único bolso que llevaba, así que sólo le restaba acceder y abordar.

En su camino a la puerta C podía distinguir aquellos que se dirigían a su mismo vuelo, ninguno trajeado, en su mayoría alemanes retirados, siguiendo la ruta del Sol sobre el Mar Caribe, escapando de la ola de frío polar que asolaba Europa.

Chocó contra alguien y pidió disculpas en inglés. Levantó la vista y se ubicó en la fila de acceso a la puerta C. Delante de él, una chica leía concentradísima. Avanzaba coordinada con el resto, pero sin levantar los ojos del libro. Desde donde estaba, su perfume lo envolvió, cítrico y dulzón, anticipando su destino: un paraíso de arenas blancas y agua cálida. No hubiera sido su primera opción para vacacionar, *pero bueno, es lo que hay*, pensó encogiéndose mentalmente de hombros. En su pantalón, uno de sus teléfonos vibró. Sacó el aparato, miró la procedencia y exhaló antes de atender.

—Hola, mamá —respondió en español y la chica delante suyo levantó la cabeza.

—*Eric, hijo. ¿Dónde estás?*

—En el aeropuerto.

—*¿Pero no vas a venir para año nuevo?*

—No, mamá.

—*Pero...*

—Mamá, ya hablamos de esto. No es la muerte de nadie que no esté en casa una fiesta —. La mujer enmudeció y él se restregó la cara. —Lo siento. No quise contestarte así.

—*Está bien, hijo. Es que vendrán tus hermanos, y...*

—Mamá, no estoy de joda, estoy trabajando. Te pido por favor, que entiendas. Tengo que embarcar. Te llamo mañana.

—*Está bien. Que Dios te proteja en el viaje.*

—Gracias, mamá.

—*Te quiero.*

—Y yo.

Cortó la comunicación y la chica de adelante enderezó la cabeza y volvió a inclinarla sobre el libro. ¿Lo había estado escuchando? Estuvo tentado de recriminarle que escuchar las conversaciones ajenas era de mala educación, cuando el teléfono de la oficina volvió a vibrar. Atendió en inglés.

—Elizabeth.

—*Señor Artinian, quería avisarle que ya confirmé su reservación en el hotel en Caracas y su vuelo a Los Roques a la mañana siguiente.*

—Perfecto.

—*Estoy esperando la confirmación de las posadas del lugar para su hospedaje, pero todas informaron que tenían su capacidad completa* —. La formalidad y el temblor en la voz de ella le dieron la pauta del miedo que tenía. Hacía dos meses que estaba en la oficina y era la quinta que despedía, porque la iba a despedir si no conseguía una maldita habitación en una maldita posada en esa maldita isla.

—¿Y cuál es tu sugerencia, entonces: ¿que pase mi estadía en una carpa? — Silencio. La chica debía estar guardando sus cosas en una caja.

—*Seguiré intentando, señor* —. Cortó la comunicación y se apretó el puente de la nariz.

Otra vez, la chica de adelante enderezó la cabeza y avanzó dos pasos con la espalda tensa. Sí, lo estaba escuchando y su tono autoritario, endurecido por el inglés, habría terminado de asustarla.

Ella llegó al puesto de recepción y un empleado de la aerolínea la recibió con una sonrisa. En perspectiva tuvo más chance de estudiarla: menuda, con una chaqueta de jean, pantalón ancho y zapatillas. Tenía una mochila y de su hombro colgaba un bolso de fotógrafo con la marca *Nikon*, bastante gastado. Mientras la atendían, dejó todo en el piso, y al inclinarse, la cinturilla rota de su pantalón, que pendía peligrosamente de su cadera, bajó para revelar parte de la piel de la espalda y el borde de encaje rojo de su ropa interior. Todo se ocultó detrás de una cortina lacia y pesada de cabello oscuro. Al ponerse de pie, a espaldas del empleado, distinguió su rostro a la perfección en el reflejo del metal pulido.

¿Qué plus tendría que pagarle al tipo de la aerolínea para que lo acomodara junto a ella? Cuando la muchacha se alejó, y lo miró por sobre el hombro, decidió arriesgarse.

❦❦❦

Vera Di Lorenzo acomodó su mochila por tercera vez en el compartimiento sobre su asiento, haciendo un esfuerzo en puntas de pie para ajustarla hasta el fondo. Un auxiliar de abordo la ayudó con eficacia y le agradeció en inglés. Miró un par de veces entre los pasajeros que ingresaban pero no avistó al muchacho que estaba en la fila de embarque tras de ella. Una pena.

Se metió en el asiento que le tocaba, 32K, lado derecho del fuselaje, ventanilla, y se puso a juguetear con la pantalla en el asiento de adelante. Mientras recorría el listado de películas, sintió una presencia al costado que llamó su atención. Todos sus sentidos se activaron y se quedó mirando al hombre con la boca abierta.

Mientras él chequeaba dos veces el número del asiento con el que figuraba en su pasaje, se desprendía de la chaqueta de cuero y develaba una camiseta de mangas largas blanca y celeste con la inscripción en blanco de *GREENPEACE*, que hacía juego con sus ojos. Vera hizo un esfuerzo para no saltar de alegría y disimular su sonrisa, aunque con su suerte, de seguro el avión se iría en picada, era el fin de sus días, pero como había sido bastante buena en su vida, Dios le había concedido la gracia de pasar sus últimos momentos con la reencarnación de James Dean.

Su voz, que acompañaba con justicia su presencia devastadora, reverberó en su pecho, como en la sala de embarque. Su acento no se distinguía tanto cuando hablaba en un inglés yanqui muy cerrado.

—¿Este asiento está ocupado?— Ella negó. Él hizo un gesto de agradecimiento con la cabeza, abrió el portaequipaje con rapidez, guardó su bolso de mano después de sacar un *IPad* blanco.

Al cerrar la portezuela, volvió a mirar el asiento e hizo una mueca de disgusto que deformó sus labios, pero aún así no afeó ni un poco su rostro ideal. Vera quiso desaparecer, quizás no se sentía tan afortunado como ella.

Mientras él se sentaba, se concentró en abrochar el cinturón, levantar la cortinita plástica de su ventanilla y recuperar su libro. Trató de retomar el pasaje donde había dejado la lectura, antes de ocuparse de escuchar sus dos conversaciones telefónicas. Su acento lo acusaba argentino y bien podía serlo: decían que los argentinos eran los hombres más lindos del mundo. Ella había tenido dos compañeros argentinos en la Universidad y parecían caídos del cielo. Pero lo que tenían de lindos lo tenían de creídos.

Con la vista hacia abajo, miró las manos que jugueteaban con la pantalla del *IPad*. No tenía anillo. ¿Sería alguna garantía de que fuera soltero? Se rió para sus adentros. Miraba sus mails. Quiso aguzar la vista para ver algo, pero sin zoom, era imposible. Él se estiró todo lo que pudo en el espacio reducido entre los asientos y volvió a resoplar fastidiado. Lo miró de reojo y se distrajo de nuevo con el *IPad,* admirando el aparato. Quería comprarse uno pero siempre lo postergaba. Él la miró y enarcó una ceja con expresión de niño presumido que iba a alardear de su juguete con el vecino pobre, en ese mismo instante. *Argentino.* Esbozó una media sonrisa y deslizó sus dedos largos a través de la pantalla táctil de alta definición, que mostraba aplicaciones diversas, juegos, videos, fotografías y documentos como si fuera un video instructivo de promoción de *Apple.* Por último, desplegó un índice de imágenes, con las portadas de cientos de libros, que iban apareciendo y desplazándose hacia un costado, develando más ejemplares de su biblioteca virtual. Ella alzó las cejas en

15

gesto de admiración, hasta que la auxiliar se acercó, y en un muy cordial inglés, murmuró:

—Señor, el Capitán acaba de solicitar que se apaguen los artefactos electrónicos hasta alcanzar altura crucero, ya que pueden afectar el despegue de la nave. —Vera se acomodó en su asiento sin mirar a su compañero, con una sonrisa resignada, y volvió a abrir el libro, donde su marca páginas había quedado. Él refunfuñó un poco mientras apagaba el dispositivo.

Cuando el avión se encaminaba a la pista, dejó el libro en su regazo y miró a través de la ventanilla las luces que rompían la oscuridad. Llegaría a Los Roques para pasar año nuevo con su padre.

Sólo por instinto, al sentir acelerar las turbinas, apoyó la espalda completa en el respaldo del asiento y se aferró a los apoyabrazos. Cuando la mano de su vecino tocó la suya, lo miró, sorprendida pero sin exagerar, por temor a que rompiera el contacto. Le palmeó dos veces el dorso de la mano, con confianza. Sonrió reforzando lo que el gesto le quiso transmitir. Sus ojos celestes intensos eran una réplica de su destino. Recordó el mar de su isla. Siempre había buscado con que comparar el cielo, el mar y la arena de ese enclave del Edén, embajada del cielo, Resort de Dios. Lo había encontrado. Los ojos de ese muchacho eran del mismo color, exacto, que el mar de Los Roques.

—¿Tienes miedo? — preguntó en inglés. ¿Qué le podía decir? Si y quedar como una tonta de 27 años. No y cortar la magia.

—Un poco — le respondió, encogiéndose de hombros, hundiéndose un poco entre ellos y arrugando la nariz. Él se rió y apretó su mano bajo la suya.

Se le aceleró el corazón y el estómago se le disolvió en un espiral caliente que bajó desde su ombligo. Inspiró y miró la mano que sostenía la suya, esos dedos suaves, largos, delicados, como pocas veces había visto. Su piel blanca contrastaba con la suya, un poco más oscura, y sus manos parecían una caricatura junto a las de él. *Manos de no hacer nada*, hubiera dicho su padre, mecánico de profesión, fotógrafo de alma. En el medio de ese mar de sensaciones, el vuelo despegó.

⚜

En cuanto el avión se enderezó y los avisos de mantener los cinturones abrochados se apagaron, la muchacha asustada sacó la mano del apoyabrazos. Todo el tiempo que duró el ascenso, ella se mantuvo con la espalda rígida contra el asiento, como si la fuerza de gravedad la obligara, y varias veces inspiró profundo. Su gesto fue caballeroso, pero tenía que reconocer que si su vecina hubiera sido *diferente*, no se hubiera preocupado. De seguro se habría clavado los audífonos en los oídos, sacado su anteojeras y aprovecharía el tiempo durmiendo. Pero por alguna razón que desconocía, asociada indisolublemente con su naturaleza *pirata*, no pudo evitar el contacto. Cuando ella lo rompió, agradeciendo con un susurro en inglés, él buscó de nuevo su *IPad* al costado de su asiento, despegó la cobertura plástica y lo encendió. Ella volvió a mirar la tableta y él no pudo resistir la tentación de entablar conversación. Lo orientó hacia ella con una mano.

—¿Quieres probarlo?

—No, gracias. De seguro lo romperé y tendré que pagar una fortuna que no tengo para reponerlo

17

—¿Segura? —lo movió delante suyo, como para tentarla. La pantalla del aparato parpadeó y el aviso de batería baja se encendió.¿Cómo era posible, si lo había cargado toda la noche? Sin darse cuenta, maldijo en español: —Batería de mierda.

—¿Perdón? — la palabra, en su mismo idioma, lo hizo girar la cabeza rápido, haciéndole crujir el tendón del cuello.

—¿Hablás español?

—Sí — él soltó aire aliviado y de inmediato extendió su mano derecha hacia ella, presentándose.

—¡Qué bueno! Soy Eric Artinian.

—Vera Di Lorenzo.

El apretón de manos duró un poco más de lo políticamente correcto, no es que se fuera a quejar. Su mano en la de él, encajaba a la perfección.

—¿A dónde vas?

—A Caracas — respondió ella subiendo una pierna al asiento y apoyando la espalda en el panel con ventanilla, acomodándose y tomando distancia. Eso lo desilusionó. No era que esperase que se sentara en sus piernas, pero…

—¿Vivís ahí?

—Ya no. Voy a pasar año nuevo a Los Roques. ¿Conoces? — él sonrió de costado.

No pudo evitar pasear la mirada por su cuerpo, en especial en la curva de su pecho. Se humedeció los labios y volvió rápido a su rostro. Tenía una belleza clásica, de esas que ya no se veían. No llevaba maquillaje y ver algunas imperfecciones en su piel, incluso algunas marcas alrededor de los ojos, le hicieron acordar a su hermana menor, que ya quería pasar por el quirófano porque tenía "líneas de expresión".

Para algunas mujeres, llegar a los treinta era pavoroso. Por suerte él era hombre, y hacía tres años ya había pasado ese escalón. ¿Cuántos años tendría? No le iba a quedar otra que esperar que ella se lo dijera.

—Yo también voy a Los Roques.

—¿De verdad? — ella se iluminó. —¿Dónde te vas a quedar?

—Todavía no lo sé, mi secretaria está buscando lugar, pero parece imposible.

—Sí, es una época complicada, mucha gente va a pasar fin de año a la isla.

—Como vos…

—¿Argentino?

—Sí.

—¿Porteño?

—Sí. ¿Conocés?

—Fui una vez para una producción. Hermosa ciudad. Hermoso país.

—¿Qué hacés?

—Soy fotógrafa. En esa época era asistente de un fotógrafo reconocido y viajábamos mucho. Ahora estoy tratando de trabajar por mi cuenta.

—Terreno complicado, ¿no?

—Un poco. ¿Y tú?

—Trabajo en una súper multinacional con dos asistentes y tres secretarias y no tengo ni un poco de ganas de hablar de trabajo esta noche ni en los próximos tres días. — Ella entrecerró los ojos, sin ánimo de creerle. —¿No me crees?

—Sí, seguro. ¿Por qué no?

—¿Qué podría ser, sino? —Ella desvió los ojos, de los suyos a su pecho, devolviéndole el favor. Eric se miró la remera y dejó escapar una carcajada.

—¿Activista de Greenpeace? —dijo ella con aire inocente, encogiéndose sobre los hombros.

—Ni ahí. Esta remera se la robé a mi hermana hace años. Siempre que viajo la uso, de cábala.

—Los argentinos son muy supersticiosos, dice mi papá.

—*Cabuleros* es la palabra. ¿Conoce a muchos argentinos tu papá?

—Bastantes, supongo. De todos tiene una característica y una opinión.

—No la mejor para nosotros.

—No te enojes. —Él levantó el apoyabrazos que los separaba y se acercó.

—No podría enojarme con vos.

La auxiliar apareció de nuevo, rompiendo el momento, empujando con dificultad pero con gracia, un carrito cargado de bebidas.

—¿Puedo ofrecerles algo para beber? — Vino tinto pidió Eric y Vera, jugo de naranja con hielo. Él se hizo de las bebidas y después de agradecer, quiso volver a concentrarse en su juego de preguntas. La auxiliar se inclinó para llamar su atención. —En un rato serviremos la cena. Puedo ofrecerles pollo, carne o pastas.

—¿Me permites? — dijo Vera haciendo un ademán para salir. Él se puso de pie y cuando ella se alejaba, extendió la mano y la detuvo.

—¿Qué querés comer? — masajeó con el pulgar su muñeca y buscó sentir su pulso. Ella entreabrió los labios pero no dijo una palabra, su mirada con un anhelo colgando de sus ojos, o eso quiso pensar. Movió apenas la mano para deshacerse de su agarre, pero acarició su palma con cada dedo, mientras se soltaba. La pregunta seguía siendo sobre la cena, pero cambió por completo de sentido en el camino de aire condensado sobre el que se deslizó la palabra.

—Carne... — de sus ojos pasó sin pudor a sus labios, y era una suerte que estuvieran en un avión superpoblado, sino… — Carne está bien para mí.

Se alejó despacio, tranquila, sin ningún contoneo espectacular ni despliegue seductor. Dio tres pasos, levantó una mano, soltó el broche y su cabello se desperdigó pesado sobre su espalda. Ese solo movimiento envió toda la sangre de su cuerpo, en un empujón, a su entrepierna. Se quedó ahí, parado, mirándola, hasta que la auxiliar vino a su rescate.

—Señor…

—Si… si, perdón. Carne para dos, por favor.

Aturdido, miró de nuevo donde Vera estaba parada, esperando su turno para el baño. Se derrumbó en el asiento y miró la oscuridad del otro lado de la ventanilla. En los ocho años que hacía que, por trabajo o por placer, viajaba por todo el mundo, en todas las líneas aéreas de primer nivel, había tenido sexo casual dos o tres veces abordo, en un baño o en primera clase, incluso había conocido auxiliares y empleadas, tenido sexo ocasional en algún hotel entre escala y escala, invitación a cenar a departamentos compartidos. Cuando la posibilidad se levantaba, él la aprovechaba, pero había algo fundamental e insoslayable: siempre era una cosa ocasional, del momento, rápido y furioso, sin posibilidad de continuidad.

Sin embargo, y a pesar de la opinión del amigo agrandado dentro de su pantalón, era una muy mala idea inclinarse por ese tipo de fantasía esa noche: él no podía evadir su destino en el Caribe, y ella tampoco, así que por su propio bien, y el de su breve estadía en Los Roques, haría un esfuerzo en posponer lo que fuera que estaba surgiendo, algunas horas más.

Con ese propósito, se bebió sin respirar el contenido de vino en su vaso plástico.

"Me quiero morir" fue la única frase que rebotaba en la cabeza de Vera con la velocidad y la fuerza de una pelota de racquetball. Tenía los ojos fijos en la puerta del baño, esperando su turno. No quería pensar en como podía volver a mirarlo a los ojos después del espectáculo en el pasillo, quedando en blanco a la sola pregunta de qué quería comer, como si le hubiera propuesto matrimonio. Si pedía que la cambiaran de asiento, ¿lo harían? *Si, claro, como si fueras a pedirlo,* dijo una vocecita en su interior.

En cuanto pudo entrar al baño, se miró al espejo con ansiedad, queriendo ver su imagen a los ojos del otro. Se enjuagó la boca y acomodó el cabello, trató de componerse, haciendo caras a su reflejo, distintas poses ensayadas para lo que seguía de conversación. El asunto era que, no era la primera vez que ligaba en un avión, pero en su vida había conocido un espécimen como Eric. Ese nombre. Y esos ojos. Debía estar soñando. Y encima iba a su isla, a pasar año nuevo. Si no había conseguido posada al llegar a Maiquetía, lo convencería para que se quedara con ella. El lugar de su padre no era VIP pero estaba frente a la playa, y eso valía. Se emocionó de nuevo, pensando en las posibilidades. Y se olvidó de las implicancias.

Como nunca, quiso que el viaje sobre el Atlántico terminara ya, para estar en tierra firme, y volver a volar y después… Suspiró y salió del baño.

Al llegar a su asiento, él estaba ahí, moviendo el vaso en su mano, colmado de su segunda vuelta de vino tinto, mientras en su mesita, el jugo esperaba. Puso la mano en su hombro y él movió la cabeza hacia atrás, con una sonrisa que entibio sus ojos. Se levantó y extendió la mano con gentileza, cediéndole el paso.

—Entonces… ¿dónde estábamos cuando nos interrumpieron? — preguntó antes de que terminara de acomodarse. Sonrió y repasó en su mente la conversación, sin éxito.

—No tengo idea. — Bebió sin dejar de mirarlo. Sus manos sostenían el vaso como si fuera de cristal y bebió a la par de ella.

El silencio no ayudaba a encontrar otro tema de conversación, incapaz de librarse del hechizo de sus ojos, y él debía ser muy consciente del efecto que producía en las mujeres, porque sostenía la mirada con una firmeza que pasmaba. Tampoco tuvo importancia hacerlo, porque llegó un primer carrito para reponer las bebidas. Eric apuró el vino sin desperdiciar una gota, para lograr una reposición. Hasta su garganta era sexy, moviéndose con cada trago. Enseguida llegaría la comida, por lo que ambos se enderezaron y prepararon las mesitas.

—Carne para dos — dijo la auxiliar. Él recibió la bandeja sin mirar, Vera si la miró. La mujer tenía la misma cara de embobada que ella. *El efecto del huracán Eric en el género femenino*, pensó. *Yo lo vi primero*, tuvo ganas de gritar, pero no le dio tiempo, cuando destrabó el freno del carrito y siguió repartiendo la cena. Se rió entre dientes y él la miró.

—¿Qué pasó? — Ella negó en silencio y él miró hacia atrás, desconcertado.

—La auxiliar te deja el teléfono en cualquier momento. — Él se encogió de hombros, con un gesto indescifrable.

La pregunta debió haber sido silenciosa, pero se descolgó de sus labios sin filtro:

—¿Qué dirá tu novia? —dijo moviendo la cabeza.

—¿Cuál de todas? —lo miró perpleja y él soltó una carcajada. Recostado, con el vaso de vino en la mano y esa risa, era abrumador.

—¿Cuántas tienes?

—Muchas.

—¿Alguna oficial? — él negó con la cabeza y ella cortó las verduras antes de meterse el tenedor en la boca, cargado de una variedad.

—¿Tenés novio? — ella también negó sin hablar, pero desviando la mirada. Tenía otras prioridades en ese momento: su profesión, su libertad. Su vida itinerante, cazando imágenes por el mundo la hacía feliz y no había conocido a nadie que le hiciera renunciar a ello.

La intensidad de su mirada le quemaba el cuello, pero se armó con toda la fuerza que encontró y pudo terminar la entrada sin volver el rostro.

—¿Amigos con beneficios? —ella se quedó inmóvil. Sintió la sangre calentarse y golpear contra las paredes de su rostro, encendiéndolo. En la periferia lo vio sonreír pecadoramente.

—No, —dijo con sequedad. *Todavía*, completo para sí.

৩৩৫ ৩৫৩

Eric estaba absorto. Podría pasarse la noche mirándola pero disfrutaría mucho más tenerla en un ámbito oscuro y solitario. En ese caso, el asiento de primera que había cambiado para poder sentarse con ella, hubiera sido mucho más cómodo. Pero por el momento, el sacrificio venía valiendo la pena. Ella se sonrojaba y él se encendía, estaba encaminado en el sendero de la seducción. A lo lejos veía los vestigios del naufragio de su voluntad de que no pasaría nada esa noche. En cuanto sacara la bandeja, la iba a arrinconar en ese metro cuadrado suspendido en el aire y se iba a comer esa boca de postre.

Mientras desempacaba su segundo plato, ella lo miró de costado y preguntó:

—¿No vas a comer?

—No me gusta la comida de avión.

—Falta mucho para llegar a tierra.

—Sobreviviré — Ella cortó un pedazo del lomo cubierto con una crema marrón, que por el brillo debía ser agridulce, en la que asomaban setas y champiñones. Cuando lo saboreó, hizo un ruido de placer que casi lo hace acabar.

—Delicioso — murmuró exageradamente, con los ojos cerrados y antes de abrirlos, la escena se interrumpió por el rugir de su estómago. El de él. Vera lo miró sorprendida y mientras él se relamía los labios, hambriento y excitado, ella no contuvo la risa. Se acomodó en el asiento, tocado en el orgullo.

—No le veo lo gracioso.

—Estás famélico — Eric puso los ojos en blanco con cara de asco y ella hizo lo impensado: cortó un pedazo pequeño, lo empapó de salsa y eligió las dos setas más grandes de su plato. Puso la mano izquierda bajo el bocado y lo acercó despacio a él, a un desconocido con el que había cruzado cincuenta palabras con suerte. —En verdad está rico. Ven, prueba.

Giró el cuerpo hacia ella, levantó una mano para sostener la suya con el tenedor, y sin decir una palabra, con la mano libre atrapó su nuca y la acercó para darle un beso que hizo que el avión a su alrededor explotara en mil pedazos. Quedaron solos, aislados, en el medio de la estratósfera.

Sus labios chocaron y se entreabrieron de inmediato. En efecto, la salsa era agridulce, pero deliciosos eran sus labios, tímidos en comparación a los suyos, aunque renuentes a separarse. Recorrió todo el contorno de su boca sin invadirla y su mano nunca ejerció más presión que la del principio, para acercarla. Se quedó quieto mientras respiraba agitado, enredado en su aliento, y ella se humedeció los labios, su lengua una invitación al pecado que no pudo resistir.

⚬⚬⚬

Su boca sabía a lo que debía saber la fruta prohibida. ¿Cómo iba a rehusarse Eva a semejante manjar? Cuando él se detuvo pero no se separó, Vera acarició sus labios con la lengua. El vino le impregnó los sentidos, los restos de alcohol golpearon directo a sus nervios, impulsándola a buscar más. Por eso no bebía, porque después le costaba detenerse. Él había tomado vino, ¿Cuál era su excusa? Quizás el jugo de naranja tenía Vodka. Cuando avanzó en su boca, él apretó su agarre en la nuca y cerró el puño sobre su pelo. Toda su voluntad, reducida a polvo, cayó pesada en la base de su estómago, que aullaba como un lobo a la luna.

Fue su lengua la que avanzó, cuando los labios de él cedieron y se abrieron para recibirla. Aumentó la presión y ella exploró hasta encontrar la suya. Se retrajo cuando estaba perdiendo el control, se asustó de su propia intensidad. Pero él no la dejó escapar. Sus dientes intervinieron, el dolor dio paso al placer y su lengua impregnada en uva dulce y alcohol, arremetió a la invitación silenciosa. Eric se apropió de su interior de la misma manera que con sus labios, avanzando y retrocediendo en un deslizar sinuoso sin separarse, aferrando su nuca y más dolor que daba paso a un preludio de pasión ardiente. *Madre de Dios, era un beso.* Se iba a derrumbar en sus brazos. Cuando él deslizó la mano de su nuca a su rostro, y la otra apareció para llegar a su mejilla, el roce recreó la sensación de perder densidad, de flotar y caer.

Entregada a ese beso, sin pudor ni razón, se dejó llevar, donde quisiera, cuando quisiera, y fue él quien cortó el contacto, retrocediendo la acción hasta volver a saborear sus labios y detenerse con besos ligeros, de una comisura a la otra, en toda su breve extensión. Apoyó la frente en la suya y exhaló. Su aliento la envolvió, como esos olores que se impregnan en el alma, se ganan una chapa en el altar de los recuerdos y resurgen cuando la memoria los invoca.

—Diría lo siento, pero estaría mintiendo. —Deslizó la cara apoyado en su mejilla hasta que sus labios llegaron a su oído. El susurro de su voz la hizo temblar —Nena, que manera de besar. Me vas a matar.

Cuando se separaron, su mano derecha seguía suspendida en el aire, a la altura de sus rostros. Eric miró el bocado y sonrió. Puso cara de sacrificado y lo engulló antes de que cayera al piso. Vera sintió que la sangre volvía a circular por su cuerpo después de haberse congregado en su vientre, una parte a incendiar su rostro en carmesí furioso y el resto a apagar el incendio desatado entre sus piernas. Él la iba a matar.

Mientras se acomodaba en el asiento e intentaba no parecer una colegiala, fracasando en el intento, él hizo una maniobra con su cuerpo y sin cerrar la mesita, se puso de pie. Inclinó toda su altura hasta llegar a ponerse frente a ella.

—Necesito ir al baño. No te escapes.

Dejó el tenedor vacío en su bandeja y se quedó así, rememorando las sensaciones del beso del siglo. Se tocó los labios y buscó con la punta de la lengua vestigios de su sabor. Antes de poder reiniciar sus sentidos, reapareció en toda su gloria, como una estrella de cine. Tenía el semblante relajado, estaba fresco, sonriente y con el cabello húmedo. Algunas gotas pendían de los mechones sobre su frente. No había tardado nada, o ella había vuelto a perder la noción del tiempo.

Se sentó a su lado y no podía sacarle los ojos de encima. *¿Y ahora cómo seguimos?* El estómago de él rugió otra vez y los dos rieron, pero ahora ella no se animó a darle de comer. Necesitaba recuperarse.

—Voy a tener que comer, sino esto — dijo señalando su estómago como si fuera un traidor — me va a cortar la inspiración toda la noche.

Vera rió entre dientes mientras volvía a su comida, que ya estaba fría. Eric deshizo con habilidad y rapidez el empaque y preparó un bocado idéntico al que ella había hecho. Sin aviso, reemplazó el que estaba llevando a su boca. La comida de él si estaba caliente. Terminaron su ración en silencio. Cuando dejó los cubiertos, ella lo miró satisfecha.

—Ves, no fue la muerte de nadie.

—Tengo que sacarte a comer afuera más seguido.

—Trata de que no sea ahora… — murmuró mirando a un costado la ventanilla donde se desplegaba la más absoluta oscuridad sobre el océano.

—En Argentina esto no se lo damos ni a los perros —. Ella resistió el impulso de poner los ojos en blanco. Si no era de fútbol, primero Maradona y ahora Messi, el tema de la supremacía nacional radicaba en la carne. Era una constante entre los hombres argentinos que había conocido. ¿Serían conscientes de que necesitaban renovar el discurso?

—Había más opciones.

—Vos querías carne — se miraron y sonrieron. ¿Estaban peleando?

Vera abrió el postre y parecía una porción de pastel de manzana. El de Eric era de chocolate. Su suerte estaba empezando a mostrar la hilacha. Cuando sus ojos se expandieron, incrédulos, él defendió la porción con su cuerpo. Ella estalló en risas que atrajeron de otros pasajeros.

—No voy a robar tu postre.

—Tus ojos no decían lo mismo.

—Podríamos compartir… —dijo ella queriendo sonar seductora. Él entrecerró los ojos.

—No tenés idea de lo que tendrías que darme por este manjar de los dioses —. Se inclinó hacia él, sacando toda la seducción que tenía que haber asimilado en años de novelas románticas. Susurró casi en su rostro.

—Pide… —esos ojos brillaron, el azul intenso de su mirada un mar de promesas, de éxtasis. Él volvió a atraparla con su boca y usó su cuerpo para empujarla de nuevo hacia su lugar. El postre de chocolate cayó sin orden en la bandeja y usó ambas manos para sostenerla, enredando los dedos en su pelo y descolgándose por su espalda. Sentía, calándole en los huesos, la decisión de que podía pedirle cualquier cosa y la seguridad de que, sin importarle nada, ella se lo daría. El problema es que, como nunca antes, también estaba dispuesta a darle su corazón.

ꙮ

Le costó separarse, esos labios eran adictivos, sentía que nunca tendría suficiente. Interrumpió el beso pero no se apartó, y se descubrió con ella en brazos y sus manos enredadas en su pelo. Se alejó un poco para mirarla y esperó que abriera los ojos. La imagen, que en otro lo hubiera hecho entrar en pánico, lo embriagó de una sensación desconocida. Ese beso había sido diferente al anterior, y no era como los que le gustaban, fuertes, apretados, rozando lo violento. Y aun así, le había volado la tapa de los sesos. Cuando recuperó la respiración, murmuró contra sus labios:

—Me convenciste. Mi postre es tuyo. — *y todo lo demás también*. La vocecita desconocida prendió un par de alarmas en su mente, que sofocó de inmediato aludiendo un estado puramente sexual. Su amigo allá abajo no era muy hábil tomando decisiones.

Vera se acomodó en su asiento con gesto de misión cumplida y sin pedir permiso, alcanzó el plato plástico y la cuchara. Eric la miraba desconcertado pero complacido, mutando ante sus ojos, de *femme fatale* a niñita con postre nuevo. Cortó con cuidado una punta del postre y extendió la cuchara hacia él, que negó con la cabeza.

—Las damas primero.

—Uno para ti. Uno para mí —. La inflexión en su voz lo hizo sonreír, desistir en la negativa y abrir la boca para recibir el bocado. No estaba mal. Ella repitió el ritual hasta que el postre desapareció. Al terminar, la vio pasar un dedo por los restos de salsa de chocolate y chuparlo con placer. Su miembro convulsionó ante la visión, reclamando la atención de esa boca.

Ahí estaba de nuevo: la niñita, en un parpadeo, era una musa de sexo que lo iba a enloquecer. La vio perderse en sus pensamientos, relamiendo ausente los restos de chocolate.

—¿Qué estás pensando?

—Así le daba de comer a mi hermano cuando era pequeño.

—¿Tenés hermanos?

—Sí. Dos. Gina es más grande y Mempo el más pequeño.

—¿Están en Los Roques?

—No. Mis padres se divorciaron hace años. Nosotros nos fuimos con mamá a Canadá y mi papá se fue a la isla. — Eric se quedó mirándola en silencio, una parte de su cerebro buscando un indicio de qué hacer frente a esas palabras, el otro hemisferio preocupado por la revelación de un padre en la Isla. Sus planes de sexo violento se enfriaron. Entonces ella preguntó: —¿Y tú?

—Los míos se matan pero no se divorcian. También tengo dos hermanos: Axel y Sabrina. También soy el del medio.

Antes de retomar la conversación, empezó el movimiento en los pasillos, para retirar los restos de cena. Las luces bajaron y el silencio fue abarcando toda la nave. Eric activó la pantalla frente a él y revisó la cartelera de películas y series que se ofrecían.

—¿Querés ver una película? O... —ella hizo un gesto inquisidor y él buscó alguna señal de lo que ella podría querer.

—Prefiero leer — respondió y sacó el libro de su bolso. Él se estiró para encender la luz sobre ella pero lo detuvo el clip de luz led que abrochó a la portada de su libro. Era bueno que pusiera un poco de distancia, sino quien sabe a dónde iban a parar, en complicidad con la oscuridad. Ella subió y cruzó las piernas en su asiento, apoyando los codos sobre las rodillas y el libro muy cerca de su rostro. ¿Estaría necesitando anteojos?

Tenía tantas preguntas en la mente para hacerle, qué música le gustaba, qué prefería fotografiar, cuál era su lugar favorito en el mundo, qué deportes practicaba. Si, muchas preguntas, pero el silencio y la oscuridad alrededor daban para otra cosa.

Inspiró, reclinó el respaldo de su asiento, se recostó y estiró todo lo que pudo las piernas, llegando bajo el asiento de adelante. Clavó el codo en el apoyabrazos y sostuvo la cabeza con una mano, ladeada al lado del pasillo. Era inevitable mirarla, no podía escapar a su visión. Cuando lo miró, él sonrió de costado y susurró.

—Ey —hizo un ademán con la cabeza para atraerla y ella respondió de inmediato, recostándose sobre su pecho y estirando las piernas sobre el asiento. Si, podría haber hecho mil cosas en esa posición, pero se forzó a mirar la película, intentar ser un caballero y limitarse a juguetear con su pelo mientras ella leía, hasta que la venció el sueño y al que, un rato después, él también sucumbió.

ೞೞ Capítulo 2 ೞೞ

29 de diciembre

Vera despertó con la espalda entumecida y las piernas acalambradas, pero con una sonrisa, al descubrir el pecho que usaba de almohada. Eric todavía dormía, mal acomodado.

Aprovechó para ir al baño y reparar su imagen. Se cepilló los dientes, cambió el suéter de lana para adecuarse al clima: se puso la parte de arriba de su bikini negra y sobre ella una camiseta holgada con breteles; pero como el aire acondicionado del avión mantenía el huso horario alemán, volvió a calzarse el suéter. Desenredó su cabello, se lavó la cara, usó el toilette y antes de salir se roció generosamente con su spray corporal de *Victoria's Secret*. Echó un último vistazo a su reflejo y salió del baño.

Maniobró sobre él sin tocarlo ni despertarlo y llegó a su asiento, exitosa. Lo contempló un rato mientras el amanecer llegaba al resto de los pasajeros y el murmullo alrededor iba incrementando. Perdería la oportunidad si no se daba prisa. Sacó su cámara del bolso de mano y apuntó con el teleobjetivo: su rostro, sus manos, su cuello, sus piernas estiradas. Uso el zoom digital para captar cada detalle de su piel. Sus pestañas largas, que no destacaban por lo rubias, sus cejas tupidas. Contó 50 fotos en un parpadeo.

Se recostó para revisarlas una por una y recortar planos. El condenado era hermoso. Sacó los ojos de la pantalla y miró al modelo dormido. Sus gloriosos ojos se abrieron y cerraron varias veces, reubicándose en tiempo y espacio, acostumbrándose a la luz. Se incorporó y desperezó con los brazos hacia el techo.

NORTHLAKE PUBLIC LIBRARY DIST
231 N. WOLF ROAD
NORTH

—¿Ya llegamos?

—Falta, pero están por servir el desayuno.

—¿Qué hora es? — preguntó para él mismo, sacando el *iPhone* del bolsillo. Desbloqueó la pantalla y arrugó la frente. —Son las ocho.

Él tomó su turno para ir al baño y el tiempo pasó rápido, entre su regreso, el desayuno, la gente preparándose y la ansiedad general, hasta que llegó el anuncio del arribo al Aeropuerto Internacional Simón Bolívar. Sobrevivieron indemnes 8208 kilómetros, con la muda promesa de continuar lo que habían empezado a los besos en el cielo, en ese pedazo de paraíso clavado en el mar.

Todo se sucedió mecánicamente cuando empezó el descenso: cerrar las mesitas, enderezar los asientos, abrochar los cinturones.

Vera miró por la ventanilla, desde donde ya se podía ver la costa venezolana, las construcciones cercanas al aeropuerto y el cordón montañoso que separaba Caracas de La Guaira. Buscó el apoyabrazos pero estaba ocupado. Eric extendió su mano abierta hacia arriba y sonrió, apoyó la suya, entrelazando sus dedos, e inspiró profundo dentro de una burbuja. Su relato de esa noche podía empezar con "había una vez...", un cuento de hadas soñado. No se atrevió a pensar en el final.

El aterrizaje fue perfecto. Hubo algunos aplausos y al detenerse por completo la nave, la gente se puso de pie, algunos más apurados que otros. Eric se levantó y se encargó de bajar el equipaje de ambos, esperando la chance de meterse en la fila. Estiró la mano y la ayudó a pararse delante de él.

Mientras esperaban avanzar, Vera se quitó el suéter y lo guardó, junto a la chaqueta, en su mochila. Sintió el aura de calor que se acercó a su espalda, la voz que susurró en su oído y una mano deslizándose en la frontera entre la piel y el encaje de su ropa interior expuesta.

—Tengo que encontrar la manera de darle las gracias a esto — dijo enganchando el encaje con un dedo, y soltándolo, un latigazo sensual directo a su columna. — Y me explota la cabeza de sólo imaginarlo.

Vera se estremeció y pegó la espalda al pecho de Eric. La fila avanzó y lo que se había desatado, ya no habría manera de detenerlo. Esa promesa se arrastró con ellos mientras descendían del avión.

⚬ஒ ஒ⚬

Pasaron por las ventanillas de control de documentación de migraciones y después retiraron su equipaje. Conversaron poco, algo del clima, nada trascendente. Él había logrado chequear sus emails y mensajes con el ceño fruncido. La tensión en ella crecía a medida que se acercaban a la salida del control de aduana. Al salir, Vera enfrentó a Eric con gesto serio.

—Escucha. No quiero que te sientas presionado a quedarte conmigo en la isla. Son tus vacaciones y no quiero que pierdas tu tranquilidad y privacidad.

—¿Y a qué viene ese planteo? — preguntó divertido. Vera puso los ojos en blanco. —No tengo problemas en que invadas mi privacidad si vos me dejás invadir la tuya.

—No me entiendes.

—Tengo una reservación en el hotel de Caracas. Si querés vamos para allá y me lo explicás mejor —Su sonrisa seductora era irresistible, pero había más cosas que ella tenía que poner en la balanza.

—Tengo reserva para volar en… — miró el reloj en su teléfono y sonrió — diez minutos.

—OH — dijo él desilusionado — Mi secretaria dijo que los extranjeros deben pasar una noche en Caracas antes de poder volar a Los Roques.

—¿Y eso? Nunca lo escuché.

—Quizás porque no sos extranjera.

—¿Y dónde vas a quedarte? — levantó las cejas y sacó el teléfono de su pantalón. Marcó un par de teclas y esperó en la línea a que atendieran.

—Elizabeth. Buenos días. ¿Alguna novedad? — dijo en inglés. Escuchó lo que Elizabeth decía, inspiró como si buscara calmarse y extendió una mano para tomar la de ella. Inspeccionó sus uñas y acarició cada dedo mientras escuchaba. Cuando abrió la boca para contestar, ella lo miró significativamente para que contuviera su temperamento. —Muy bien, no te preocupes. Ya lo tengo solucionado. Que tengas un feliz año nuevo.

Cortó sin esperar respuesta e hizo una mueca de fastidio.

—No consiguió alojamiento.

—Bueno… — dijo Vera en un susurro — mi padre está guardando una habitación para mí en su posada. Si quieres…

—No quiero importunar. Además de tus vacaciones, estarás con tu padre…

—Le diré que eres un amigo, te quedarás en mi habitación y yo…

—¿No se te ocurre algo mejor que inventar? — ella se restregó la cara y se encontraba en la encrucijada de su vida: Analizarlo demasiado le hacía sentir que estaba perdiendo "la" oportunidad de conocerlo, en el más bíblico sentido de la palabra. Pero también se arriesgaba a ser usada, en su más amplio significado. Ella era la que tenía el alojamiento, la posibilidad de viajar de inmediato. ¿Y él? Podía empezar a sacar la lista. ¿Cuáles eran las chances de volver a tener una oportunidad así? Ella no tenía ese tipo de suerte. Arrojó a un costado sus prejuicios y sonrió.

—Vamos. El sector de avionetas es por acá.

Corrieron por el pasillo de tramado colorido al sector de embarque nacional y llegaron a un mostrador atendido por una muchacha morena, que saltó de su asiento en cuanto la vio llegar.

—¡Surinai!

—¡Vera! Te estábamos esperando. — abandonó el mostrador y se abrazaron. Eric se quedó dos pasos atrás. Surinai lo miró de arriba abajo apoyada en el hombro de su amiga. — ¿Y este chamo?

—Después te cuento — se alejaron hasta el mostrador enganchadas del brazo.

—¿Cómo estuvo tu vuelo? ¿Recién llegas? Mi papá estaba demorando la salida para ti.

—Si, acabamos de llegar.

—¿Viene contigo?

—Si, Surinai.

—Quiero que me lo cuentes todo, ¿entiendes?

—Ahora no. ¿Hay lugar para viajar los dos?

—Tengo una pareja esperando, y otra que no ha llegado todavía — Surinai miró a la pareja europea que estaba sentada sobre su equipaje con los ojos clavados en ellas.

—¿Hay una norma que dice que los extranjeros no pueden viajar el mismo día que llegan y tienen que pasar una noche en hotel?

—Sí. Pero con uno de Washington se arregla enseguida. — Vera entrecerró los ojos y Surinai se rió a carcajadas — A ti y a tu bombón no les voy a cobrar.

—Pero te vas a perder lo de ellos…

—No te preocupes, saldrán después…— Vera le hizo un gesto a Eric para que se acercase y cuando llegó, los presentó.

—Eric, ella es Surinai, la hija del capitán del vuelo que vamos a tomar. Te dejo para que arregles la documentación, yo voy a ir al baño. — Él asintió y Vera le echó una mirada de advertencia a su amiga. La morena levantó las manos fingiendo inocencia. Se alejó a una puerta en la pared de enfrente.

Escondida en el baño, sacó su teléfono y marcó el número de la posada de su padre.

—*Posada Tonino*

—Betzabel, soy Vera

—*¡Vera! ¿Ya llegaste?*

—Sí, estoy por abordar la avioneta. Necesito hablar con tu mamá, ¿está?

—*No, fue a buscar las langostas para esta noche. Las haremos en tu honor. ¿Qué pasó?*

—Necesito hablar con ella.

—*Mira, hablando del Rey de Roma…*

—Pásame con ella. — El teléfono pasó de manos en un tris y Carmen, que oficiaba de cocinera en la posada, habló con voz emocionada.

—*¡Vera!*

—Hola, Carmen. Escucha. Estoy en Maiquetía por abordar la avioneta del tío Pepe. Necesito pedirte un favor.

—*El que quieras, mija.*

—Estoy llegando a la isla — inspiró y exhaló las palabras — con alguien.

—*¿Vienes con Mempo?* — ella seguía guardando la esperanza de que algún día pudiera viajar su hermano. Tendría que pasar por el cadáver de su madre primero.

—No... no — el silencio se extendió entre ambas y Vera miró escudada en la puerta como Eric conversaba animado con Surinai. Una llamarada le subió por la garganta y los celos la arrebataron como el sol del mediodía. Impulsada por la visión, salió del baño murmurando al teléfono — Voy con un muchacho. Se va a quedar conmigo en la posada. Anticípale a mi papá para que no le caiga de sorpresa.

—*Despreocúpate. Hablaré con él y lo acompañaré a la pista. ¡Qué emoción, mija!*

—Me tengo que ir. Nos vemos luego. — Cerró el teléfono camino al mostrador.

⚜ ⚜

Eric estaba apabullado por la catarata de preguntas de la chica de la aerolínea. Indagaba con insistencia sobre el inicio y evolución de la relación y no tenía idea de que decir. Era hábil mintiendo, rápido y creativo, pero Vera era quien debía tomar las riendas de esa mentira, después de todo era ella quien tenía más que arriesgar ante esa gente

—¿Y cuánto hace que están viéndose?

—Soy un hombre — dijo encogiéndose de hombros — soy malísimo para las fechas.

—¿Meses? ¿Semanas? ¿Años? — *prueba horas,* completó en su mente.

—¿Querés la tarjeta de crédito para abonar los pasajes?

39

—El pasaje de Vera ya está pago y...

—Bajo ningún concepto. —Sacó su tarjeta de crédito corporativa y la extendió sobre el mostrador.

La muchacha la miró y abrió la boca al tomarla con dos dedos. Negra con la inscripción dorada, así sola era llamativa, pero la de los gerentes era de aleación de titanio, no del plástico tradicional. Reprimió la sonrisa. Había visto esa expresión muchas veces en los últimos dos años. Trataba de no usarla mucho, por la expresión y por el control que había sobre esas cuentas, pero quiso darse ese gusto e impresionar a la amiga de Vera esperando que, tal vez, la información llegara a la chica objeto de su deseo.

Como conjurada, se acercó desde el baño y apoyó ambos brazos en el mostrador alto. Ante la mirada atónita de una, e indescifrable de la otra, esperó que pasara la tarjeta por el posnet y la recibió junto al voucher impreso. Firmó bajo la atenta mirada de las mujeres y se dedicó a completar sus datos en una tarjeta similar a la de migraciones. Un momento después, un hombre alto con uniforme de piloto, se acercó hasta el mostrador.

—¡Vera! — la aludida saltó y se arrojó a los brazos del hombre, como si fuera su padre.

—Perdón la demora, ya estamos listos para abordar — de la frase, la palabra "estamos" debió hacerle ruido, para sacarse los anteojos y enfocar la mirada en él. Vera hizo una mueca y el hombre miró a Eric de arriba abajo. Fue él quien extendió la mano para saludar y presentarse.

—Buenos días, señor. Mi nombre es Eric Artinian.

—Buenas tardes.

—Eric viene conmigo.

—Tu papá no me dijo nada. —Ella se encogió de hombros y puso cara de circunstancia. Él la miró como si la fuera a castigar.

—Vamos... — se inclinó para levantar el equipaje de Vera, la escoltó y los condujo por una puerta para acceder a la pista donde los aguardaba la avioneta.

—Es un Cessna 402 bimotor — dijo levantándose los anteojos y apoyando una mano en el fuselaje blanco de la nave. A un costado, el piloto sonrió.

—¿Sabes de aviones?

—Algo... — Vera se acercó al muchacho que acomodaba el equipaje y le entregó los bolsos, en tanto Eric se enfrascaba con el piloto en una conversación técnica que lo hizo lucirse. Pero su intención era impresionar a la chica que estaba lejos para escucharlo, en el extremo opuesto de la avioneta. Cuando se reencontraron en la escalerilla, el piloto había cambiado su actitud hostil por otra más agradable.

—Puedes viajar en la cabina con nosotros... — Vera abrió la boca sorprendida y Eric se volvió a calzar los anteojos.

—Me encantaría, pero Vera le teme bastante a los despegues... preferiría acompañarla...

—¿Vera temerle a los aviones? ¡Qué va! ¡Si vuela sola desde los 10 años! — Eric frunció el ceño y la miró por encima de los cristales oscuros. Vera no escondió una sonrisa cómplice y se encogió de hombros. *Mujeres.* Subieron juntos al avión y ella se acomodó en su asiento.

—Vé a la cabina. El aterrizaje desde ahí es impresionante.

—¿Estás segura? ¿No vas a sufrir un ataque de pánico en mi ausencia?

—Haré un esfuerzo. — Por puro impulso, se inclinó sobre ella y besó sus labios con rapidez. No miró atrás cuando se alejó, incapaz de ponerle demasiada razón a lo que sucedía entre ellos.

Había tomado la decisión de vivir y disfrutar el momento y que pasara lo que pasara.

Esa chica activaba en él sensaciones que sólo la velocidad de los deportes que practicaba, desparramaban en su sangre: adrenalina, adicción, vértigo, un toque de irresponsabilidad. Para una persona tan analítica y cerebral como él, conducir, esquiar, correr, lo ponían en un estado de euforia irracional que lo desconectaba de su mundo de negocios. Y ella surtía el mismo efecto embriagador, apenas con respirar a su lado.

Se acomodó en el pequeño asiento detrás del piloto y siguió las instancias del vuelo con una cuota de excitación, aunque no era la primera vez que lo vivía. Su estado respondía a la incógnita y la promesa que lo esperaba a 88 millas náuticas que estaban a punto de cruzar por aire.

El vuelo fue breve y plácido. Cuando quiso levantarse para ir a ver como estaba Vera, ya iban a aterrizar. De pie, desde la cabina, la vio concentrada en la ventanilla, cámara en mano. ¿Qué podía hacer para devolverle... todo? En definitiva estaba en un avión y rumbo a una posada que su secretaria, a quien le pagaba por ello, no había logrado conseguir. Era atenta, divertida y le daba espacio. ¿Cuánto duraría eso? ¿Hasta el matrimonio? Se rió solo y la imagen de la isla, recortándose en el horizonte ante ellos, ese mar virgen salpicado en grumos de arena y coral como sólo Dios podía lograr, le apretó el pecho hasta cortarle la respiración.

Sentado y sujeto con el cinturón de seguridad, se elevó un poco para disfrutar la panorámica única, que le ofrecía la cabina de mando, de la Isla Gran Roque.

La avioneta carreteó y se ubicó cerca del hangar. Vera esperó en su asiento a que descendiera el último pasajero y se encontró con Eric en la entrada, mientras se acomodaba los anteojos oscuros y su piel destellaba oleosa. Él bajó primero por la escalerilla de cuatro peldaños y le tendió la mano para ayudarla. La sonrisa emocionada de ella era cálida como el sol que quemaba en el centro del cielo.

Cuando miró a sus espaldas, no necesitó presentaciones para ubicar al señor Di Lorenzo, de brazos cruzados y gesto serio. Vera saltó a la pista y salió corriendo a su encuentro. A su lado una mujer más baja y de tez oscura se unió a ellos y después de un fuerte abrazo, le colocó un sombrero rústico de ala ancha. Buscando demorar las presentaciones, y quizás darle margen para ponerle marco a la relación, esperó a que todos los pasajeros tuvieran su equipaje y recogió los bolsos de ambos.

—Papá, él es Eric.

—El joven del que nunca me hablaste... — dijo el hombre con sarcasmo. Eric soltó el bolso y extendió la mano, pero la mujer que lo acompañaba se adelantó para saludarlo, evitando un desaire.

—Bienvenido a Los Roques, Eric. Yo soy Carmen. — El padre de Vera lo saludó con un gesto de la cabeza, levantó el bolso de su hija y se adelantó con ella bajo su brazo para pagar el tributo de visita a la isla.

El lugar le quitó la respiración. Mientras caminaban rumbo a la posada, estaba absorto con la belleza del mar y la blancura de la arena. Había niños correteando por la playa y gente disfrutando bajo las sombrillas y en el agua. Carmen era una guía experta que le contó desde la historia y paisaje de la isla y sus adyacencias, todas las cosas que podía hacer —y de todo, lo relacionado con el surf fue lo que más lo atrapó— las actividades nocturnas en las posadas céntricas, que habría una linda fiesta para año nuevo en la Plaza principal y algunas recomendaciones básicas a las que ya no le prestó mucha atención excepto al uso racional del agua, aunque ellos en la posada contaban con su propia mini planta potabilizadora.

El paseo fue largo pero lo disfrutó de principio a fin. Debieron rodear un arreglo de sillas y mesas junto a una construcción blanca que Carmen identificó como la Iglesia de la Isla. Habría un casamiento allí al atardecer.

Por fin llegaron a la Posada. En la puerta de la casona, pintada en colores cálidos que se fundían con el paisaje, dos muchachas de piel tostada aguardaban expectantes y salieron corriendo al encuentro de Vera, que las imitó y encontró a medio camino. Se abrazaron y gritaron como criaturas emocionadas.

Cuando llegó junto a ellas, las tres enmudecieron; Carmen pasó por al lado para entrar, meneando la cabeza y reprimiendo una sonrisa.

—Hola, Eric — dijo la más joven, acercándose para saludarlo. Por costumbre, él se inclinó para darle un beso y la muchacha quedó como en trance. Se arrepintió casi de inmediato. En algunos países no se acostumbraba tanto el beso entre desconocidos, en eso los porteños eran mucho más distendidos. Vera se acercó e hizo las presentaciones.

—Eric, ella es Betzabel y ella, Carmen Cecilia, pero le decimos Chechy. Son las hijas de Carmen y viven en la posada también.

—Mucho gusto.

—Vamos. El almuerzo ya está listo y esperando.

Recibió indicaciones de donde estaban los lugares de la posada, la cocina, sala de estar y de televisión, hasta que, al final del pasillo, llegaron a la habitación.

—Tu papá te reservó la suite matrimonial. Sólo lo mejor para la hija pródiga —dijo Betzabel queriendo susurrarle a Vera, pero su voz aguda y su risa contagiosa, imposible de disimular. Le dio un beso a Vera y lo saludó con la mano después de abrir la puerta de par en par, dejándolos solos en el umbral. Desde atrás, Eric se inclinó sobre ella y habló despacio a su oído.

—¿Querés que te entre en brazos? — ella se movió como si le hubiera pegado un latigazo. Dio dos pasos rápidos y estuvo de inmediato en el medio de la habitación. Eric tomó los bolsos con ambas manos y la siguió riendo entre dientes.

La cama dominaba el ambiente, con un acolchado blanco y grandes almohadas. Un mosquitero caía elegante cubriéndola casi por completo. Había dos ventiladores, uno de pie y otro en el techo, que pendía de la viga principal, sobre los pies de la cama. No había televisión ni teléfono, y al inspeccionar el baño, de corte moderno y minimalista, descubrió que no tenía bañera pero si ducha escocesa.

—Bueno… — dijo Vera con un toque nervioso en la voz. —Te dejo para que te refresques tranquilo. Si quieres después de comer podemos ir a recorrer la playa, salvo que quieras tomar una siesta y hacerlo al atardecer…

Se colgó el bolso de nuevo en el hombro y se disponía a salir cuando él la detuvo de un brazo, sorprendido.

—¿A dónde vas?

—Voy… voy… voy a… voy a llevarle a las muchachas unos regalos que les traje…

—¿Ahora?

—Si, si… sino me van a volver loca toda la tarde. Mejor ahora y les monto una historia rápida así no te incomodan en el almuerzo y…— Eric, sin soltarla, desenganchó el bolso de su hombro, que cayó pesado al suelo, y la arrinconó contra la pared más cercana.

—¿Y qué historia les vas a montar?

—No sé… — la voz le tembló, mientras él subía la mano por un brazo, erizando la piel a su contacto y sonrió por todas esas reacciones, complacido. Ella tenía la vista fija en su cuello, ahí llegaban sus ojos, la altura perfecta para una mujer, según su manual.

—¿Y entonces?

—No me dejas pensar… — dijo en una exhalación resignada.

࿐ ❦ ❦ ࿐

No puedo pensar. No debo pensar.

Desde que había bajado del avión en Maiquetía, todo había pasado tan rápido, que no tuvo tiempo de pensar cómo enfrentar ese momento. Podría haber sido tan espontáneo como los dos besos que compartieron en el avión, pero el lugar ya tenía otras implicaciones, y no es que tampoco se iba a poner en loca puritana, pero la cabeza le iba a explotar, no sin antes entrar en combustión con cada traza que la mano de Eric dejaba sobre su piel. Él inclinó la cabeza hasta su rostro, que parecía estaqueado, con los ojos fijos en su garganta, y el roce de su mejilla contra su piel, sacó chispas que le incendiaron los nervios, que lejos de enviar la electricidad a su cerebro, fueron directo a su sexo. Apretó las piernas e inhaló con fuerza.

—No pensés — susurró en su oído, y se echó un poco para atrás buscando sus labios. Le facilitó la tarea, levantando el rostro y acercándose a su boca, guiada por un imán. Se aferró a la cintura de su pantalón y lo atrajo a ella, y las manos de él la imitaron, escabulléndose dentro de su jean, ancho a su antojo, enganchando los pulgares en el encaje de su ropa interior y sus manos amoldándose y hundiéndose en la curva de su trasero.

El beso que se iniciaba tímido, tomó ribetes pasionales. Él gimió contra su boca antes de devorar sus labios otra vez. Ella se rindió en silencio con los ojos cerrados, sintiéndolo a través de la ropa cobrar vida y apretarla contra su ingle, haciéndola estremecer y desear con todas sus fuerzas que la tela desapareciera como por arte de magia. Pero de magia, poco y nada en esos mares. La puerta retumbó estridente con tres golpes y Eric se apartó casi hasta la pared opuesta. Se sostuvo como pudo y trató de orientarse para encontrar el origen del ruido.

—¿Quién es? — preguntó ahogada y carraspeó para aclararse la garganta y repetir.

—Vamos a comer —dijo la voz de su padre con innegable fastidio. Vera apoyó la frente en la pared y levantó el bolso que estaba a sus pies. Se acercó a la puerta y desde ahí le hablo a Eric sin mirar atrás, intentando disimular lo que debía ser un espectáculo de fuegos artificiales rojos en sus mejillas.

—Refréscate y cámbiate con ropa ligera. Prepara el traje de baño. Después de comer te llevo a la playa.

—Sí, mamá — dijo él divertido y recién entonces se dio cuenta del tono autoritario que había adoptado. ¿Desde cuándo era así de mandona?

—Ponte protector solar. El sol esta bravo a esta hora —. No lo dejó contestar; abandonó la habitación y cerró la puerta, para cruzar la posada al extremo opuesto, a la habitación donde dormían Chechy y Betzabel.

Hasta allí la siguieron las dos cuando la vieron pasar.

Dejó el bolso en una de las camas y lo abrió para sacar las bolsas con los pedidos que traía a sus amigas, de *Victoria's Secret* y *Sears*. Además había traído una cámara digital para cada una de regalo de navidad y un libro de cocina mediterránea para Carmen.

—¿Qué haces aquí?

—Mejor les dejo los regalos ahora, sino después…

—¿Y no te cambiaste? Cuéntanos todo… ¡Ya! ¿Quién es él? ¿Qué hace? ¿Cuántos años tiene? ¿Dónde vive? — Vera se quedó en blanco mirando a las dos muchachas, desesperadas y curiosas, sin una respuesta que darles. Ella tampoco conocía esos detalles de la vida de Eric. Volvió a ponerse roja como un tomate. Carmen entró a la habitación sin golpear y las miró con los labios apretados.

—Dejen a Vera en paz. Parece mentira. Gente grande. Ella no tiene obligación de estarles contando nada. Si la siguen acosando, las mando a pelar papas.

—Ya están todas peladas — dijo Betzabel y le sacó la lengua a su madre.

—Feliz Navidad, Carmen — Vera le alcanzó el libro y le dio un abrazo en agradecimiento.

—¡Qué lindo! Lo bien que me viene para variar el menú de la posada.

—Había uno de cocina inglesa, pero no se si vienen muchos.

—Todo suma, mija. Gracias.

—¿Vas a contar o no? — inquirió Chechy, cuando Vera volvía sobre el bolso.

—¿Dónde lo conociste? ¿Cuánto hace que salen? ¿Son las primeras vacaciones que pasan juntos? — Vera arqueó una ceja y sonrió. Mientras sacaba la parte inferior de su bikini y un short de jean y se cambiaba sentada, habló…

—Nos conocimos en viaje. Él viaja mucho por su trabajo y yo también. No hace mucho que nos conocemos, menos que salimos. Nos encontramos cuando coincidimos en algún lugar… todo muy virtual: Skype, Facebook…

—¿Y se matan a besos en el avión, verdad? — Vera miró a Betzabel con los ojos muy abiertos.

—Esos encuentros deben ser para filmarse… — se rió Chechy mientras Carmen dejaba un beso en la frente de Vera y salía.

—Apúrense las tres que tu papá está nervioso y no queremos que se encabrone con el muchacho.

—El tipo está para comérselo y chuparse los dedos. ¿Cómo nunca nos contaste? — Vera se encogió de hombros y cambió sus zapatillas por sandalias de playa. — ¿Tiene un hermano?

—Sí, uno más grande — y maldita su memoria, no se acordaba el nombre.

—Bueno, hermana, que presente —, dijo Betzabel poniéndose de pie y contoneándose.

—Tú tienes novio, así que si a alguien le toca, el hermano o cualquier pariente de ese dios argentino, es a mí.

—Es verdad, es argentino, esa tonadita. ¿Te dice Che cuando te hace el amor?

—Basta, Betza, no voy a hablar de mi intimidad con Eric…

—Claro, egoísta, te estás comiendo el bombón del año y te lo quieres guardar todito para ti. — Resopló fastidiada y sacó de nuevo el protector solar. Ya se había puesto en la avioneta, aburrida por no estar con Eric, y volvió a ponerse en todo el cuerpo. Preparó un bolso con una toalla, su libro, el protector; se calzó los anteojos oscuros sobre la cabeza y salió de la habitación.

—¿Qué? ¿Vas a dejar tu bolso aquí? — preguntó Betzabel sorprendida. Sin decir una palabra, Vera volvió, lo levantó sin cerrar y caminó rápido hasta la habitación que compartiría con Eric... en algún momento.

Golpeó con suavidad la puerta pero nadie contestó. Dejó su bolso a un costado de la cama, junto al de Eric y sacó de su bolso de fotógrafo, la cámara más pequeña, que utilizaba para tomas bajo el agua, y el estuche submarino. Verificó la batería y guardó todo en su bolso de playa. Cerró la habitación y fue directo a la cocina.

Eric ya estaba sentado junto a su padre, mientras las tres mujeres revoloteaban a su alrededor. La comida consistía en ensaladas y frutos del mar. El muchacho respondía con una sonrisa a las preguntas de ellas, en tanto su padre, de semblante serio, tenía la mirada clavada en la puerta por la que entró. Eric se puso de pie en cuanto la vio llegar. Sin volver a mirar a su padre, dejó el bolso en el desayunador y se sentó junto al muchacho. Tenía una camiseta celeste con vivos azules y un escudo al frente con dos estrellas, bermudas de playa multicolor y sandalias.

—Espero que te guste la comida de mar. Es nuestra especialidad.

—Por supuesto... —dijo él con total sinceridad. Todas lo miraban como si, en efecto, fuera un dios mitológico reencarnado. La mesa se cubrió de silencio porque todos esperaban lo mismo: el interrogatorio del padre. Pero Tonino nunca habló, sin embargo era evidente que no perdía detalle de cada movimiento del joven. La conversación rondó lo habitual, el viaje, como estaban sus hermanos, su madre, su trabajo. Eric la escuchaba con atención, aunque disimulando que todo lo que ella contaba era un misterio para él. Y él seguía siendo un misterio para ella, hasta que Carmen no pudo con su genio, y lo empezó a indagar.

—Entonces, Eric... ya sabemos que eres argentino. ¿De Buenos Aires? —allí empezó la catarata de preguntas, sobre su familia, su domicilio, sus gustos en comida, bebidas y postres, hasta su equipo favorito de fútbol.

—Sí. Pero vivo en Estados Unidos.

—¡Ah, sí! ¿Por trabajo?

—Sí. —Fue entonces que intervino su padre.

—¿Y de qué trabajas? —Vera no pudo evitar mirarlo para conocer su respuesta. Lo vio tensarse apenas, no muy segura si porque la pregunta era del otro hombre de la mesa o por el tema de conversación

—Coordino negocios internacionales en una empresa multinacional. —Las mujeres de la mesa pusieron la misma expresión de aprobado en la mesa examinadora en tanto el mayor quiso ahondar un poco más antes de dar un veredicto. Vera decidió poner fin al almuerzo y al interrogatorio.

—¿Quieres ir a caminar un rato por la playa? — él sonrió agradecido por el rescate. Se puso de pie y descorrió su silla, mientras Carmen se levantaba también y les preparaba una cava con bebidas y algunos snack, y Betzabel les facilitaba las sillas y la sombrilla.

—Después de las cinco empiezan a llegar los huéspedes, prepararemos la merienda y esta noche langosta en su honor. —Vera abrazó a Carmen con cariño y salió colgándose el bolso al hombro mientras Eric le abría la puerta principal.

En cuanto pusieron un pie en la playa, los dos soltaron una exhalación relajada al mismo tiempo, que pronto se convirtió en una carcajada. Los dos con las manos ocupadas no vivieron el incómodo momento de mantener la pantomima de la pareja de novios, sólo caminaron uno junto al otro hasta que el agua templada del mar Caribe besó sus pies.

—Este lugar es el paraíso. —Vera lo miró embelesada y llegó a bajarse los anteojos antes de delatar su cara de boba. Era acertado estar en el paraíso con semejante demostración de que tan bien podía hacer las cosas Dios.

෨෧ ෨෧

Mirando la inmensidad de ese mar que se fundía con el cielo despejado, los destellos del sol que empezaba a caer al oeste ondulando sobre esa superficie que apenas se movía por una brisa, sintió sus fuerzas renovadas. Se colocó los anteojos para que el reflejo no le interrumpiera la visión y se quedó allí parado, respirando ese aire cálido y salado, moviendo los dedos de los pies en la arena blanca y sonriendo a la nada. Ella lo miraba con una sonrisa. Ella era adorable así, como si disfrutara su momento de disfrute, como si disfrutara a través de él.

—No soy un amante de la playa, pero este lugar podría hacerme recapacitar acerca de eso.

—¿De verdad? — se volvió despacio para mirarla, aunque no pudiera ver sus ojos detrás de los vidrios oscuros. Cuando la burbuja de silencio que los rodeaba, empezaba a dejar afuera las risas de alrededor y el sonido del viento sobre la playa, una voz masculina la hizo estallar sin compasión.

—Vera.

—¿Papá?

—Cuando vuelvas quiero hablar contigo. —Ella asintió rígida y se acomodó el bolso en el hombro otra vez, adelantándose dos pasos y obligándolo a seguirla.

—¿Dónde vamos?

—A un lugar un poco más privado —dijo ella entre dientes, aminorando un poco el paso cuando hubieron tomado distancia de la posada.

Se detuvieron al pasar por una especie de cancha de fútbol, donde dos equipos improvisados corrían tras una pelota. En Eric la imagen surtió efecto de encantamiento. Se detuvo como si fuera un niño pobre frente a un aparador de dulces. Desde que se había ido a vivir a Estados Unidos, había perdido la costumbre de jugar al fútbol, no así la pasión. Cuando viajaba a algún lugar donde coincidía con latinos, un "picadito" era norma, y cuando volvía a Buenos Aires, la convocatoria obligada con sus amigos del barrio, el colegio y la universidad, era fútbol y asado. El asunto era, ¿cómo explicarle a la chica que lo acompañaba y que apenas lo conocía, que moría por integrar ese seleccionado de estrellas anónimas de la *Concacaf*? Cuando se agarró con las dos manos del improvisado alambrado, la chica suspiró.

—¿Quieres jugar?

—No... —dijo encogiéndose de hombros —me parece que están completos.

Cuando estaba por alejarse, antes de soltar la mano del alambrado, alguien dijo las palabras mágicas.

—¡Che! Nos falta uno, ¿te copás? —Debían haberlo distinguido por la camiseta que llevaba, la de entrenamiento de la Selección Nacional. Sonrió de costado y miró al muchacho que lo había convocado. Levantó una mano y volvió a dirigirse a Vera.

—¿No te molesta?

—No... para nada —entrecerró los ojos y trató de identificar sarcasmo o malestar, pero no... limpio e inocente, como dicho por una niña pequeña. Emocionado como si lo hubiera convocado Sabella, se apuró a un médano cercano con la sombrilla y las sillas.

—Te preparo la sombrilla para que estés cómoda y voy. Quince minutos y vuelvo.

❧ ❧ ❧

Con una rapidez y eficacia que lo equiparaba a los expertos guías de las islas, Eric extendió la sombrilla, la clavó en la arena hasta dejarla fija, la orientó para que proyectara sombra sobre las dos sillas plegables y acomodó la cava con bebidas a resguardo en la curva del médano. No podía haber elegido mejor lugar. Tenía vista privilegiada a la cancha donde él jugaría y al mar. Antes de marcharse se arrodilló junto a ella, que sacaba el libro que venía leyendo en el avión y un reproductor de música con audífonos.

—¿Estás segura que no te molesta? —preguntó casi compungido y con sinceras intenciones de cancelar el partido.

—Seguro, aquí te espero. Pensé que iba a poder terminar el libro en el avión pero... —se mordió los labios ante el recuerdo y él sonrió. Reprimió un movimiento y trató de distraerse en desenredar los audífonos para no ir directo a sus labios.

—Quince minutos. Me saco las ganas y vuelvo. —Le dio un beso en la frente y salió corriendo donde lo esperaban sus nuevos compañeros de equipo, algunos tan blancos como él, turistas sin duda, otros tostados y con el cabello rubio de sol y sal, locales.

Los quince minutos se extendieron a dos horas, tres partidos con variaciones de integrantes y cuando se quiso dar cuenta, estaban jugando a algo extraño, mezcla de volley y tenis pero usando los pies y la cabeza. Eric estaba sin camiseta y corría de un lado para el otro. Cuando el momento de clímax que había previsto en su lectura llegó al preludio del desenlace, cerró el libro y sacó la cámara de fotos. Aprovechando el zoom, enfocó al muchacho en su destreza deportiva. Era evidente que le gustaba lucirse y destacaba de los demás con su velocidad y habilidad. Sin ser ella una experta, se daba cuenta que dejaba parados a sus contrincantes y era el que más goles gritaba. Miró la hora cuando él saludó al grupo y se acercó a donde ella estaba: Dos horas y media. Eric se dejó caer en la arena, apoyado en los brazos, exhausto pero con una expresión de felicidad que no se condecía con un simple partido de pelota.

—Soy un bestia. Te abandoné más de dos horas por jugar como un nene.

—No te preocupes. ¿No tomaste nada? Estuviste al sol…

—¡Cómo toman cerveza estos tipos! Encima estaba helada… deliciosa. —Vera se inclinó sobre la cava de bebidas y sacó una botella de agua mineral.

—Toma un poco de agua.

—No… vamos al agua.

Vera tomó la invitación con agrado, dejó el libro y el reproductor de música dentro del bolso y se deshizo con rapidez de la camiseta y el short de jean.

Eric ya se había puesto de pie y desde su altura la miraba con intensidad, la misma que la había hecho sucumbir en el avión. Tuvo un momento de pudor, adivinando que otros pensamientos pudieran pasar por la mente del muchacho al verla con mucha menos ropa ahora.

Demoró todo lo que pudo ordenando las cosas, hasta que por fin se puso de pie y se soltó el cabello. La expresión de él, de sus ojos de cielo brillando como el reflejo del sol del atardecer en ese mar imponente, le hizo perder la compostura. Atrapada por esa mirada, le era imposible replantearse el camino que estaba emprendiendo. Pero no se detuvo ni se cuestionó. Era una mujer adulta, no una adolescente inexperta, y por el amor de Dios tenía que tener la posibilidad y la capacidad para poder manejar una situación de ese tipo. Nadie tenía por qué saber que hacía apenas 24 horas que lo había conocido y a nadie debía darle explicaciones de sus acciones. Y si su padre se ponía pesado, en última instancia se marchaba a otra posada y listo. Conocía a todos los dueños, alguien les daría un lugar. Estaba disfrutando el momento y no se lo iban a arruinar con cuestionamientos morales, puritanos y arcaicos que le hacían poner los ojos en blanco como una adolescente.

Eric estiró una mano y ella la aceptó, y se dejó arrastrar como si fuera una niña pequeña al mar que la vio nacer y aprender a caminar. Se detuvo junto a él cuando miró con sorpresa sus pies hundidos en la arena blanca y el agua transparente y cálida, muy diferente a la que él podía conocer en su país. Ella había estado en Pinamar y pese al calor de ese verano, el agua era tan fría que casi le da un infarto.

Eso sin contar las olas que enturbiaban el agua y arrastraban a los incautos como ella, llegando sin aviso por la espalda.

—Mi madre se volvería loca en este lugar. Con lo que le gusta tomar sol.

—Ya sabes. Pásale el dato de la posada y me aseguraré que tengan un buen descuento para hacer su estadía posible. —Repensó la frase una vez que salió de sus labios. ¿No era un abuso de confianza? ¿Se aterraría por haberle dicho eso? ¿Qué era lo siguiente, exigirle matrimonio? Se rió sola de sus pensamientos y sacudió la cabeza, mientras él se inclinaba un poco sobre sus pasos para ver pasar un pequeño cardumen de colores vivos entre sus piernas largas. Aprovechó la distracción para hundirse en el agua, y salir con la cabeza hacia atrás, dejando que su cabello flotara alrededor de su cadera. Al abrir los ojos, ver esa mirada intensa otra vez hizo que su cuerpo reaccionara como no debía. Cuando la piel de su pecho se tensó y sus pezones se endurecieron, no se le ocurrió mejor idea que cruzar los brazos para ocultarlos.

—¿No vamos a avanzar más?

—¿Qué tan mas allá quieres ir? ¿Hasta Aruba?

—¿Me vas a mentir como en el avión? ¿Que tenés miedo cuando volás sola desde los 10 años?

—Yo no te mentí, —dijo golpeando la superficie del agua para salpicarlo, jugando un enojo. —Podrán pasar 20 años más y siempre me costarán los despegues y los aterrizajes.

—Mujeres... —dijo poniendo los ojos en blanco, inspeccionando alrededor y tomando impulso sobre sí mismo para hacer una especie de clavado. El arco que hizo su cuerpo en el aire reveló un poco más de piel bajo su cintura y le hizo tragar con fuerza, calentando algo más que sus pensamientos. Tenía la piel enrojecida por el sol y algo de instinto maternal se mezcló peligrosamente con lo sensual, imaginando ponerle un poco de crema allí donde lo necesitara y que fuera lo que Dios quisiera. Embriagada en sus pensamientos, no lo vio girar bajo el agua, cambiar su rumbo para volver hacia ella y emerger a su espalda, en toda su altura, atrapándola por la cintura, pegándola a su cuerpo. Se sobresaltó pero disfrutó la cercanía, de cómo el calor del agua y de su piel los fundía en uno solo. Sus pies no tocaban el fondo, él la sostenía y podía sentir con claridad la presión rígida y abultada contra la curva de su cadera. Sin soltarla, acariciando la piel de su estómago, se inclinó sobre su hombro y susurró en su oído.

—Este es un límite sumamente peligroso.

—¿Por qué peligroso?

—¿Sabés qué tan fácil sería llevar a cabo todo lo que me está quemando la cabeza en este momento?

—¿Qué tan fácil? —desafió, consciente de que no estaban en una isla desierta y no podía ponerse a dar un espectáculo pornográfico cuando hasta no hacía mucho había un hombre con su hijo de no más de seis años jugando a metros de ellos. No sabía si seguían allí, no escuchaba otra cosa que no fuera la voz de Eric y su respiración caliente en el oído, y sus manos bajando por su vientre, y su miembro creciendo contra su cuerpo, clamando por atención que ella bien podría brindarle. Exhaló y se recostó más sobre él, descansando la cabeza en su hombro. Sus labios viajaban en trayecto limitado, de su clavícula hasta su mandíbula y una sombra de barba se hacía notar piel con piel, enviando esquirlas de deseo al centro mismo de su sexo. Cuando sus dedos llegaron al borde de la parte inferior de su bikini, abrió los ojos para verificar que estuvieran solos, o tan alejados de la civilización para perder la vergüenza. Sí. Estaban solos. O eso parecía…

Un brillo inusual a lo lejos, que destelló directo sobre sus ojos, llamó su atención. En el medio de su delirio de placer, mientras las manos de Eric parecían encontrar camino hacia sus secretos, pestañeó varias veces hasta enfocar a lo lejos y la imagen le hizo enderezarse, detener las manos del muchacho con las suyas, y buscar hacer pie en el fondo, pero sin separarse.

—¿Puedes ver allá enfrente?

—¿Dónde? —dijo él con la voz ronca de deseo.

—Allá, en el muelle… ese brillo…esa figura… —fue su turno de tensarse, y a Vera le causó gracia la situación. Su padre no podía estar vigilándola con binoculares. Cuando Eric se dio cuenta, empezó a separarse despacio, y ella giró entre sus brazos, estirando los suyos hasta rodearlo del cuello y pegarse a su pecho.

—¿Es tu viejo? —dijo sin siquiera mover un músculo ni retirar la vista de la figura. Vera se rió y echó la cabeza para atrás intentando mirarlo mejor.

—Creo que si… oye… ¿Qué es ese puntito rojo que tienes entre las cejas? —por instinto Eric se pasó la mano por la frente y movió la cabeza, haciendo con ello una mueca de dolor. —¿Estás bien?

—Sí. Volvamos. Me duele la cabeza… —la arrastró de una mano fuera del agua, apretándose el puente de la nariz.

⚜

La tarea de desarmar la sombrilla y cargar las dos sillas fue titánica, ni que hablar de recorrer los metros que los distanciaban de la posada frente al muelle. El sol caía, desapareciendo más allá del lugar donde habían aterrizado, y aún así lo sentía hervir en su cabeza como si caminara en el medio del desierto. Y a eso tenía que sumarle la tensión dolorosa sobre la piel de su espalda. Por supuesto, como su mente estaba enfocada en otros intereses, una de las muchas cosas que olvidó fue ponerse protector solar, y cuidarse durante las dos horas que jugó a pleno rayo del sol más peligroso del mediodía. Estaba reprochándose toda esa situación cuando abrieron la puerta del lugar donde se alojarían, y el golpe frío del aire acondicionado le hizo abrir los ojos grandes, antes de que todo se oscureciera y silenciara de repente.

∞✺ ✺∞

—¡Eric! —gritó Vera, soltando bolso, cava y cámara para sostenerlo lo mejor que pudo cuando se derrumbó sobre sí mismo.

Apenas pudo evitar que se diera de cara contra el piso de cemento, y quedó en una posición rara e incómoda bajo su cuerpo de peso muerto. Al tocar su piel se dio cuenta de que hervía en fiebre, y algo le dijo que eso era producto del sol. Tenía la piel del cuello al rojo vivo, al igual que los brazos… y mirando más, las piernas y los empeines también. Mientras un puñado de huéspedes de la posada se arremolinaba alrededor de ellos, enfrió las manos en el piso y se las apoyó en el rostro. Respiraba y eso la tranquilizaba, pero la temperatura de su cuerpo era elevadísima, todo un riesgo. Ella conocía muy bien las consecuencias de fiebres muy altas: convulsiones. Su padre y Carmen se abrieron paso y entre los tres pudieron levantarlo y llevarlo a la habitación. La mujer llegó corriendo con agua con cubos de hielo y servilletas de tela.

—Voy a buscar al doctor —dijo su padre después de acomodarlo en la cama.

—Sácale la ropa. Si le dio un golpe de calor, tenemos que bajarle la temperatura cuanto antes —todo eso con sólo tocarle la frente.

Se ocupó de su camiseta, empapó las servilletas en el agua helada y las acomodó en su frente, los costados del cuello y las axilas. Mientras tanto le inspeccionó la piel enrojecida y seca. Eso alertó sus sentidos: tenía fiebre pero no transpiraba. Algo no estaba del todo bien. Respiraba entrecortado y superficialmente. Se había quemado con el sol. Debía estar sufriendo un golpe de calor. ¿Es que acaso no había escuchado lo que le había dicho sobre el protector solar? *No tendría que haberlo dejado jugar*, se lamentó mientras cambiaba el paño de su frente por otro con agua helada. Su rostro tenía el sonrojo normal del sol, pero si no intervenían con rapidez la piel iba a perder humedad y empezaría a ampollarse. Carmen lo sabía, porque después de dejar un termómetro digital en su mano, desapareció de vuelta a la cocina. Su jardín, además de ser proveedor de manjares, era una farmacia calificada. ¿Cuántas veces de pequeña salvó las vacaciones o una herida tonta con emplastes de aloe vera y alguna otra rama que por allí crecía? Rezó porque esta vez ella también encontrara la solución así.

Ahí estaba su suerte otra vez, cobrándole la dicha momentánea con un trago de amargura. ¿Y qué culpa tenía él de que ella tuviera tanta mala suerte? Haberse cruzado con una estúpida de vida opaca y mediocre lo condenaba a perder sus vacaciones?

Carmen la sacó de su paseo por el camino de la amargura.

—¿No le sacaste la ropa? ¿Le tomaste la temperatura? —la miró desconsolada. Carmen le dio un beso en la frente y la apartó para tomar su lugar. Incorporó a Eric con cuidado, le quitó la camiseta y acomodó las almohadas para dejarlo semisentado. Después se ocupó del pantalón corto y Vera puso atención al termómetro que de inmediato sonó, registrando la temperatura corporal. —¿Qué dice?

—41.4

—Vera, hay que bajarle la temperatura. Enciende el ventilador de techo y ese otro. Pídele a Betza más hielo.

Vera salió corriendo para volver con el encargo. Minutos después entró su padre con el médico. Todos salieron, pero ella se quedó parada en la puerta, con los brazos cruzados y los ojos clavados en la espalda del profesional. Lo escuchó hablarle, incorporarlo y darle de beber. Se puso de pie despacio y se detuvo frente a ella.

—No está en coma, responde a los estímulos, pero todavía tiene mucha fiebre. Si en dos horas no ha bajado por lo menos a 37 grados, tendremos que internarlo. Sigue con lo que estás haciendo y dale de beber en sorbos cortos cada quince minutos. Del resto, sigue las instrucciones de Carmen. Ella sabe. —Vera asintió y agradeció por lo bajo antes de volver junto a Eric. Allí inició su carrera contra el tiempo y la fiebre.

Aunque estaba inconsciente, pudo darle de beber con una cuchara, mientras cambiaba las servilletas húmedas y calientes por otras nuevas, más frías. Antes de las dos horas, su temperatura era casi normal. Carmen se llegaba a la habitación cada diez minutos para controlar la situación en silencio y cuando lo más peligroso había pasado, apareció su padre.

—¿Cómo está?

—Ya bajó la temperatura —dijo sin dejar de mirarlo. —Ahora me queda ver con Carmen qué hacer con las quemaduras, porque si no hacemos algo, se va a ampollar todo.

—No te preocupes —dijo su padre, apoyando una mano en su pierna —va a estar bien para que lo lleves de paseo por la isla.

—Eso espero.

—¿Por qué nunca me habías contado de él? —Vera no se animaba a mirarlo. Sabía que la pregunta iba a llegar en algún momento, ¿y qué le iba a decir? En el medio de semejante caos, no había podido pensar ni una sola historia aceptable.

—No era nada estable.

—Pero me podrías haber avisado tú. No es leal lo que hiciste de mandar un mensajero que sabes que no podría ajusticiar.

—Lo decidimos rápido. Nos encontramos en una escala, y fue así…

—¿Cuánto hace que… están juntos? —Se notaba que la conversación le costaba más que a ella, pero podían hacerlo y él quería hacerlo, quería estar cerca de ella como no había podido en su vida, como con sus otros hijos, pero así era la historia…

—Poco tiempo…

—Pero suficiente… — Por fin levantó los ojos y lo miró. Su padre sonreía y ella lo miraba desconcertada. Preguntar suficiente para qué, no fue necesario. —Te gusta.

—Sí… —dijo, y su rostro imitó la piel de Eric. Se mordió los labios pensando lo mucho que le gustaba, y lo mal que se sentía por tenerlo ahí, tendido en una cama, inconsciente, en lugar de poder… conocerlo, disfrutarlo…

—Parece un buen muchacho, aunque las apariencias engañan.

—*Es* un buen muchacho. —Tonino palmeó la pierna de su hija y se levantó de la cama.

—Voy a traerte la cena.

Aunque la comida de esa noche estaba preparada en honor a su llegada, se tragó la langosta pelada que trajo su padre como si fuera algodón mojado. Apenas si le sintió gusto a la ensalada de camarones y frutas y el helado se derritió en la mesa de luz sin ser probado. Habiendo bajado la temperatura de su cuerpo a un rango más normal, era tiempo de ocuparse de su piel. Carmen apareció con un envase plástico blanco y lo dejó en la mesa de luz.

—En la cara le vamos a poner tomate para absorber el calor y después le pones este preparado. Cuando se seque, se lo quitas con una toalla y se lo vuelves a poner. Dos o tres veces estará bien. Cuando veas que la piel vuelve a estar brillante, aloe vera y lo dejas. En el resto del cuerpo, igual pero sin el tomate, sólo la pasta. Se seca, la quitas con agua fría, la vuelves a poner. Te va a llevar más tiempo, pero para mañana estará como nuevo.

—¿Lo despierto para comer?

—El sol te drena la energía. Déjalo descansar. Ustedes venían de tremendo viaje, sin parar, después el sol, el fútbol… —Vera la miró y Carmen sonrió. —Los muchachos con los que jugó hoy al mediodía se enteraron y pasaron por aquí. También tomó cerveza. Fue un combinado de cosas. Vas a tener que ponerte un poco más firme con él.

—¿Firme para qué? Es un niño grande. Se sabe cuidar. —las dos lo miraron dormir y meditaron un momento, ella absorta en ese niño grande…

—Tú también tienes que descansar.

—Sí —dijo como única respuesta. Carmen le besó la cabeza y salió de la habitación, llevándose los platos de la cena.

᭬᭬᭬

Eran las cinco de la mañana cuando tocó fondo del envase de plástico con la pasta recuperadora que Carmen había creado. Se había pasado toda la noche entre aplicación y aplicación, en el pecho y la espalda, los brazos y las piernas, ayudada por varias tazas de café y dos libros en el tiempo de espera. Una vez que esa última capa se absorbiera y secara, debía aplicar una capa importante de aloe vera extraída de las plantas del jardín. Había tenido que hacer malabares para darlo vuelta, una y otra vez, de frente y de espalda, y completar el tratamiento que ni en un Spa Suizo le hubieran brindado. Su piel era blanca inmaculada, y se le encogió el corazón al pensar en el daño que le había causado el sol. Era evidente que no era un cultor de las playas, además de haberlo reconocido, pero de seguro hacía deportes. Tenía un físico trabajado, firme, esbelto, podía sentir los músculos fuertes bajo su piel mientras extendía la pasta verde acuosa sobre él.

Al final, ya no se tomaba tanto trabajo para no verlo desnudo, y pasada la primera impresión, después de recapturar todos los ratones que habían escapado de su mente cuando lo vio desnudo, pudo apreciarlo más allá de la lujuria con imparcialidad médica. *¡Qué imparcialidad ni que ocho cuartos!* El tipo estaba esculpido por las manos de Dios y no había dejado detalle sin atender. Todavía no se decidía si era la reencarnación de James Dean o el David de Miguel Ángel había cobrado vida y escapado de la Capilla Sixtina vía Lufthansa.

Recapacitó. Levantó las sábanas y sonrió. No. Las imágenes que recordaba de esa estatua no le hacían justicia a su virilidad, que aún dormida era imponente.

Tomó una dosis extra de estoicismo y superó los impulsos de retratarlo en la penumbra aunque más no fuera para deleitarse en un futuro, cuando él ya no estuviera, porque un tipo así aparecía en la vida de una mujer con el simple propósito de ponerla patas para arriba y desaparecer para siempre. "Muchas novias, oficial ninguna". Adonis no iba a perderse las conquistas seguras ni abandonar la carrera por la muchachita más común y silvestre de ese lado de la Tierra.

Exhausta, fue en busca de su última recarga de cafeína. Bajó las cortinas blackout de la habitación, cargó la pila de toallas que había utilizado durante toda la noche y se encaminó a la cocina. La posada estaba en silencio todavía y apenas se escuchaba el graznido de gaviotas y pelícanos, que debían revolotear sobre los botes de los pescadores que regresaban con el producto del día. Dejó la ropa blanca en el lavadero y se estiró sintiendo el dolor en cada músculo de su cuerpo. No estaba acostumbrada a hacer esfuerzos físicos. El único miembro entrenado en su anatomía era su dedo índice derecho, el que utilizaba para disparar.

Sacó un juego nuevo de sábanas y volvió a la cocina, para cargar su tazón con café, leche y azúcar, y sentarse después en el rellano de la ventana que daba a la playa. Su profesión la había llevado a recorrer los lugares más hermosos del mundo, paisajes místicos, históricos, clásicos y modernos, paraísos de hielo, agua, verde y fuego. Y no había nada, ningún lugar en el mundo, que conservara los rastros del Edén como en Los Roques. Pero no era sólo la belleza del lugar, ni la paz, era el ambiente, ese espacio en particular. Estar lejos de allí era sentirse incompleta, era extrañar olores y sabores, texturas y colores. Sonidos. Y aunque su cuerpo y su mente podían estar en cualquier lugar del mundo, su corazón, su alma, siempre estaban anclados allí.

Volvió a la habitación cuando escuchó los primeros ruidos en la cocina. Estaba tan cansada que no quería hablar con nadie, y no quería dejar solo a Eric tanto tiempo. No quería que despertara, después de casi doce horas de sueño, solo, desnudo en la cama y embadurnado con algo desconocido.

Dejó las sábanas al pie de la cama, enjuagó el envase de plástico y lo llenó de agua tibia. Utilizó una toalla suave para retirar con cuidado la savia brillante que lo cubría, observando la piel que limpiaba, ya no más acalorada y enrojecida.

Terminó con la espalda y la parte de atrás de las piernas, lo hizo dar vuelta con cuidado, con una cuchara le dio de beber un poco más de agua y comenzó a limpiar el pecho y los hombros, bajando lentamente

ഏഉഈ Capítulo 3 ഏഉഈ

30 de diciembre

Tragar un poco de agua lo hizo despertar como emergiendo. Ese era su último recuerdo, sumergirse en aguas cristalinas, moverse rodeado por una manta líquida y tibia, abrir los ojos a pesar de la sal, buscar a la sirena de pelo largo que encontró en sueños. Ella estaba allí, lo sabía. No temía que fuera parte de un sueño y que al despertar no encontraría. Escuchaba su respiración, podía oler su perfume a frutas tropicales y sentir sus manos suaves recorrer su torso en una caricia húmeda que despertaba sus instintos más carnales. Su mano rozaba su vientre y bajaba, se deslizaba atizando el deseo en sus entrañas, la fiebre en su sangre, ella el combustible, ella la calma.

Entreabrió los ojos en la penumbra y la vio inclinada un poco sobre él, apoyando la cara en una mano y el codo en la rodilla, su cabello larguísimo cayendo a un costado, sus ojos oscuros mirando el trayecto de la toalla en su mano, haciendo círculos sobre su vientre. Al sentir el cambio de su respiración, se incorporó e intentó alejar la mano, pero Eric fue más rápido y la sostuvo de la muñeca.

—¿Cómo te sientes?

—¿Qué pasó?

—Te insolaste… —dijo ella muy despacio. Él estaba como apaleado en esa cama y ella tenía el tono de voz doliente.

—¿Me… insolé? —repitió sin entender muy bien el concepto. Aunque no era tan difícil, sería algo así como un golpe de calor. Podía enumerar las causas y darse de patadas en el culo por cada una de ellas.

Vera se desprendió despacio de su agarre y estiró la mano hasta la mesa de luz, donde había un vaso con agua.

—Tienes que tomar líquido.

—¿Qué hora es? —Vera miró alrededor pero no supo de donde lo leyó.

—Alrededor de las seis de la mañana.

—¿De qué día? —dijo queriendo incorporarse y aterrizando con los codos en la cama, sosteniéndose la cabeza como si el dolor viniera de una prensa que pretendía arrancársela.

—30 de Diciembre... del mismo año en que llegamos a... ¿Sabes dónde estás?

—¿Los Roques, Venezuela?

—Bien. Estás orientado. Pensé que la fiebre te había tostado las neuronas.

—Un par debo haber perdido.

—¿Te duele? —dijo preocupada, poniéndole la mano en la frente. Se recostó mejor sobre las almohadas y ella le alcanzó el vaso de agua que, además de una cuchara, tenía un sorbete de plástico. —Bebe despacio. Voy a buscar un analgésico.

Salió de la habitación rápido, sin darle tiempo a atraparla. Tenía los reflejos lentos y no se sentía descansado pese a haber dormido más de doce horas de corrido. Sentía el cuerpo raro, pesado... pegajoso. En efecto, tenía los brazos como si los hubiera hundido en almíbar. Estaba inspeccionando su cuerpo, dándose cuenta de que estaba desnudo y la cama revuelta y sucia, cuando Vera volvió. Se tapó con la sábana otra vez y se acomodó mejor entre las almohadas.

—Traje aspirina e ibuprofeno. No sé si eres alérgico.

—¿Cuál es más fuerte?

—Creo que el ibuprofeno... —Se lo sacó de la mano y se lo tragó con el resto del agua en el vaso. Se hundió en la almohada esperando el efecto.

—Si quieres bañarte... traje toallas limpias y puedo cambiar las sábanas para que después sigas...

—¿Qué pasó? ¿Qué es esto? —dijo mirándose el cuerpo con una mueca que no disimulaba el asco.

—También te quemaste y Carmen preparó uno de sus remedios caseros para que no te ampollaras.

—¿Sirvió?

—Como un encantamiento —dijo ella contenta.

—Y me cuidaste toda la noche —los colores en el rostro de ella estallaron en rojo. Se mordió los labios y estrujó las manos, avergonzada. Tan elocuente, hablador y extrovertido como era, no pudo decir otra cosa que: —Gracias.

—Te dije que te pusieras protector solar.

—La próxima vez me ayudás a ponérmelo. Ya no guardo secretos para vos. —Ella enrojeció hasta la raíz del pelo y volvió a desviar la mirada. —Soy un asco. Necesito un baño.

—Te ayudo —dijo poniéndose de pie. Él enarcó una ceja evaluando las connotaciones de la propuesta y sonriendo como sabía hacer al seducir. Vera se alejó de la cama y habló muy rápido —...a levantarte. Te traje toallas limpias y una bata de baño. Hay un banquito en la ducha, por si te mareas, y mientras tanto voy a cambiar las sábanas. Puedo traerte algo de comer y...

Eric se incorporó en la cama mientras ella hablaba. Sin dejar de mirarla, bajó las piernas con cuidado y se puso de pie, justo frente a ella... desnudo. Vera lo miraba con los ojos muy abiertos y los labios apretados. Él avanzó un paso, ella retrocedió y escapó. Se metió al baño y desde allí siguió hablando.

—Te preparo la ducha con agua no muy caliente. Carmen dice que dejes que el agua caiga sin frotar, que una vez que salgas, sólo colócate la bata de baño y deja que el cuerpo absorba la humedad que necesita —. Se le apareció por la espalda y ella volvió a escarpar por un costado. —Cambiaré las sábanas y te traeré el desayuno.

Dicho eso, salió del baño dejándolo solo.

ைௐ ௐை

La vio desaparecer por un costado, más rápido que sus reflejos, aletargados por el sueño y la resaca de sol. El agua corría y no quiso desperdiciarla, se paró bajo la lluvia y dejó que cayera sobre él, llevándose los rastros de la noche en blanco. Sabía que la fiebre lo había asaltado y tenía vestigios de memoria, de beber de una mano suave cucharadas de agua como si fuera un bebé, la frescura del aire calmar el fuego y el sopor antes del descanso.

Había sido una combinación de cosas, ya le había pasado alguna vez cuando adolescente en unas vacaciones en San Clemente. Su madre también lo había cuidado toda la noche y después lo castigó el resto del verano por descuidado. Quizás de esa época le quedó la aprehensión a la playa. Se miró los brazos y el cuerpo. No estaba al rojo vivo ni tenía ampollas, lo esperable para el horario en que había estado expuesto y el tiempo. Debía agradecerles, a Carmen por su poción salvadora y, muy especialmente a su enfermera personal. Tenía un par de ideas interesantes como muestra de gratitud y también para disculparse: por él estaba encerrada en esa habitación, cuidando a un desconocido que se estaba aprovechando de su buena voluntad desde el momento que había bajado del avión. ¿Todavía quedaban personas así? ¿Mujeres así? En casi todas podía descubrir la secreta intención que las movía, como si pudiera leer más allá de sus pupilas, el motor silencioso de su alma, el que movía sus acciones. ¿Qué podía ganar ella en esa situación? ¿Que él cayera perdidamente enamorado?

Cerró el agua, ausente en sus pensamientos, se colocó la bata de toalla sobre los hombros, enhebró los brazos y abandonó el baño, sujetándosela a la cintura. Se quedó parado en la puerta, mirando la cama con sorpresa: por supuesto, estaba preparada con sábanas nuevas de un blanco impecable, varias almohadas del mismo lado donde había despertado, y en la mesa de luz, una bandeja de madera con un desayuno casi continental. En el extremo opuesto de la habitación, Vera estaba sentada en un sillón individual, tal como la recordaba: el mismo short de jean, camiseta blanca, las tiras de su bikini atadas al cuello, pero ahora tenía el pelo estirado, recogido en una larga cola de caballo. Se le notaba el cansancio en la cara, pero aun así sonrió.

—¿Cómo te sientes?

—Mucho mejor después del baño.

—Carmen dice que después de comer y recuperar más líquidos, y descansar de verdad, vas a estar como nuevo.

—¿No vas a desayunar conmigo? —dijo sentándose en la cama y manipulando la bandeja con cuidado, para colocarla en el medio de la cama King Size. Vera no se movió. —Yo no me voy a comer todo esto.

—No tienes que hacerlo. Come lo que quieras y después vuelve a dormir un poco. —Eric sostuvo la mirada en la de ella. La distancia que por momentos aplicaba era desconcertante, ¿sería parte de su juego? ¿Qué juego? El de sus ojos, ella lo perdió. Bajó la mirada a la taza y bebió concentrada. Su olfato lo alertó de que era café y su organismo clamó por ello. Buscó en su bandeja: sólo frutas, todas ellas tropicales, jugo de naranjas, recién exprimido si el aroma no lo engañaba, galletas de agua, un dulce violeta que parecía mermelada. Nada de café por ahí.

—¿Qué estás tomando?

—Café.

—Quiero — dijo con el tono de un niño pidiendo en una juguetería.

—Carmen dice que no debes tomar café ni alcohol. El jugo y las frutas te ayudarán a... —Eric se levantó de la cama como impulsado por un resorte y se dirigió hacia donde estaba ella. Los ojos de Vera se abrieron con miedo pero él se arrodilló a un costado, donde estaba su bolso. Sacó una camiseta negra y un bermuda blanca. Revolvió hasta encontrar algún boxer decente y después se deshizo de la bata y se vistió en menos de un minuto. Se peinó con las manos y se calzó las zapatillas. Cuando volvió a mirarla, ella atinó a cerrar la boca y parpadear varias veces.

—¿Afuera están sirviendo el desayuno?

—Emmm, creo que sí…

—¿Vamos?

Eric levantó la bandeja y la invitó con un gesto a salir de la habitación. Sin decir nada, pasó por delante de él y se encaminó hacia la sala principal, donde Carmen y Betzabel ya preparaban las mesas para el desayuno.

—Buenos días. —Carmen se acercó para saludarlos con su sonrisa de siempre. —¿Cómo te sientes, Eric?

—Mucho mejor. Muchísimas gracias, por todo. No tengo palabras...

—Entonces déjalas. ¡Qué bueno que hayas querido levantarte! Es una muy buena señal. Pero veo que no comiste nada.

—Vera no me deja tomar café... así que vine a proveerme por las mías.

—Yo le dije que mejor no tomes ahorita. ¿No prefieres un tecito?

—La verdad, no... —dijo entre risas.

—Deberías descansar un poco más. Un té de tilo te relajaría y... —Vera se encaminó a la cocina y él perdió el hilo de la conversación por seguirla con la mirada. Cuando volvió la atención a Carmen, esta lo miraba con una sonrisa cómplice.

—La verdad, no quiero dormir más. Dormí toda la noche... Y ella no.

—No. Te cuidó toda la noche, no dejó que nadie más lo hiciera. —Inspiró y el pecho se le llenó de sensaciones, desconocidas la mayoría, imposibles de identificar con otra cosa que no tuviera que ver con las mujeres más cercanas a su vida: su madre, su hermana.

—Después de desayunar, le prometo que la meto en la cama. —Carmen sonrió porque no le encontró el doble sentido a la frase, y él le correspondió, porque la promesa tuvo un único sentido y esa sensación la pudo identificar a la perfección.

Carmen tomó la bandeja de sus manos y aunque le indicó que eligiera cualquiera de las mesas que ya estaban dispuestas para el desayuno de los huéspedes, él prefirió seguir el camino hacia la cocina.

Allí se sentaron en la misma mesa en la que habían almorzado el día anterior, con la bandeja entre los dos y las tres mujeres que vivían allí, yendo y viniendo a su alrededor.

—¿Y mi papá?

—Hoy salió temprano con los pescadores —Vera apoyó la cabeza en una mano y mientras se distraía con los movimientos, sus párpados empezaban a cerrarse.

—Estás agotada... —murmuró, más para él. Sin embargo, ella abrió los ojos y sonrió.

—Estoy bien. —Carmen la abrazó por la espalda y le besó la sien.

—¿Les preparo ese té, entonces?

—Yo vine para poder tomar una taza de café.

—Hazme caso, por hoy tómalo con calma. El tilo te va a ayudar a dormir.

En otra circunstancia hubiera discutido, de hecho abrió la boca para hacerlo, pero Vera estiró una mano y la apoyó con suavidad en su antebrazo. Lo que fue un roce tímido, envío una corriente eléctrica directo a su columna, y al llegar a su base, el corrientazo hizo espejo en la parte baja de su vientre, despertando mucho más que sus sentidos.

—Ya sé. Para que no te tientes, yo tomaré té contigo. —*Por Dios, tentame todo lo que quieras, demonio de pelo largo.* Eric ya no podía refrenar las imágenes en su mente.

—Creo que deberías llevar a Eric a la galería y tomar el desayuno allí.

—Pero está lloviendo...

—Mejor todavía —acotó Carmen.

—¿En este paraíso llueve?

—Diciembre es época de lluvia, es lo más "invierno" que vivimos aquí.

—¿Nada de nieve, no? —Ella sonrió y entrecerró los ojos, con mucho más sueño del que iba a confesar.

Cuando se pusieron de pie, el padre de Vera entró por la puerta trasera, cargado con dos baldes que debían contener pescado. Venía con una especie de impermeable negro y botas de lluvia amarilla; aun así, su cabello chorreaba agua sin remedio. Carmen se adelantó, desprendiéndose del delantal, para secarle la cabeza con dulzura. La mirada del hombre, dura y profunda, se reblandeció como cuando recibió a su hija. Seguía así de vulnerable cuando levantó los ojos a los dos jóvenes. No hubo gran cambio pero lo percibió, como quien se ve sorprendido, descubierto. Eric tenía un radar para ese tipo de cosas y el padre de Vera percibió qué tan desnudo estaba ante sus ojos. Le dio un besó a su hija y extendió la mano para saludarlo, mucho menos hostil que el día anterior.

—Me alegro que estés mejor.

—Gracias a la experticia de Carmen y los cuidados de Vera.

—Si... —murmuró no muy conforme.

—¿Está lloviendo mucho, papá?

—¿Y a ti que te parece?

—Ve a cambiarte, Tonino, o vas a pescar un resfriado —, intimó Carmen. Dejó los baldes dentro de una especie de freezer cuadrado y desapareció por una puerta lateral. Carmen puso dos tazas humeantes en manos de Vera y un plato surtido con galletas, tostadas y torta casera en las de Eric. Ella empujó la puerta por la que minutos antes entró su padre y él la siguió.

La lluvia afuera no escalaba la categoría de tormenta tropical, pero era continua y copiosa. Salieron a un deck de madera cubierto por una extensión del techo, que no llegaba al frente de la posada, pero aun así contaba con una vista privilegiada del mar, ahora turbulento y gris, y del extremo este de la Isla Gran Roque. En la galería, un sillón de dos cuerpos en ratán, con almohadones, y una mesa baja, hacían de palco preferencial para contemplar semejante obra de arte. Eric dejó el plato en la mesita y tomó la taza de té que Vera le ofrecía. El aroma solo era relajante, así como la presencia a su lado, que pese a querer arrinconarse lejos de él, seguía cerca, acariciando su aura.

—¿Cuánto hacen que están juntos?

—¿Quiénes?

—¿Tu papá y Carmen?

—No están juntos. Ella se encarga de muchas cosas aquí y puede parecer que... —Eric la miró y al levantar una ceja, la hizo cerrar la boca abruptamente. —Bueno... No sé... No creo...

—¿Te molestaría?

—No, en absoluto. Es sólo que Carmen ha estado aquí tanto tiempo, la siento de la familia, pero no de esa manera... Mierda...

—¿Qué?

—¿Cómo te diste cuenta? Los viste 15 minutos, sino menos, yo vengo dos y tres veces al año y convivo con ellos y ni se me pasó por la cabeza.

—No lo sé. Me pareció muy... obvio.

—Debes pensar que soy una idiota —dijo en un susurro, para después beber su té caliente muy despacio.

Eric estiró el brazo en el respaldo del sillón y su mano descansó en el cuello de Vera. Masajeó despacio la delicada extensión sin mucha presión y la sintió relajarse entre sus dedos. Un gemido vibró a través de su piel hasta clavarse en su pecho, le dolió la electricidad de esa sensación, pero tendrían que amputarle el brazo para separarlo de ella. Esa idea echó raíces en su mente cuando ella inclinó la cabeza a un costado y mordió su labio inferior, entregada por completo al disfrute. Tomó eso como una carta de invitación, dejó la taza en la mesita e incorporó la otra mano a la tarea, acercándola a él. Mientras describía círculos con los pulgares, sus otros dedos presionaban la piel suave de sus hombros, de su espalda.

—Si esta es tu técnica para meter a una chica en la cama, debo decirte que es magistral.

—Una parte de mi quiere meterte en una cama y hacerte cosas que harían palidecer al Kamasutra. La otra parte quiere acunarte en mis brazos y velar tu sueño... como lo hiciste conmigo. —Ella se estremeció con un escalofrío e interpretó eso como su llamada para ser todo un caballero, cubrir sus brazos desnudos con los suyos, estrecharla en su pecho y dejar que el viento cantara su canción de cuna hasta dormirla.

Fue mágico. Sintió cómo cada músculo de Vera se aflojó y cómo su respiración se acompasó y profundizó, dejándose llevar de la mano del sueño. Sin molestarla, soltó el broche plástico que sostenía su pelo y lo dejó suelto, recordando algún comentario de su hermana que dormir con el pelo atado le traía dolor de cabeza. Recordó la textura de ese cabello suave y lánguido entre sus dedos y hundió la nariz en él para aspirar y disfrutar. Era el aroma de ese lugar, de sus frutos, de la arena y el viento. Ella era ese lugar y ese lugar era como ella. Levantando la vista al mar embravecido, se le apretó el pecho al pensar en las connotaciones de esa comparación para él.

◦ঙ୧ ୨ঙ◦

Vera despertó con música lejana. Reconoció de inmediato la melodía. Sonrió pero no abrió los ojos, recordando alguna sesión de fotos de la cantante. Y que acertado... *Encontré un chico*. La cama a su lado se movió. Boca abajo, abrazada a la almohada, rezó porque Eric no se hubiera dado cuenta que había despertado. Necesitaba un minuto femenino para correr al baño, peinarse y cepillarse los dientes, antes de amanecer a su lado. Pero con él sentado allí al lado, salvo que saliera corriendo, veía que tenía pocas posibilidades. Antes de que la canción terminara, se dio vuelta y con los ojos entrecerrados, lo vio en la oscuridad, con el rostro iluminado por la pantalla del *iPad* y los audífonos puestos. ¿Le gustaba Adele? La canción siguiente también era de ella *Daydreamer*. No cantaba, estaba muy entretenido en lo que leía. Quizás si se escurría de la cama, ni siquiera lo notara. Pero se quedó ahí, mirándolo, con Adele de fondo, ¿Cómo resistirse? Trató de buscar algo que no le gustara de él. Tiempo perdido… o mejor dicho, bien invertido, porque mirarlo así, tenerlo así, tan cerca, casi como un espejismo, era la mejor manera de despertar. Él notó el cambio en su respiración y ya no pudo disimular. Los ojos claros de Eric, hipnóticos y sobrenaturales bajo ese reflejo artificial, la descubrieron. La música se escuchó con claridad cuando se sacó un audífono y cayó entre ambos.

—¿Te gusta Adele? —él asintió con la cabeza sin decir palabra. —Dame una canción y vuelvo.

No se detuvo a mirar su expresión. Trató de acomodar su pelo enredado y se deslizó en la oscuridad hasta el baño, cerrando la puerta tras ella. El corazón le latía a mil, no podía reprimirlo, entre el miedo y la ansiedad que la siguiera hasta allí. Podía estar de vuelta en menos de medio minuto, después de lavarse los dientes y peinarse, pero la verdad, necesitaba un baño. ¿Y no sería eso invitar al demonio del otro lado de la puerta? Se rascó la cabeza con fuerza ante la indecisión, mientras los segundos seguían jugando en su contra. Se lavó los dientes a velocidad supersónica, se metió en la ducha y tomó el baño más rápido de su vida. Se lavó el cabello y lo desenredó con tanta fuerza que temió quedarse pelada. Cuando salió, sólo había una toalla. Ni bata de baño y por supuesto, tampoco su ropa, que estaba mojada en el piso por el apuro en bañarse. Todo le salía al revés. ¿Y ahora…?

Inspiró profundo una vez, dos veces… revolvió en su interior buscando valor y salió del baño. Sintió que se prendió fuego cuando la mirada de Eric le tocó la piel húmeda y desnuda. Caminó con cuidado hasta su bolso y se inclinó, tapándose lo mejor que pudo, ella no tenía el valor ni la confianza que él sostenía para pasearse desnuda ante sus ojos. Se calzó la primera camiseta que encontró y un short. Se quedó parada en un rincón mientras se secaba el pelo con la toalla que antes cubría su cuerpo.

Eric no decía nada, sólo la miraba. Hasta que apoyó el *IPad* en su regazo, levantó una mano e hizo un gesto de llamado con un solo dedo. No fue el movimiento ni la orden, sino la cadena que la tenía atrapada en el iris brillante del hombre, lo que la arrastró hacia la cama sin decir una palabra. Se sentó a su lado y esperó.

La música seguía sonando. Siempre Adele. Eric tomó el audífono que se descolgaba del que tenía puesto y estiró sólo el brazo hasta apartar su cabello húmedo y colocar el pequeño círculo dentro de su oreja. La acción envió un escalofrío a todo su cuerpo, pero eso no fue nada comparado con lo que sintió cuando él se incorporó y la obligó a recostarse de espaldas y recibir su peso sobre ella. Acomodó el aparato en el espacio de cama que quedaba sobre su cabeza y por un momento le preocupó que por cualquier movimiento, la costosa tableta se hiciera pedazos contra el piso… sólo un momento.

Después, lo único que llenó su mente fue la manera en la que Eric volvió a besarla, a apoderarse de sus labios, llenar el interior de su boca, de la manera en que se acomodó perfectamente sobre ella, sosteniéndose con los codos para que el peso fuera suficiente para sentirlo a pleno pero no incomodarla. ¡Cómo si pudiera! Subió las manos por el costado de su cuerpo, deslizándose por debajo de su camiseta, en tanto él lograba estirar su pelo hacia el otro lado, sosteniendo en sus manos su rostro, para profundizar el beso e inmovilizarla. ¡Cómo si ella fuera a ir a algún otro lado!

De a poco la pasión iba ganando en intensidad, la fricción de los cuerpos se alzaban para alcanzarse, buscarse y encontrarse. Ella era libre para recorrerlo, delinearlo con las manos, las uñas y los dedos, mientras la respuesta a su atizada investigación eran los dedos de él masajeando su cabeza, entremezclados con su pelo, sus pulgares acariciando su rostro, su cuello. La combinación era perfecta, él en su boca y en el medio de su cuerpo, la música que compartían en un oído y los sonidos de la pasión en el otro, sus gemidos, el roce de las sábanas, su respiración agitada. Estaba en el paraíso, alcanzándolo con la punta de los dedos, estirándose para tocarlo, a veces alto como el cielo o profundo, como un precipicio.

En algún momento la intensidad del beso había escalado de la misma manera que la boca de Eric se había deslizado por su cuello y sus manos habían escapado al enredo del pelo, para recorrer un poco de su cuerpo... muy poco, muy despacio, pidiendo permiso que los jadeos y los movimientos le concedían. No la desnudó, prefirió esconder sus intenciones detrás de la tela, del calor de las sábanas, su boca sin ir más allá de la frontera de su escote, aun cuando su pecho se elevaba buscando atención, chocando contra el suyo, imitando la danza que quería completar en su interior.

Vera estaba perdida en las sensaciones, entregada a ese hombre que apenas conocía y se le había calado como el agua de lluvia por las grietas del alma.

Era pura química, alquimia, esa de la que hablan los cantares, esa que sólo quien la sintió sabe que no se puede refrenar. Si era una sola noche, o dos, ni siquiera sabía cuánto tiempo se quedaría allí, con ella, no le importaba. Quería ese olor, ese sabor, ese calor, en ella, en su piel, en su pelo, y que durara impresa en su alma, el tiempo que quisiera habitarla. Sería superficial al sucumbir a su belleza. Sí, lo sería y no le importaría, aún cuando fuera el lobo disfrazado de cordero, tenía la sensación de que era una de esas experiencias de las cuales se arrepentiría más por dejarla pasar que por vivirla, y llevada por sus instintos, por sus ganas, se puso en sus manos, en el más literal de los sentidos.

Cuando sus manos se cansaron de los preliminares, y buscaron un refugio que estaba caliente y denso a la espera, entre medio de sus piernas, gimió en la anticipación de recibirlo y él no se demoró. ¿Estaría tan ansioso como ella? Desesperada sonaba más acertado. Se hizo lugar otra vez entre la tela, mientras volvía a besarla con pasión, imitando con la lengua las caricias de sus dedos. "Manos de no hacer nada" había pensado en algún momento, ¡Qué equivocada estaba! Esas manos estaban hechas para conducir con sabiduría el cuerpo de una mujer por el camino del gozo. Volvió a gemir en su boca cuando la penetró muy despacio, y sonreía complacido al resbalar en la humedad de sus pliegues. Sintió que su interior se abría como una flor al calor del sol de primavera, derritiéndose con cada movimiento, empapándolo de lo más oculto y místico de ella misma, lo más oscuro y carnal.

—Me faltan dos manos y otra boca para hacerte todo lo que quiero. —Ella volvió a gemir, contrayéndose alrededor de sus dedos. Arqueó la espalda y echó la cabeza para atrás, aunque sin perder contacto con él. Su voz, sus palabras, desataron en ella una marea furiosa que nació en la punta de esos dedos que buscaban clavarse en ella, replicando a todo su cuerpo y volviendo al epicentro, mientras buscaba con una pierna estimular su obscenamente dura virilidad, que sin serle desconocida, era una secreta promesa del doble de placer que estaba recibiendo en ese momento.

En el medio de su orgásmico delirio, lo sintió murmurar entre dientes:

—No puedo más... —no salió de ella despacio, incrementó el ritmo y fue entrando más profundo, saliendo y dándole continuidad al placer —Tendría que haber dejado la protección a mano.

La frase fue un balde de agua fría para ella... para los dos. Al abrir los ojos, él la miraba con el mismo hambre, pero con la misma preocupación. Su gesto fue la de un niño suplicante...

—¿No tenés preservativos, verdad? ¿Condones? —Vera negó en silencio y sintió como el orgasmo que crecía en ella, se desmoronó como un castillo de naipes. No demoró un segundo en querer volver a su labor, a darle placer aunque él no tuviera su oportunidad, pero ella le detuvo la mano sobre su monte de Venus y se acercó a su oído para susurrar, ávida como sus ganas.

—Podemos buscar una farmacia en el pueblo.

⊙⊙⊙

Jamás se había vestido tan rápido en su vida, ni siquiera aquella vez en un hotel de los Emiratos durante una amenaza de bomba. Tenía un pantalón deportivo azul, suéter con capucha negro, la misma camiseta blanca con la que estuvo en la cama y zapatillas. Salió de la habitación en silencio para darle algo de privacidad a

Vera mientras se cambiaba. Contó varios billetes, sin saber a ciencia cierta si allí podría usar dólares o debería cambiar por la moneda local. Eran las 5 de la tarde y todavía llovía. La sala de estar de la posada estaba llena de huéspedes, algunos jugando a las cartas o al dominó, otros mirando una película en el enorme televisor de plasma amurado en la pared. Se apoyó en el marco de madera de la puerta principal, habilitando el acceso inalámbrico a su teléfono para poder recibir los emails personales y de su trabajo. Omitió los últimos, abrió el que le envió su hermana, la foto familiar que adjuntaba al mail en cadena a quienes se lo hubieran ganado ese año. Esta vez ella, su marido y sus hijos estaban sentados en el piso junto a la mascota familiar, el Pastor Inglés que le había regalado cuando se casó. El texto, este año era una sola frase: "Tu lugar en el mundo es donde esté tu corazón. El resto es escenario."

Miró sin ver el horizonte gris y pensó en la frase. La parte racional de su cerebro no quiso darle tanta trascendencia como su otro hemisferio, y la alusión al músculo que latía en el medio de su pecho lo llevó al recuerdo del rato antes de salir de la habitación, y la cama, y la chica, y otra cosa latió intimándolo a encontrar protección a como de lugar.

Vera llegó a su lado minutos después. También vestía deportivo, unas calzas negras con tiras fucsia a los costados y una chaqueta de ese mismo color estridente. Si la perdía entre la multitud, la encontraría rápido. Otra vez tenía el cabello tirante y sujeto en una cola de caballo. Le encantaba su pelo suelto, pero atado, despejaba sus facciones y la hacía ver todavía más hermosa, si eso era posible. Metió las manos en los bolsillos y se reacomodó antes de avanzar a su encuentro. Una voz cantarina, con acento español, los detuvo.

—¡Qué lindos se ven los recién casados! ¿También van al centro? — Vera miró a la mujer, desconcertada.

—Sí... —atinó a responder.

—Si yo estuviera casado con una belleza como ella, no abandonaría esa habitación en un día así. — dijo el esposo de la señora, dirigiéndose a él con gesto pícaro y cómplice. Eric sonrió.

—¿Recién casados? —preguntó Vera. La mujer volvió a reír.

—Vimos como te llevó en brazos a la cama esta mañana. Tan dulce, tan romántico. Eso pasa sólo al principio. En unos años, te despierta a los codazos.

—No generalices, Paca. Yo te despierto a codazos porque roncas, mujer.

—Es gordo, feo y cascarrabias, pero lo tengo hace 25 años, que voy a hacer, el amor es ciego —. El esposo acotó algo por lo bajo que ninguno llegó a escuchar. Se hicieron a un costado y los dejaron salir, Vera mirándolo con una sonrisa.

—¿Me llevaste en brazos? —Eric se encogió de hombros.

—Te quedaste dormida.

No podía dejar de mirarla a los ojos, enormes, oscuros, profundos hasta poder llegar a ver con claridad el reflejo de la belleza de su alma. Si seguía sintiéndose así por ella, se encontraría en problemas, no solía ser muy bueno manejando sentimientos.

—Vamos... —dijo ella, enlazando su brazo para salir. Eric levantó el paraguas que Carmen le había dado cuando le preguntó que podían hacer en el centro cívico de la isla.

—Carmen me dijo que hay varios lugares de venta de ramos generales. Alguno de ellos debería tener... lo que buscamos.

—Hay una farmacia y otras dos tiendas que deberían tener. También podríamos ver en el supermercado.

—Bueno, vos sos la experta... te sigo.

Después de un silencio que no fue incómodo, la conversación fluyó entre ellos de manera natural. De música, cuando superaron su común simpatía por Adele, y callaron el recuerdo de su voz musicalizando su primer encuentro, Eric prometió mostrarle la música de la mejor banda de rock latinoamericano de todos los tiempos: Soda Stereo. Hablaron un poco de sus familias, sus estudios y sus trabajos. Se concentró en el de ella, que era, por lejos, más fascinante que el suyo. Soltarle las riendas para que hablara con pasión de la belleza, las imágenes y lo que buscaba transmitir al disparar una cámara, le regocijó el alma.

A una caminata de minutos y con la lluvia disipándose junto a las nubes que descubrían el atardecer, encontraron el pequeño centro de la Isla. Por supuesto que no había un gran despliegue comercial. Cerró el paraguas y dejó que ella liderara la búsqueda, lo último que quería era parecer desesperado por tener sexo con ella, aunque fuera tan real como la arena que pisaba. Inspiró con fuerza y miró sus zapatillas. De un momento a otro habían pasado a tener una cobertura de arena que las había arruinado. Bufó fastidiado.

—¿Qué pasó?

—Arena

—Cierto que a ti esto de la playa no te gusta. ¿Y qué haces en tus vacaciones?

—Me gusta la nieve, la montaña. Me gusta mucho esquiar. El turismo urbano también. Me encanta conocer ciudades, museos, cascos históricos.

—¿Pero playa no?

—Bueno, por este lugar, agradezco haber hecho una excepción... —dijo sonriendo con más de una connotación y ella se sonrojó. ¡Dios! ¡La abrazaría con lo tierna que se veía! Se contuvo, jugueteando con el paraguas para entretener sus manos, ávidas de contacto.

—¿Y a dónde vas a esquiar?

—Si estoy en Estados Unidos, suelo ir a Aspen. Tengo un par de compañeros de trabajo que también esquían y nos juntamos en invierno una semana o algún feriado para ir. Si estoy por Europa en invierno, los mejores lugares están en Francia y Suiza: Davos, Verbier, Tignes. Estuve en Gstaad, son pistas viejas pero muy buenas. También he ido a Calgary, Whistler Blackcomb en Canadá y Mammoth Mountain en California. Y cuando estoy en casa, si agarro la temporada, nos vamos a Las Leñas.

—Cuando estuve en Argentina, fuimos al sur por unos días. Fue un viaje muy rápido como para disfrutarlo, nos llevaban de acá para allá. Fuimos a Beroli... espera, ¿cómo era?

—Bariloche...

—¡Sí! Es hermoso. Subimos a su montaña e hicimos una toma impactante. Y después en la ciudad, que parece sacada de un cuento de Grimm.

—Es cierto. Es un lugar hermoso.

—Sí...

—La próxima vez que nos encontremos en un avión, te llevo a recorrerlo con más tiempo.

—Ok —dijo y sonrió otra vez.

—¡Vera! —los dos se dieron vuelta cuando una mujer salió de un negocio para saludarla. —¡Qué lindo verte por acá! ¿Cuándo llegaste?

—Ayer.

—Te extrañamos en navidad. Pero para año nuevo te quedas, ¿no? Se está armando una linda fiesta en la plaza, ¡Y trajeron los tambores! Si llovió hoy, mañana estará perfecto. —la mujer miró a Eric y extendió la mano

—Él es Eric...

—Sí, ¿cómo sigues? Es bueno saber que estás bien. Todo el mundo estuvo preocupado, incluso tu papá hizo el alerta para el avión sanitario.

—¡No! —dijo ella sorprendida.

—Sí, el año pasado un señor tuvo un problema así de golpe de calor, porque sufría del corazón y casi no la cuenta. Después quiso demandar al doctor de la Isla y se decidió que ante una situación así, si no evoluciona bien en dos horas, se lo regresa de urgencia a Caracas.

—No sabía nada...

—Tú tuviste suerte —dijo la mujer con una sonrisa.

—Y una enfermera de lujo —, completó, un poco conmovido. No le duró mucho la sensación. Otra mujer se acercó a saludarlos, más presentaciones. Caminar con Vera era como haber llegado junto a una celebridad. Algunos eran muy efusivos, otros más discretos. Ella a todos los saludaba por su nombre y todos, sin excepción, le preguntaban algo, por su carrera, sus viajes, y su hermanito menor. Y por supuesto, todo el mundo estaba al tanto de su estúpida insolación.

Por fin, llegaron a una farmacia. Era un local pequeño y no tenía muchas cosas en exhibición. Los dos se llegaron hasta el mostrador y vieron tras el empleado, lo que estaban buscando. En cuanto el hombre, que debía tener la misma edad que el padre de Vera, los vio, sonrió y recibió como al hijo pródigo y señora.

—¡Vera, ragazza!, ¿come vai?

—Bien, don Tito, ¿y usted?

—Benne, benne. Tu padre me dijo que llegaste. ¿Cómo sigue el muchacho? Se lo ve repuesto.

—Muy bien, muchas gracias—.Vera lo miró con los labios apretados. El silencio esta vez fue muy incómodo.

—¿Qué puedo hacer por ustedes?

Eric no volvió a mirar el exhibidor de preservativos. Miró los estantes superiores y vio otra excusa

—Necesito el protector solar más fuerte que tenga. —El viejo italiano se rió muy fuerte y se inclinó sobre el mostrador para palmearle el brazo.

—Molto benne, muchacho, veamos que tenemos por aquí...

Cuando el viejo se dio vuelta, bajando los que de seguro eran más caros y de marcas europeas, Eric exhaló. Vera, a su lado, estaba roja como un tomate. Pedirle a ese tipo una caja de condones, era como hacerlo con el propio padre, y espetarle en la cara sus carnales intenciones con su niñita. Salieron de la farmacia con una bolsita plástica y dejaron al hombre contento con sus dólares. Tomó a Vera de la mano y se inclinó sobre ella para susurrar:

—Me siento como en Misión Imposible —, ella tuvo un ataque de risa.

En el segundo negocio, cambiaron de táctica: Vera se quedó afuera, con la primera bolsita, saludando más gente. Él entró solo. Dio una vuelta por el local, que era un poco más grande y surtido con cosas de perfumería. Se hizo de un frasco de shampoo, otro de acondicionador y un desodorante deportivo. Llegó con las tres cosas al mostrador, con los ojos fijos en el exhibidor con cajitas pequeñas de diversos colores, tratando de identificar alguna marca conocida. Sintió los pasos que se aproximaban desde atrás y se quedó con la palabra colgando de la boca abierta cuando reconoció a la primera mujer que se habían encontrado.

—¡Hola!

—Ho... la... — la mujer, con una sonrisa imposible, miró las cosas que había dejado en el mostrador, las embolsó y volvió a él.

—¿Hay algo más que pueda hacer por ti? — *¿Tendrá un teletransportador que me lleve a mi casa en Irving? Tengo dos cajas de condones en la mesa de luz...* Eric negó en silencio, sacó más dólares al tiempo que la mujer hizo un cálculo veloz y favorecedor para él. Dio las gracias y salió. Vera lo miró, levantando las cejas como única pregunta.

—Shampoo, crema enjuague y desodorante. ¿Necesitás algo más para tu botiquín?

—Bueno, aquí a la vuelta hay un local de recuerdos donde...

Eric la agarró de la mano y la alejó de la puerta, cruzando la calle sin mirar atrás.

—Olvidate. Vamos a tomar algo.

⚬ᘛ❂ᘚ⚬

Se sentaron en una mesa en la calle. Cada vez que alguien se detenía a saludarla, Vera quería que un Tsunami tapara la isla. La cara de Eric era para filmarla. Y si a eso se le sumaba que las dos incursiones para comprar condones habían fracasado, apenas podía mirarlo a la cara. ¡Qué vergüenza! Todo el mundo hablaba de ellos, todos la conocían desde que tenía 10 años y su padre era miembro activo del consejo administrativo de la isla. Era poco menos que la hija del Presidente allí. Y agrégale la novedad de haber aparecido de la nada, acompañada con semejante hombre, el pueblo era un reguero de pólvora y ellos la chispa adecuada. Sentía la mirada de todos clavada en la espalda. Pidieron dos cervezas y otra vez la mesa fue un desfile de vecinos. Hasta que llegó Cristóbal, que tenía su edad y con quien casi habían crecido juntos, y se sentó con ellos.

—Te esperábamos para Navidad.

—Bueno, tuve trabajo, ni siquiera pude pasar por casa —le dijo ya fastidiada, no con él en particular, sino con la situación. Eric había sido tan amable con todo el mundo, parecía tener un imán de carisma, que se equiparaba con su belleza. Era hábil para la charla, de sonrisa fácil, parecía dominar todos los temas y a todo el mundo le caía bien.

—¿Y a dónde vas a llevar a pasear a tu novio? —ni siquiera se animó a mirar a Eric. La mención de la relación sentimental que los unía, solía tensarlo, igual que a ella. De todas formas, y para evitar más rollo con la gente de la isla, seguía la pantomima.

—No sé... donde él quiera... todavía no lo conversamos.

—¿Qué hay para hacer, más allá de lo habitual?

—Podrías llevarlo a Francisquí a hacer Kite. Félix está aquí.

—¿Qué? —preguntó ella

—¿Quién? —preguntó él.

Vera había tenido un sólo acercamiento con un chico de allí: dos semanas de idilio adolescente hasta que tuvo que volver a Canadá y nunca más pasó nada. Con el tiempo, el hijo de pescadores que desde muy pequeño se mostró hábil con una tabla de surf, evolucionó a lo que estaba siendo furor tanto en la isla como en otros lugares del mundo. Félix creció como ese deporte, convirtiéndose en uno de los mejores exponentes y competidores de Kitesurf: Un nuevo deporte, híbrido del surf, impulsado por el viento, aprovechado con una cometa inflable que se manipulaba con sogas, logrando que el surfista pudiera elevarse sobre las olas y hacer figuras en el aire. La tabla era más pequeña que la de surf, muy parecida a las que se usan en Snowboard. Esa última palabra le iluminó una idea en la mente.

—¡Kite! ¡Te va a encantar! Mañana te llevo a Francisquí.

—¿Qué es eso?

—Un cayo. Allí hay instructores y...

—¿Después de una insolación me vas a llevar a un cayo? Yo pensé que todavía me quedaba un día de reposo.

—Vamos, *pibe* —dijo Cristóbal con inflexión en la última palabra: a esa altura era obvio que toda la isla sabía que era argentino —¿Cuánto tiempo te vas a quedar? Tienes que aprovechar cada día, vivirlo con todo. Es toda una experiencia. Aunque seas un principiante... —Vera lo miró de reojo y lo vio tocado en el orgullo. No dijo nada pero se le notaba en el gesto. Y si sabía esquiar, y le había dicho que practicaba Snowboard, de seguro lo dominaría en un santiamén.

—Ok. Mañana vamos a Francisquíto.— Vera y Cristóbal se miraron, tentados de reírse, pero se tragaron las ganas —¿Quién nos lleva?

—Salen lanchas toda la mañana. ¿Les reservo un lugar? ¿A las 10 está bien?

—A las 8 —dijo Eric, antes de tomarse el último vestigio de cerveza en su botella. Vera se empinó la suya y bebió despacio.

—Mejor, porque mañana volvemos todos temprano. Hay que preparar la rumba. Los veo mañana.

Cristóbal saludó a Eric con un pase de manos y volvieron a quedarse solos. ¡Qué mal que manejaban los silencios! Eric se estiró mirando hacia adentro para pedir la cuenta. Pagó con dólares y ella prestó atención al cambio que le tomaban. Nadie se animaría a perjudicarlo estando con ella, aunque a él no parecía importarle mucho. Se excusó para ir al baño y ella se quedó ahí, sola, estirada en la silla, esperándolo. Al volver, le dio la impresión que el humor de Eric se había ido por las cañerías. Estaba serio... Y ella no parecía tener oportunidad alguna de mejorar esa condición. Aunque tenía su propio plan B.

Visitaron dos supermercados, recorriendo las góndolas buscando la protección necesaria y volvieron a fracasar. Su última oportunidad, tampoco prosperó: El local más grande de souvenirs tenía un exhibidor de piso a pared con un surtido estrambótico de condones detrás del mostrador, bien lejos del acceso de la gente. El fallo esta vez fue rotundo: hasta el perro salió a hacerles fiesta de bienvenida, los niños pequeños de la dueña los recibieron a los gritos, el esposo se unió al pandemonio y ambos se desvivieron por aconsejar a Eric en los regalos que podía llevar para cada miembro de su familia: dos camisetas para los pequeños hijos de Sabrina, un reloj de pared y un bolso impreso para ella, otro para su madre, ceniceros para su cuñado y su hermano. Llevó dos vasos térmicos para cerveza, uno para su padre y otro para él. Agregó dos camisetas grandes, un vaso térmico de café y un dibujo hecho en vidrio de un paisaje de costa similar al que se podía ver desde el porche de la posada, el extremo este de la isla, perdiéndose en el Mar Caribe. Todo eso vació la billetera del extranjero y aunque no consiguieron lo que habían salido a buscar, él volvió a estar contento. Las deidades del consumismo.

Ya era de noche cuando decidieron volver a la posada. Entonces una voz masculina resonó sin eco.

—¡Eric! — los dos se dieron vuelta y un muchacho de pelo inflado, con muchos rulos, se acercó a ellos corriendo. Lo reconoció de inmediato: era el argentino que lo había invitado al partido de fútbol— ¿Cómo estás?

—¿Qué hacés? Bien. Todo bien.

—Nos enteramos que te insolaste —. Eric puso los ojos en blanco y forzó una sonrisa. Podía escuchar sus pensamientos: ¿Quedaría alguien en la isla que no supiera del incidente?

—Seeee, un bajón.

—Estamos con el grupo tomando en Bell'Aqua. Esta gente tiene el mejor ron del planeta. Mejor que Cuba. —Eric la miró y ella se encogió de hombros. ¿Cuáles eran sus alternativas? —¿Vienen?

—Vamos.

Cambiaron la dirección de sus pasos y siguieron al muchacho argentino, que seguía hablando con Eric como si se conocieran de toda la vida. ¿Cómo era eso posible, si apenas habían jugado un partido de fútbol?

Todo ese grupo estaba sentado en una mesa larga en la posada más divertida de la isla. Los cuatro estaban acompañados y todos bebían distintos tragos. Nadie tenía una copa vacía y eso era distintivo del lugar. La música no estaba muy fuerte pero entre las charlas y las risas, el bullicio los obligaba a acercarse y hablarse al oído.

—Habida cuenta del fracaso en nuestra misión imposible, lo único que se me ocurre es que nos emborrachemos y durmamos hasta mañana.

—¿Y te parece que borrachos vamos a tener mejor control que sobrios?

—No lo sé... ¿Tenés alguna propuesta mejor?

—Puedo tratar de comprarlos yo...

—¡Ja! —se rió Eric echando la cabeza hacia atrás —Casi te da un infarto adelante del farmacéutico, no quiero perderte tan pronto.

Eric estiró la mano hacia la primera bebida que le llevaron, un coctel de ron y algo azul. Vera se quedó dando vueltas en la última frase, así de tonta y romántica como era. No se tenía mucha confianza pasada de alcohol, así que decidió tomar batidos de fruta: Mango y naranja con un toque de ron. Delicioso.

En la mesa las conversaciones fluían, así se enteró que los cuatro que estaban allí habían ido con sus novias y había cuatro más, solteros, pero que en otra mesa, no estaban solos. Y ella conocía a esas muchachas. Eran locales. Pasaron un par de horas y el lugar se llenó de música y baile. Eric estaba mucho más relajado y a gusto, con el brazo estirado sobre el respaldo de su silla.

—¿No querés bailar?

—No es el tipo de música que me gusta. —Eric se apoyó en su hombro y susurró en su oído, tan cerca que su aliento dulce envío espasmos de calor a su columna

—¿Preferís Adele? —Vera se rió y él se apartó para mirarla.

—Con música lenta puedo disimular mejor que tengo dos pies izquierdos.

—Al lado mío podés parecer la hija de Jennifer López. Yo soy de madera.

—No creo, tienes pinta de que todo lo que haces, lo haces a la perfección.

—Algunas danzas las manejo mejor que otras — y volvió a acercarse, raspando con su barba crecida la parte más sensible de su cuello, haciendo que el corazón le golpeara tan fuerte en el pecho que le retumbara en cada rincón del cuerpo.

—Voy a tener que creer en tu palabra en esa última, aunque el adelanto... —perdió el hilo de la conversación cuando Eric decidió incorporar el roce de sus labios y el filo de sus dientes al jugueteo con la piel de su cuello.

Cerró los ojos y se entregó al gozo. Se olvidó del ruido, la música y la gente en especial. Escondió una mano bajo la mesa y la deslizó despacio sobre la pierna de él. Él la atrapó con su mano libre y la orientó a su entrepierna; gimió un poco contra su cuello al sentir la presión de su mano, y cuando ella lo apretó en un puño, deleitándose con la rigidez de su miembro, gimió más. El pantalón deportivo no dejaba nada para la imaginación, podía sentirlo completo, desbordando en su mano, creciendo en su tacto, como antes lo había sentido en la cama. Los dos estaban respirando fuerte cuando una voz los llamó al orden en el presente ruidoso.

—¡Che, consíganse un cuarto! —Las risas cortaron el momento y los dos se compusieron en su lugar, aunque no se separaron. Se encontraron en sus ojos brillantes, y de pronto la idea de un cuarto pareció maravillosa, con el punto justo de alcohol en la sangre, lo suficiente para hacer que los sentidos se potenciaran y las sensaciones explotaran. ¿Llegarían a la posada?

Eric se puso de pie y se acomodó detrás de las bolsas que llevaba. Saludo a sus compatriotas con la promesa de encontrarse al día siguiente. Parecía que en algún momento de la conversación hablaron de la excursión a Francisquí. Después de pagar sus bebidas y mientras ella también se despedía del grupo, salieron de la posada hacia la que ellos ocupaban.

Caminaron en silencio, rápido y de la mano. El paso largo de Eric equivalía a dos o tres de ella misma y estaba segura que su apuro tenía que ver con no detenerse en cualquier recoveco oscuro y perder los estribos. El aire fresco de la noche los ayudó a despejarles las ideas. ¿Cómo iba a poder controlarse e intentar dormir con él en la misma cama, si no podía tener las manos quietas en un bar lleno de gente? Estaba pensando de verdad en ir a dormir con las muchachas. Eso le dio una idea. Plan C.

Llegaron a la posada cuando los últimos comensales abandonaban sus mesas. Muchos ya partían al centro cuando ellos estaban volviendo. Eric se fue a la habitación con las bolsas de su frustrada expedición, Vera a la cocina, a rescatar algo de comida. El dolor le explotaba en la cabeza y sabía que tenía que ver con no haber comido nada en todo el día. En cuanto la vieron entrar, las tres mujeres se le fueron encima.

—¿Dónde estabas? Tu papá está furioso.

—¡Ay, Carmen! Fuimos al pueblo, dimos una vuelta, tomamos algo, tómenselo con calma.

—Tú sabes como es tu papá.

—Sí... Ya sé... — en realidad no, porque nunca se ausentaba sin decir donde iba, siempre volvía a cenar y nunca había estado allí "acompañada". Resopló de puro fastidio. Carmen le hizo un gesto y volvió a sus actividades. Se quitó la chaqueta y se decidió por ayudar a Betzabel, que lavaba los platos.

—Betza, tú que tienes novio... —en cuanto la muchacha la miró, Vera sintió la sangre hervirle el rostro. Habló rápido antes de arrepentirse. —No tienes por casualidad... algún condón... algo que...

—¿¡Qué?! —dijo sorprendida pero por lo bajo, acercándose a Vera.

—Eso... ¿Qué quieres? ¿Que te lo dibuje?

—¿Y tú no tienes?

—Y si te estoy pidiendo, es porque no tengo.

—¿Y qué? ¿No te cuidas?

—Claro que me cuido —dijo poniendo los ojos en blanco y con tono de fastidio. Ya se estaba arrepintiendo de haber abierto la boca.

—Yo tomo pastillas... No tenemos...

—Ah... Ok. Mira, y si te doy para que me compres...

—¿Estás loca? —esta vez si levantó la voz y su hermana la miró del otro lado de la cocina.

—¿Qué pasó?

—Nada —dijo Betzabel y después volvió a la conversación en voz baja. —¿Te imaginas si yo, que tengo novio estable y me cuido, aparezco queriendo comprar condones, lo que dirán? ¡Reynaldo me cuelga!

—Ok, discúlpame, no lo pensé.

—¿Y qué pasa entre ustedes dos? —Chechy se sumó a la conversación, mirando por sobre su hombro, verificando que su madre no venía.

—Tú no tienes condones, ¿no?

—No, ¿para qué?

—¿Y a ti para qué te parece?

—¡Ay, Vera, ya sé!. ¿Y por qué no compraste? No puede ser que no hubiera en la farmacia de Don Tito.

—¿Me irías a comprar tú un paquete, por favor?

—¿Estás chiflada? ¿Sabes lo que dirían todos por ahí? Una tiene una reputación que cuidar, y aquí son todos, una banda de viejas chismosas.

—Creo que entiendes mi punto.

—¿Y Eric? — Volvió a decir Betzabel — ¿Por qué no compró él?

—Por la misma razón. ¿Con quién los iba a usar?

—Bueno, pero están de novios. ¿Cuál es el problema? —Vera apretó los labios y meneó la cabeza.

—Es verdad. A mamá ya le vinieron con los planteos de cómo es que estás en la misma habitación que él sin haber pasado por el santísimo sacramento del matrimonio. Ya te condenaron a la hoguera y ni siquiera la pudiste disfrutar.

Vera se restregó la cara y buscó en el botiquín un analgésico, sacó un cartón de jugo y se sirvió un vaso bien alto. Carmen entró con la bandeja del café y se tentó de sacarle una taza, pero quizás no sería una buena idea.

—Dejaste a Eric solo.

—¿Tomó café?

—No quiso. Pero lo noté serio. ¿Pelearon? —Vera negó en silencio y salió de la cocina con su vaso.

Eric estaba sentado en la sala, frente al televisor, junto a dos parejas mayores. Empezaba una película de Bruce Willis. Quién sabe qué número de Duro de Matar. Se sentó en el brazo del sillón que él ocupaba, pero ni siquiera la miró. No le dieron ganas de meterse en la conversación, no le prestó atención. Estaba frustrada, con dolor de cabeza y parecía que estuviera cometiendo un pecado. Resopló fastidiada y vio pasar a su padre. Se detuvo a la entrada de la cocina y le hizo una seña con el dedo para que se aproximara. ¿Y ahora? Lo que le faltaba, que le dieran un sermón como si tuviera 15. Se puso de pie y se acercó.

—¿Qué pasa?

—El tonito, Vera.

—Perdón, me duele la cabeza.

—¿Qué pasó con Eric? ¿Pelearon?

—No. ¿Por qué todo el mundo piensa que...?

—De tan melosos que dan diabetes pasaron a casi no mirarse —Vera lo miró pasmada. *¿Melosos? ¿En dónde?* Si apenas se tocaron delante de ellos —¿Pasó algo en el pueblo?

Vera apretó los dedos de los pies para no gritar: *¡Quiero comprar un paquete de condones para romper la cama con este tipo y soy tan estúpidamente famosa en esta isla de mierda que ni siquiera puedo hacer eso sin sentir que todo el mundo me mira!*

Inspiró y trató de bajar una revolución en su escalada de enojo, porque su padre tenía todo el derecho del mundo de bajarle los humos de un sopapo. En eso él era de la vieja escuela y todavía estaba "en capilla" por no haberle dicho lo de Eric.

—No pasó nada, papá. Voy a ver si Eric quiere comer algo. —Tarde llegó a hacerlo: Carmen ya le había dejado en la mesita junto a su sillón un sándwich de pollo completo y una cerveza bien fría. Él se estiró en el sillón, saboreando su sándwich y ni siquiera la miró. Se dio media vuelta y volvió a la cocina.

Buscó en el refrigerador y se armó una ensalada con los restos que encontró. Hizo una mezcla rápida de mayonesa y salsa de tomate, lo mezcló con los vegetales y frutos de mar, y se marchó sin decir palabra. Miró por sobre el hombro donde estaba Eric antes de meterse en el pasillo rumbo a la habitación, él le hizo una media sonrisa y guiñó un ojo. Su corazón aleteó como si le hubiera confesado su amor.

꧁ ꧂

Maratón de *Duro de Matar*, la forma ideal para pasar una noche. Eric iba por la quinta cerveza y en el episodio 3 ya estaba solo. Carmen lo había colmado de atenciones, dejándole más comida, tequeños: unos palitos fritos rellenos de queso de los que debía robar la receta para hacerse rico en el mundo con ese manjar, y mucha cerveza, tal como a él le gustaba: fría, un grado antes de congelarse. La noche era fresca y no había una nube que manchara el negro impecable del cielo sin luna ni estrellas.

Escuchó unos pasos detrás de él y vio al padre de Vera salir por la puerta principal dejando tras de si una estela de humo. El "tano" fumaba cigarros cubanos, y si el olfato no lo engañaba, eran los mismos que el CEO de la empresa donde trabajaba. Lo había cruzado en un par de fiestas y visto fumar con su selecto grupo de asociados.

Sus miradas se cruzaron a la salida y Eric volvió a acomodarse en el sillón, silenciando la película. Unos momentos después lo vio pasar delante del ventanal y sentarse en un sillón muy parecido al que había compartido con Vera en su primer desayuno. Miró su perfil, estudiándolo.

Su gesto serio, su piel arrugada por la sal y el sol, y su cabello canoso, lo hacían parecer más grande, pero le daba la sensación de que podía tener la edad de su propio padre: no más de 60 años. El hombre se incorporó un poco, apoyó un brazo en el respaldo y giró la cabeza para perforarlo con esos ojos negros que parecían un abismo.

—Puedes venir afuera. No voy a comerte —. Eric tomó eso como una invitación más que una amenaza, se puso de pie y salió a la noche para sentarse con su hipotético suegro. Cuando estuvo a su lado, Tonino sacó un cigarro del bolsillo de su camisa y se lo ofreció. Eric negó con la cabeza. —Carmen no me deja fumar adentro, así que tengo que salir, de mi propia posada, de mi propia casa, para hacer lo que quiero.

—Así son las mujeres, ¿no? —la frase provocó algunas risas cómplices entre los dos que se apagaron suavemente.

—¿Cuántos años tienes, Eric?

—33.

—Yo a tu edad tenía 3 hijos y me estaba divorciando.

—¿Y cuánto hace que vive en la Isla?

—En una de las crisis que tuve con la mamá de Vera, tomé un avión y me vine. Los Roques todavía eran un lugar virgen pero un amigo me dijo que había un proyecto del gobierno para impulsar la zona al turismo internacional. La propuesta me caía del cielo en el momento más difícil que afrontábamos: llegábamos de Canadá con el diagnóstico de autismo severo de Mempo.

Eric lo miró fijo y contuvo la sorpresa. El hombre sólo hacía pausas en su monólogo para darle una chupada a su puro y exhalar, como los pedazos de su vida que estaba narrando.

—Pero nuestros planes iban por caminos separados: la familia de Aurora se había ido a vivir a Canadá hacia unos años y nos venían tentando con emigrar. Era una gran oportunidad. Además, contaban con tratamientos y cuestiones médicas que aquí quizás nunca veríamos y que a Mempo podían mejorarle la calidad de vida. Para mi esa noticia era un callejón sin salida, el final cerrado del túnel. Estaba desahuciado, desesperado. Mi mujer en cambio, veía en Canadá el principio del cambio en su vida, la de sus hijos, la de todos. Las grietas que había en nuestro matrimonio se agrandaron hasta tragarse todo, incluso nuestra familia.

—¿Cuántos años tenía Vera?

—Siete. Recién cumplidos.

—¿Y cómo lo tomó? —el hombre apretó los labios y sus ojos brillaron. La edad pone en perspectiva la vida que hemos tenido. Quizás a la distancia, el recuerdo se diluía, o se potenciaba.

—Gina lloró desde el momento que lo supo y me rogó que viajara con ellos, que no los abandonara. Me desgarró el alma. Mempo... creo que nunca se enteró. Con el tiempo de tratamiento y medicación, tuvo más conciencia de su entorno y eso me permitió acercarme. En ese momento, no.

—¿Y Vera? —Tonino arrugó la frente. ¿El recuerdo dolería tanto o no había registro de ello? Le dolió el pecho. Siendo hijo del medio, él sabía de esas cosas. Triste que los padres recuerden siempre lo que le pasa al primero, o al último, porque es lo más cercano.

—Vera lloró, pero fue la que mejor comprendió que pese a la distancia, yo siempre sería su padre y siempre estaría para ellos. No sufrió... o no permitió que la viéramos sufrir, para que no fuera más difícil para todos nosotros. Le di el único bien material que podía equiparar al valor de mis hijos: mi cámara de fotos. A esa edad empezaba a retratar, salíamos juntos, los tres, con Mempo, para sacar fotos. Nunca compensaría el dolor de irse, pero subió a ese avión con una sonrisa.

Los dos se quedaron elaborando esa imagen, esa niña pequeña subiendo a un avión para dejar atrás su país, su hogar, su padre.

—Fui cobarde, no supe afrontar la situación ni sacrificar mi vida por el bienestar de mi familia. Sé que todo lo que les di materialmente nunca compensará la ausencia, no fui lo fuerte que ellos necesitaron y le solté la mano a mi mujer con tres niños pequeños, y uno enfermo, en lugar de ser un hombre y tomar las riendas de la situación. Poco se sabía de eso en esa época, veinte años atrás. Para mí la solución era volver a lo natural, vivir de la pesca, en este paraíso, y que creciera como pudiera. Aurora no estaba dispuesta a eso. Ella quería lo mejor para Mempo y lo consiguió. Que él hoy sea un hombre, aún con sus limitaciones, funcional en casi todos sus aspectos, es un triunfo puro y exclusivo de su madre

—¿Y cómo vivieron en Canadá?

—Le di todo lo que teníamos. Yo tenía una herencia de Italia y con eso compré el permiso de explotación y la posada. Una vez cubiertos los gastos fijos de la posada, todo lo que ganaba iba a Canadá. Aurora nunca tuvo que salir a trabajar, Mempo tuvo los mejores tratamientos, mis hijas tuvieron la mejor educación, nunca les faltó nada. Tuvieron todo, menos un padre.

Eric sintió que le había robado las palabras de la boca. No tenía nada para decirle. Estaba seguro de que si hubiera tenido la versión de los hechos por parte de Vera, no estaría sentado allí con ese tipo. Pero no todos somos iguales y cada uno de nosotros debe aprender a vivir con sus errores y el peso de sus decisiones, y hacerse cargo de las consecuencias de sus actos. ¿Y su alternativa, era mejor? ¿Cómo hubiera crecido Mempo, sin atención, sin tratamiento? El tipo hizo lo que pudo, sin duda lo mejor hubiera sido quedarse, pero al no poder, los liberó para crecer en un lugar con oportunidades, y los ayudó en lo que pudo. Es mucho más de lo que hacían algunos tipos que conocía, con menos problemas que él.

—No estoy tratando de excusarme y sé que Vera tiene su propia opinión formada de los hechos. Ellas viajaban a la isla durante las vacaciones de verano, un mes, y en las fiestas, navidad o año nuevo. Gina dejó de venir a los 15 años. Yo viajo cuando la temporada baja, aunque cada vez aumenta más, gracias a Dios.

—¿Y Mempo nunca vino?

—No. Vera ha intercedido varias veces pero Aurora es intransigente en ello.

El silencio volvió a ganar lugar entre los dos. Cuando empezó la conversación, estaba cansado hasta los huesos y a punto de derrumbarse de sueño, después de las revelaciones del pasado familiar de Vera, tenía tanta adrenalina en la sangre y preguntas para hacerle, y ganas de abrazarla... Y no sería la mejor manera de despertarla, todo el esfuerzo por sobrevivir esa noche habría sido en vano, porque si la tenía entre sus brazos, ya no podría resistir la tentación de hacerle el amor, y con ello cuidarla, protegerla y asegurarle que nunca más estaría sola. Espantó esos pensamientos de su mente y se puso de pie.

—Cuando Gina se casó con Bryan, fui a la iglesia aunque no me invitó. Nunca pude sentarme con él y conocerlo antes. Vinieron aquí de Luna de Miel, les conseguí una habitación en otra posada para que pudieran disfrutar sin el peso de mi presencia. Han venido con el pequeño Luke un par de veces, siempre se alojan en otro lugar. Gina todavía no me perdona. Pese a no conocerlo, sé que Bryan es un gran hombre y un excelente padre. Pero nunca pude decirle...

Eric se dio media vuelta y lo miró. ¿Iba a decirle a él lo que correspondía que le dijera a un yerno? El corazón le latía como una estampida de elefantes. La situación se le había ido de las manos irremediablemente, la suya... porque a esa altura, detrás de toda la pantomima de la relación con Vera, había nacido algo que ahora estaba aterrado de reconocer.

—¿Decirle qué? —Tonino tragó, apagó el resto del cigarro en algún lugar en la oscuridad y se puso de pie. No podía con su genio, no iba a quedarse allí abajo, con él mirándolo desde arriba, como si fuera un ser superior.

—No te conozco, no sé nada sobre ti, ni la relación que tienes con mi niña. Sólo sé que me gusta cómo la miras, como la cuidas. Me gusta cómo sonríe y se sonroja cuando está contigo. No sé cuanto durará, ni a donde los llevarán los caminos de la vida... sólo espero que no sufra. Vera merece ser feliz. Buenas noches.

Tonino desapareció por la puerta y Eric se quedó mirando la nada después de esas palabras. Apretó los dientes, no pensando en mañana sino un poco más allá. Siguió los pasos del hombre mayor y tanteó la oscuridad hasta la puerta de su habitación.

La penumbra se rompía por un reflejo azul en la mesa de luz. Antes de ir a la cama, se sacó la ropa, se puso una camiseta vieja y la bermuda de playa que usaría al día siguiente. Preparó el bolso que llevaría y dejó en su mesa de luz el protector solar que había comprado. Se sentó en la cama y conectó el *Blackberry* de la oficina con la clave *WiFi* que Carmen le había dado. Cayeron un millón de mails y mensajes. *¿Qué parte de "estoy de vacaciones" esta gente no entiende?* Miró por encima los remitentes, todos parecían respuestas a un mail donde él estaría copiado. Ya los revisaría...

Se inclinó en la cama sobre Vera, que dormía en el borde opuesto, casi a punto de caer. Abrazaba un libro y tenía puestos los audífonos de su reproductor de música. Sacó uno y escuchó. *Adele: I found a Boy*, terminando y volviendo a empezar. Le sacó el libro de entre los brazos, apagó el aparatito y le quitó los auriculares. Ni siquiera se movió. La adivinó en la oscuridad, tentado de atraparla en sus brazos y dormir pegado a su espalda. Otra mala idea. Se conformó con hundir la nariz en su pelo y aspirar la fragancia frutal que era sólo de ella. Dejó un beso imperceptible en su sien y se alejó.

Se acomodó sobre la almohada, del otro lado de la cama, apoyó la cabeza en una mano y enredó los dedos de la otra en el cabello de ella, que marcaba la frontera entre los dos. Ensimismado en sus pensamientos, envuelto en la oscuridad y el silencio, se durmió.

✿✿✿ Capítulo 4 ✿✿✿

31 de diciembre

—Arriba, bella durmiente.

Vera escondió la cabeza debajo de la almohada y dejó que la luz le llegara de a poco. Todavía estaba cansada, un par de horas más de sueño no le vendrían nada mal, pero si querían disfrutar del día en Francisquí, les convenía salir temprano, y también desayunar antes de partir. Todo sonaba muy lógico, pero se acurrucó debajo de las sábanas y quiso disfrutar un ratito más.

—Vamos, Vera... —volvió a decir Eric, simulando cansancio. Su voz sonaba como si estuviera en la entrada al baño. ¿Habría tomado una ducha? Sonaba tan despierto como si ya hubiera desayunado. De pronto, su voz estuvo muy cerca, a sus espaldas —Si no te levantás ahora, voy a llamar al monstruo de las cosquillas.

Sintió esos dedos largos meterse por debajo de su camiseta y se tensó como la cuerda de un violín. En cuanto sus manos se apoderaron de su cintura, exclamó y acto seguido gritó, cuando las cosquillas le estremecieron el cuerpo. Se retorció y mientras más luchaba por escapar de las manos y el físico del muchacho, más se proponía el otro someterla. Terminaron los dos jadeando, entre risas, cubiertos hasta la cabeza por las sábanas, ella despeinada, y él sujetándola de las muñecas y la cintura entre sus piernas.

—¡Qué impaciente eres, ya me iba a levantar, no era necesaria la tortura!

—Hace una hora que te estoy llamando.

—Exagerado... —se quedaron enredados en la mirada del otro. Ella apretó los labios esperando que no intentara besarla tan temprano.

—Buenos días. Estamos con el tiempo justo para desayunar y marcharnos. Te espero afuera —. La liberó y escapó de las sábanas, levantando su bolso de camino a la puerta.

Se preparó para su visita a la playa. Eligió una bikini negra, un vestido con los colores del arco iris y sandalias bajas. Se dejó el pelo suelto y se colgó el bolso con toalla, protector solar, su libro, música y sus dos cámaras. Eric la esperaba en una de las mesas junto a la ventana. No se percató que todo el mundo la miraba, los demás huéspedes, su padre desde la puerta de entrada, Carmen y sus hijas desde la cocina. Lo único que podía ver eran los ojos claros de Eric, que reproducían a la perfección el fondo celeste del hermoso día que los esperaba afuera. Se sentó frente a él y desayunaron en silencio.

—¿Cuáles son los planes, entonces?

—Iremos en lancha a Francisquí, un cayo que está a unos 10 minutos en lancha. Allí podemos ver que quieres hacer...

—¿No hay alguna isla desierta donde nos puedan abandonar?

—Hay muchas... podemos perdernos por ahí si quieres.

—¿Si quiero? —dijo levantando una ceja y sonriendo de una manera tan sensual que hizo que se le cayera la cuchara de entre los dedos. La recuperó con torpeza y se bebió rápido el café con leche para marcharse cuanto antes.

Todavía les quedaba resolver el asuntito de la protección, *affaire* que a esa altura parecía elevarse a *DefCom2*: al borde de la crisis de combustión nuclear.

Carmen se acercó con una bandeja cargada de platos que diseminó sobre la mesa. Vera sonrió e hizo un gesto que la transportó a la infancia. Desde que había llegado no pudo probar sus platos favoritos de la casa y no se iba a levantar de la mesa sin hacerlo. Eric la miraba divertido.

—¿Y esto? —Vera movió los dedos mirando los platos, tratando de ver por dónde empezar.

—Te voy a preparar un desayuno que no vas a olvidar en tu vida —y se puso manos a la obra. —Esto es una arepa —dijo levantando con una servilleta de papel, una pieza de masa de harina precocida tostada, de forma redondeada y aplanada. Al cortarla al medio, el vapor buscó altura y develó un interior cremoso. Lo untó con mantequilla primero y lo ahueco para rellenar. —Es como un sándwich. Lo haremos básico: ¿jamón y queso?

—Lo que vos quieras... —Eric la miraba interesado en lo que hacía, como doblaba con una sola mano una porción de queso blanco paisa y después dos piezas finas de jamón. Terminado el relleno, la dejó en la palma de la mano y se la extendió.

—Prueba... — El escepticismo se reflejó en sus ojos pero no la despreció. Abrió los ojos muy grandes cuando hizo lo mismo que hacía su hermano Mempo al recibir una comida nueva: la acercó a su nariz y olfateó. Eric sonrió y dio el primer mordisco. Masticó y saboreó con expresión crítica y neutral. Tragó y bebió un poco de café con leche. —¿Y bien?

Eric miró la arepa al derecho y al revés, como analizando sus pros y contras. La sostuvo en la mano, señalándola con ella.

—Nos podriamos hacer ricos metiendo esto en Buenos Aires, ¿sabés? Esto y los *pequeños* nos van a llenar de guita.

—¿Guita? —preguntó, preocupada. ¿Y si eran bichos? ¿O demandas?

—Dinero.

—¡Ah! —exclamó mas relajada.

Después de comer una arepa, se sirvió en un plato de perico: un revuelto de huevo con queso y varios condimentos más de los que él pasó. Ella estaba acostumbrada a tener un buen desayuno y quizás pasar todo el día sin comer. Siguió con un plato pequeño de frutas tropicales, de las que se divirtieron encontrando los nombres de cada una en su país.

—Corteza verde y dura, relleno rojo, poroso y frío: patilla.

—En Argentina se llama sandía

—Corteza verde y delgada, interior naranja suave: lechosa.

—Creo que allá le dicen papaya, pero no se vé mucho.

—Corteza roja o anaranjada, interior naranja dulce con filamentos: mango.

—Nosotros igual...

—Corteza amarilla, forma alargada, interior amarillo: cambur.

—¡Jajaja! —Se rió Eric con ganas —Nosotros le decimos banana.

—Y después dicen que nosotros estamos americanizados.

Varios de los frutos en su plato no los conocía: guayaba, guanábana y parchita. Se rieron con las acepciones del aguacate, que en Argentina se le decía palta, y de la piña: para ellos una piña era un golpe de puño y la fruta, ananá.

Como cualquier extranjero que se precie, se enseñaron los insultos más comunes en uno y otro país, hasta que Carmen se acercó de nuevo, con dos delicados vasitos de vidrio, los mismos que usaba cuando niña.

—Gracias —dijo Vera con una sonrisa que le hizo doler la cara. Carmen le acarició la cabeza con ternura y recordó las palabras de Eric, la posibilidad evidente de la relación con su padre, le llenó el corazón de alegría y amor. —Esto es natilla. Es una crema suave de leche, maizena, amarillo de huevo bien batido, azúcar y se aromatiza con vainilla o canela.

Como en el avión, Vera colmó una cuchara pequeña de la crema y la extendió hacia Eric, del otro lado de la mesa. Él tomó su muñeca y la obligó a levantarse, rodear la mesa y sentarse a su lado. La soltó y acercó la nariz al postre ofrecido.

—Es uno de los recuerdos más dulces de mi infancia —dijo en un susurro, una confesión que en alguna parte dolía y que sus ojos de cielo y mar parecieron comprender. Sin dejar de mirarla, abrió la boca y sonrió degustando la crema.

—Delicioso.

Con los ojos llenos de lágrimas, sin entender muy bien por qué, fue ella quien se inclinó sobre él y lo besó con los labios cerrados. Terminaron de desayunar uno junto a otro.

Se despidieron de la familia y se encontraron con muchísima gente en el mismo plan de ellos. Encontraron a Cristóbal en una de las lanchas, reservándoles un lugar. En la misma viajaba parte del contingente de argentinos que habían conocido antes. Algunos iban a Francisquí, como ellos, los demás a otros cayos. Mientras Eric se encargaba de pagar la excursión, Vera se alejó a la caseta de organización, para indagar sobre las actividades de Kitesurf. Cristóbal le explicó un poco y recalcó dos o tres veces que Félix estaría allí. No es que no le importara, pero se distrajo cuando escuchó la voz de Eric entre el grupo que estaba del otro lado.

—Che. Necesito un favor.

—¿Qué pasó?

—Juren que no se van a reír.

—Pará, boludo, si ya empezás así —el grupo de ocho empezó a reírse a carcajadas.

Entre las risas alcanzó a distinguir a Eric, serio. Cuando Cristóbal se alejó para buscar un talonario de recibos, Vera se inclinó para mirar la acción. Ya no escuchaba las voces, pero las risas continuaban, así como los insultos, pero en un tenor de tanta confianza, hasta cariño podría decir, que era difícil que sonaran ofensivos. Los ocho argentinos se desperdigaron y reunieron de nuevo en un abrir y cerrar de ojos, y de sus bolsos fueron sacando paquetitos de celofán de los más variados colores, marcas y estaba casi segura que sabores también. Eric estaba sonriente como si fuera un niño con caramelos de una piñata, y a ella le dolía la cara por sonreír en la misma medida y del mismo modo le hervía de la vergüenza. Él metió las manos llenas de paquetes de condones en los bolsillos de sus bermudas y miró alrededor, ¿buscándola? Caminó hacia la playa y se quedó frente a la lancha, siempre con las manos en los bolsillos. Contuvo la risa y volvió a encontrarse con Cristóbal.

—Tu novio dijo que él va a pagar todo lo referente a la excursión. Ni siquiera preguntó valores. ¿Qué hubo? ¿Te empataste con gringo millonario?

—Trabaja, igual que yo, y tiene todo su derecho de gastar su dinero en lo que se le dé la gana, en sus vacaciones.

—Tampoco pidió descuento...

—¿Te estás quejando? No lo puedo creer... — sacudió el pelo y se alejó hacia donde estaba Eric, mirando los preparativos de la lancha. —Hola.

—¿Dónde estabas?

—Atrás, averiguando los precios...

—Ya les dije que yo voy a pagar todo a la vuelta. Tomaremos los servicios que queramos allá.

—Sí, ya me dijeron.

—Bien.

—¿De qué se reían tú y tus amigos allá? — Eric sacó a relucir la más pícara de sus sonrisas y a ella se le derritió la bikini. El líder de la barra argentina llegó de un salto, se paró entre los dos y no lo dejó hablar.

—¡Ah! Una advertencia. No los uses en la playa. En la barra somos 9. Diego y su ahora esposa no vinieron porque tienen un bebé de tres meses, divino Simón, creado en estas playas. La arena es de restos de coral. Filosísimos. No hay látex que resista. Estás avisado. —Y así como apareció, se fue corriendo para subir a la primera lancha que salía. Eric y Vera se quedaron mudos con la boca abierta y su estupor duró hasta que los llamaron a ellos para abordar.

ഛ൙ൟ

Llegaron a Francisquí en 15 minutos. Vera había sacado su cámara de fotos y descargado no menos de 50 tomas con la expresión de Eric mirando el paisaje, el cielo, el mar. El tipo debía trabajar de modelo y ella podría volverse millonaria retratándolo para las portadas más importantes del mundo. Su pelo despeinado por el viento parecía una creación de coiffure.

En el cayo fueron recibidos por los instructores y repartidos en diferentes grupos. Hacía mucho tiempo que no iba allí, el lugar estaba más preparado para el turismo, con carpas montadas en la arena con las cavas de comida, sombrillas más pequeñas, todos los equipos para snorkel, buceo, surf y kite.

Una ráfaga colorida pasó delante de ellos y Eric se sacó los anteojos e hizo visera para mirar al muchacho que *volaba* impulsado por el barrilete inflado y hacía figuras en el aire con su tabla. Otra vez apuntó la cámara hacia él y trató de capturar su expresión y de fondo qué era lo que estaba mirando. En eso estaba cuando escuchó una voz que la estremeció.

—Vera.

Los dos se dieron vuelta hacia donde venía la voz. Un muchacho alto como Eric, moreno y musculoso, la miraba con una sonrisa. No le dio tiempo a nada, la abrazó y alzó a su altura para susurrar a su oído:

—No puedo creer que hayas venido.

—¡Félix! ¿Cómo estás?

—Bien, aquí, ¿y tú?

—Bien. Me enteré de tus triunfos. Felicitaciones.

—Él agacho la cabeza y sonrió con timidez. Entonces su mirada se dirigió a Eric.

—Él es Eric —dijo Vera a modo de presentación. El argentino estiró el brazo sin sonreír y estrechó la mano del venezolano.

—Mucho gusto. El novio de Vera.

&&

Hubo un duelo de miradas, de esos que sientes en las entrañas que no van a terminar bien. El chico debía tener la edad de Vera, y la contextura física estilizada del que hace deportes y no sólo "se cuida". De seguro era el campeón de Kitesurf que el pibe del bar en Los Roques había mencionado. No fue la familiaridad del abrazo lo que le molestó, porque era posible que se conocieran desde chicos, sino la manera en que la miraba, con hambre, como la miraba él, y eso, a su natural carácter posesivo, era prenderle un petardo en el culo. Por si la palabra novio no le había quedado clara, abrazó a Vera por la cintura y la estrechó a su lado. Sólo por si acaso. El chico acusó recibo, mirando hacia otro lado, y Vera también, endureciendo el cuerpo y conteniendo la respiración.

—Me dijeron que estabas interesado en practicar Kite.

—Puede ser...

—¿Tienes alguna experiencia?

—Hago snowboard.

—¿Qué nivel?

—Amateur. Yo soy de los pobres infelices que para vivir tenemos que encerrarnos en una oficina y obedecer órdenes de algún otro trajeado que sabe menos que nosotros.

—Te compadezco. —El chico no mostró ninguna hostilidad, pero aún así, no mejoró la disposición de Eric. Vera se apartó y él la siguió.

—¿A dónde vas?

—A buscar un lugar para dejar las cosas.

—¿Qué onda con este pibe? ¿Es tu novio? ¿Fue tu novio?

—Hubo algo, hace 15 años. Después se mudó a Isla Margarita y allí se desarrolló como deportista. Hacía mucho que no lo veía.

—¿Qué tan algo? ¿Tu primer beso? ¿Tu primera vez? —Vera se rió y acercó para abrazarse a su cintura. Eric miraba de vez en cuando al lugar donde el campeón Félix desenredaba unas líneas.

—Ninguno de los dos, pero fue el único chico con el que alguna vez me vieron... hasta ahora.

Eric giró la cabeza y se inclinó para besarla. No fue un beso apasionado ni abrasador, como otros que habían compartido en sus accidentadas 56 horas de noviazgo, fue suave y cargado de emoción y sentimientos y cuidado y celos y todas esas cosas que era imposible que estuviera sintiendo en un lapso tan breve de tiempo. Sin embargo era así y mientras más vueltas le daba al asunto, peor se le enredaban los cables del cerebro y el corazón.

—Quiero ver como es el asunto este del kite...

—Prométeme que vas a tener cuidado y no vas a convertir esto en un concurso de quien mea más lejos —. Se hizo hacia atrás para mirarla mejor. ¿Tanto podía conocerlo en tan poco tiempo que habían compartido?

Haciendo caso a la recomendación, se sumó al grupo de argentinos mientras Vera se unía a las chicas para tomar sol antes del mediodía. En la carpa central, donde se servían bebidas, había música y todo prometía convertirse en una gran fiesta.

Resultó ser que el Kitesurf era mucho más de lo que prometía, porque a falta de pendiente para tomar velocidad, utilizaba el principio de *Bernoulli* para impulsarse sobre las olas aprovechando el viento paralelo o hacia la playa, que llevaba un barrilete al que se unía por medio de tres líneas y un arnés. El barrilete con frente inflado hacía las veces inversas de paracaídas, con el corte de un ala de avión, y eso llevaba al surfer, que podía aprovechar el movimiento para realizar saltos más o menos complejos y piruetas en el aire.

Después de dos horas de práctica, con un intervalo para beber algo, sólo quedaron tres argentinos con él para probar suerte sobre las olas. Cuando se acercó por segunda vez, Vera estaba tomando sol boca abajo. Vio su bolso bajo la reposera y en él, su protector solar. Se sentó junto a ella, sacó el envase y se puso una cantidad generosa en las manos. Aprovechó el líquido y la excusa, para recorrer esa piel suavemente bronceada, desde los hombros hasta la curva bajo la cintura. Sintió la vibración de placer que escapó de su pecho.

—No te vayas a insolar...

—Tú tampoco —respondió ella.

—A eso venía, vamos a practicar en el agua. Me ofrecieron usar un traje de neoprene.

—Me parece una buena idea.

—Y además tengo que guardar estos... —Vera se incorporó y miró el manojo apretado de sobrecitos de colores, se levantó los anteojos y le dejó ver el brillo tentador de sus ojos.

—Puedes guardarlos en mi bolso.

—¿No se derretirán, no? —Vera puso los ojos en blanco...

—Con mi suerte, seguro que sí. Hay una bolsita plástica en la cava que trajimos. Mételos ahí. Un lugar fresco y oscuro debería servir.

Eric cumplió su cometido y volvió a la reposera.
—¿Qué estás escuchando?
—Está en random...
—¿Te estás aburriendo?
—No, estoy descansando para esta noche. —A la sonrisa traviesa de ella, no pudo más que plantarle un beso. Uno de los instructores le hizo señas y allá fue para cambiarse con un traje de neoprene negro. Cuanto menos tendría poca piel expuesta y no se quemaría como la otra vez, sólo le restaba tomar precauciones para no insolarse. La promesa de la noche de año nuevo era brillante como el día que lo abrazaba. Aprovechó el protector que tenía en las manos y se lo pasó por la cara, los brazos y los empeines.

A la hora del almuerzo, se obligó al descanso. El deporte lo activaba y había descubierto una nueva fuente de adrenalina. Era el único que quedaba de los argentinos practicando con la tabla y el barrilete, y ya estaba navegando en las olas, aunque caía una y otra vez al querer hacer algún tipo de pirueta. En los últimos minutos había logrado hacer la más básica, que era arquearse para atrás con la tabla. Había visto a Vera en la orilla tomándole fotos con teleobjetivo y se sentía una estrella del deporte. También vio como el campeón en competencia se le acercó, demasiado para su gusto, y se inclinaba sobre su chica. Estaba preocupado, pero no por ella, sino por él, por esas cosas extrañas que estaba pensando y sintiendo. En cuanto el tipo tomó postura de galán y ella bajó el teleobjetivo para concentrarse en la charla y no en él, se encaminó a la orilla, soltó el eyector y el barrilete se desinfló como un trapo.

Arrastró las líneas y se acercó con paso certero hasta la parejita. Los dos sonrieron.

—Le estaba diciendo a Vera lo bien que estás manejando la tabla.

—Gracias.

—Saqué unas fotos geniales.

—Vamos a la sombra y me las mostrás.

—¿Te ayudo a levantar el barrilete? —Eric miró a Félix de costado y aflojó la postura de macho celoso. Caminó junto al muchacho para recuperar el barrilete y dejarlo a resguardo mientras caían las horas más fuertes de sol en la playa. —¿Cuánto hace que estás con Vera?

—Una vida —sonrió mientras estiraba las lingas.

—No sabía que estaba en pareja. Hace mucho que no nos vemos.

—Me dijo que te habías mudado a Margarita.

—Tenemos una escuela en el Yaque, una playa de la Isla. Los mejores vientos para practicar.

—Tendremos que pasar por allí en algún momento.

—Los dos son muy bienvenidos. Tienes aptitudes.

—Gracias.

—Hoy nos vamos temprano, vamos a hacer un recorrido a la Boca de Sebastopol y volvemos al Gran Roque con los kite. Llámalo una despedida del año. Creo que con un poco de práctica, podrías lograrlo. —Identificó un poco de soberbia en el desafío o quizás era él y su maldita competitividad y querer ser el número uno en todo, lo que hizo clic en él.

—¿Sólo los kite? No voy a dejar a Vera sola.

—Van lanchas de apoyo. No creo que ella te dejara solo tampoco. Es una experiencia en un millón. Y no es para cualquiera. Jamás se lo ofrecería a un principiante. —Eric sonrió de costado. No necesitó inflador para su ego, se hinchaba solito ante esas cosas.

—Gracias. Me parece que me subo a la expedición.

—Bienvenido a bordo, pues. —Félix le palmeó el hombro y desinfló el fleje del barrilete antes de envolverlo. Juntos volvieron a la carpa principal.

Cuando llegaron, Vera estaba hablando con muchachos que no eran del grupo de argentinos. Al acercarse, los escucho conversar en inglés, eso identificó en las palabras de despedida. Se sentó detrás de Vera en la reposera, con las piernas abiertas, atrayéndola hacia él. Le apartó el pelo y le susurró al oído: "You've already found a boy". Ella se quedó quieta contra su pecho y sacó de la cava uno de los sándwiches que Carmen había enviado para ellos.

—¿Qué tenés ganas de hacer después?

—Si vamos para el otro extremo, podemos encontrar algún lugar tranquilo para hacer snorkel. Tus amigos vienen de allá fascinados. Podemos sacar algunas fotos...

—Tu amigo Félix me dijo que antes de irnos querían ir hasta la Boca de Sebastopol. ¿Conocés? —Vera se dio vuelta para mirarlo.

—¿Vas a ir en el kite?

—Sí.

—Eric... acabas de empezar, todavía no lo dominas del todo.

—Tengo lo básico y conozco los mecanismos de seguridad. Félix dijo que podría manejarlo... y si no, hay lanchas de apoyo. Me gustaría intentarlo.

—Podemos volver otro día... son excursiones diarias... con un poco más de práctica...

—¿Qué es lo peor que puede pasar? —Vera puso los ojos en blanco, dándose por vencida muy rápido. Él no era un suicida. Si no lo podía manejar, enrollaba sus cosas y se subía a la lancha. —Ok. Si después de entrenar un poco más, no me siento preparado para hacerlo, volvemos con el resto y listo.

El almuerzo con el grupo fue distendido, al ritmo de la música del momento, regado de bebidas energizantes y jugos de frutas. Para bajar la comida, se armó un partido de Truco que terminó transformándose en un pandemonio de risas.

En su vida se había divertido tanto como esa tarde. No era sólo la compañía, era el lugar, el clima, el aire. Todo se daba para la diversión, para el descanso. También para el romance. Cuando la música bajó de intensidad, como marcando la hora de relax después de la comida, algunas parejas tomaron sus sombrillas, sillas plegables y bolsos, y se alejaron despacio. Vera estaba entretenida en una conversación de moda con otras chicas, cuando él, sin decir nada, fue hasta la pila del fondo y apartó los implementos necesarios para alejarse. Se detuvo a su lado cargado con una sombrilla y dos sillas bajo el brazo. En la otra mano, dos mascaras para snorkel.

—¿Vamos? —Vera sonrió, levantó la toalla y los dos bolsos. Hicieron 20 metros fuera de la carpa principal, cuando ella se detuvo y volvió corriendo. Levantó la cava y regresó corriendo a su lado. Desde atrás, una voz se alzó:

—¡Acordate de los corales! —Eric pasó su mano libre por detrás de la cintura de Vera, no sin antes mostrarle el dedo medio al argentino entrometido.

ഐര ഇൽ

El resto de la tarde los dos hicieron snorkel, recorrieron la playa, jugaron en la arena. Caminaron adentrándose al mar hasta que hicieron pie, muy lejos de la orilla.

Sacaron fotos en el agua y Vera se sorprendió cuando agotó una memoria completa con imágenes de esa tarde. Todavía faltaba más de una hora para volver y ella sintió la ansiedad de él por acercarse al grupo para una última práctica en Kite antes de partir a Sebastopol. A la sombra, Eric se había sacado la parte de arriba del traje de neoprene y se estiraba sobre la toalla en la arena. Ella se retorcía el pelo para sacar un poco del agua de mar.

Dejó caer gotas en su cabeza y él acarició su pierna, desde los tobillos hasta la rodilla, obligándola con un mínimo esfuerzo a inclinarse sobre él. A su lado, se dejó atrapar, rodando sobre su cuerpo. Teniéndolo a nada de distancia, recorrió con un dedo y la mirada, cada línea que dibujaba su rostro perfecto, desde el nacimiento de ese pelo rebelde que la tenía embrujada, su frente que solía arrugarse más de lo necesario, las cejas pobladas, esos ojos de ensueño enmarcadas en pestañas claras como la barba que crecía al descuido. Su nariz, sus labios delgados, suaves, deliciosos. Sobre ellos posó los suyos, despacio, sin querer encender del todo la hoguera que los consumía.

Las manos de él escalaron desde su cintura, por su espalda, hasta sostenerla del rostro y profundizar el beso. Él también estaba medido, controlado, como no queriendo desbandar el deseo, pero su corazón retumbaba como un tambor en la caverna de su pecho. Le costaba respirar aunque nada la presionara. Las manos de Eric bajaron por su cuello hasta perderse en su pecho; sin soltar sus labios ni abrir los ojos, apartó las dos piezas que cubrían sus senos, haciendo que el roce de sus pezones con el pecho de él, encendiera sus sentidos. Describió con paciencia de escultor, con esos dedos de pianista, la curva plena del costado de su pecho hasta llegar a la cima, donde el botón más erguido de su cuerpo se endureció aún más entre su pulgar e índice. Cuando la boca de él abandonó la suya y bajó al cuello rumbo sur, se estiró, arqueando la espalda y guiándolo con los dedos enredados en su pelo.

En algún momento su espalda perdió aire y encontró arena, al mismo tiempo que la mano de él presionó con fuerza su pecho y lo llevó a su boca, devorándolo como una fruta madura. Gimió mientras sentía como se derretía por dentro, y en su boca, entre sus manos, perdiendo densidad y sentido. Su sexo fue como un imán y a él se pegó como si eso fuera a aliviar el deseo, ardiente entre sus piernas, caliente en su sangre. Con las manos ocupadas, aferrándolo, sólo le quedó usar una pierna para apretarlo contra ella y hacer que la fricción con el neoprene lo calentara por dentro y por fuera.

La respiración de ambos se mezclaba con el viento y sin dejar de atender su pecho con fuerza, descontrolando su orientación, su boca bajó por su vientre siguiendo el rastro de su mano. Se tensó y sus caderas se elevaron contra su propia voluntad. Volvió a arquear la espalda cuando su mente gritaba: *¡No me hagas esto, por Dios!*

Recorrió con los labios el borde húmedo de su bikini, el rasgado de su barba haciendo estragos en los nervios de la base de su columna. Lo sintió detenerse apoyado en su vientre y lo miró preocupada. Desesperada la describía mejor. ¿Por qué se detuvo? Eric sonrió.

—Me acabo de acordar que dejé un asunto inconcluso ayer —pasó la lengua por la yema de dos de sus dedos y ella dejó caer la cabeza para atrás.

¿Qué decir cuando esos dedos volvieron a su interior? El gemido que nació en su garganta ya no se ahogó, tampoco sus ganas; se rindió antes de presentar batalla, entregó sus estandartes y no se sublevó. Se olvidó del lugar y del momento, del sol, de la arena, eso no competía con el paraíso que se estaba abriendo tras sus párpados. Bajó una mano recorriendo la piel desnuda del brazo de Eric, el antebrazo y su vello suave, hasta llegar a la mano que estaba deslizándose en ella con pasión. Sus bocas volvieron a encontrarse al tiempo que sus dedos se mezclaron con los de él. Ambos abrieron los ojos.

—Mostrame cómo te gusta —susurró en sus labios, sus manos ahondaron en su interior y se movieron al ritmo de sus caderas. Sucumbió al orgasmo, contrayéndose sobre sus dedos, temblando contra su piel, jadeando en su aliento. Se ahogó en sus ojos de mar, muriendo en su iris de cielo. Se derramó y no en lágrimas; tembló por última vez entre sus manos, mientras él la besaba otra vez.

Eric se encargó de acomodar la bikini en su lugar y se sentó a su lado, flexionando las piernas y mirando más allá del mar. A Vera le costó recuperarse de los coletazos del orgasmo reciente y sólo se sentó cuando su respiración dejó de representar el esfuerzo de una maratón. Apoyó la frente en su hombro y él inclinó la cabeza para tocar la suya.

—Me siento terrible…
—Mi idea era lograr lo contrario…
—Quiero decir…

Se puso de pie de un salto y estiró la mano para ayudarla a levantarse. La abrazó y susurró en su oído.

—Necesito descargar un poco de adrenalina. ¿Vamos a Sebastopol?

—¿Y después de lo recién piensas que te diría que no a algo? —sonrió contra su piel y se apartó para levantar las cosas y volver al grupo.

Una hora después, los contingentes más grandes estaban volviendo en sus lanchas al Gran Roque, mientras que un grupo reducido desmontaba el campamento y se preparaba para el recorrido que los llevaría a la Boca de Sebastopol. Era un viaje de media hora, de seguro irían primero en las lanchas y pasarían un rato allí; el lugar era digno de conocer, incluso había vestigios de un naufragio de 1800.

Lo que se conocía como la Boca de Sebastopol era un extremo de arena de coral que apenas asomaba sobre el agua del archipiélago. El recorrido, de 30 minutos en lancha, los llevó al sector más alejado y virgen, donde los vientos Alisios acariciaban la superficie cristalina y creaba olas suaves de espuma blanca. Las últimas fotos en ese lugar eran un retrato del sueño de Dios.

La variedad marina y de corales los maravillaron al probar un rato de snorkel. Vera se cansó de sacarle fotos a Eric rodeado de peces de colores, investigando corales, tocando el fondo del mar como la gran prueba, sosteniendo una estrella de mar y peleando con una manada de hipocampos.

Antes de partir, el grupo hizo una última práctica, especial para Eric, recalcando lo básico en seguridad, darle a conocer las señas para comunicarse durante la travesía y las acciones en caso de emergencia. Las lanchas de apoyo volvían casi vacías. Vera iría en la de Cristóbal, lo más cerca posible de Eric. Félix también estaría cerca por las dudas, su sonrisa cómplice se lo ratificó.

En un último ritual antes de regresar, brindaron con *RedBull* y *Ad-Rush* por el fin de otro muy buen año y el deseo de un año mejor. Vera se mantuvo a un costado, fotografiando al grupo. Cuando todos empezaron a ponerse los arneses y preparar sus barriletes, Eric se acercó.

—Estás seria...

—Prométeme que no te vas a hacer el loco ahí.

—¿El loco? Te da miedo...

—Creo que es demasiado para ser tu primera vez.

—Félix no piensa igual que vos —y de pronto, de haber sido su "contrincante" y haberlo obligado a marcar territorio como un bulldog enojado, Félix pasaba a ser su mecenas en una travesía arriesgada entre cayos y arrecifes, a merced de vientos impredecibles y olas superficialmente mansas. La situación la hizo entornar los ojos en silencio.

Al mar había que respetarlo, esa era la primera premisa de quien se había criado a su orilla. Pero resultaba ser que Eric era hombre de montaña, a la que había que conquistar. Dos fuerzas naturales por completo diferentes. Percibió que su exceso de preocupación minaba su ego, pero a ella su excesiva confianza le erizaba los pelos de la nuca.

Vera miró el mar, reconcentrada, e inspiró la brisa salada como si quisiera medir su velocidad. Su cabello ondeó y Eric se interpuso ante la visión del horizonte.

—Si no querés que lo haga...

—Sólo sé cuidadoso, ¿sí?

—¿No querés jugar más a la enfermera conmigo? —dijo cuadrando la mandíbula y apretando los labios de una manera tan sexy que a ella se le olvidó cómo respirar y pensar. Con un dedo apartó un mechón que volaba sobre su rostro y lo redireccionó detrás de su cabeza, aprovechó el movimiento para acariciar su mejilla, bajar lento por su cuello y colarse en la hendidura de su clavícula hasta el medio de su pecho. Con ese mismo dedo se deslizó dentro de su bikini para delinear el pezón endurecido. Los dos hicieron lo mismo: morderse los labios.

—¿Quieres jugar? —dijo ella mirándolo con tanta intensidad que hasta sintió como sus pupilas se dilataban intentando tragárselo. Sus manos fueron hacia su espalda en claro desafío de desnudarse delante de todos. Eric la atrapó de las muñecas y estrechó contra su pecho. Frente a frente, a nada de distancia, sus labios encontraron el camino sin necesidad de un mapa. Perdieron la noción del tiempo saboreándose como la primera vez, en el deleite de lo conocido y lo inesperado.

⁕⁕⁕

Cuando el viento estuvo acorde a lo necesario y con las instrucciones aprendidas para volver, Eric se mezcló en el grupo para remontar las alas que lo llevarían en la travesía. Vera capturó cada imagen, aprovechando el zoom para no perder detalle de ese momento. El recuerdo era la excusa, la captura era el medio, ella aguzaba su sentido de la vista a través de la lente para estar más cerca, mientras la lancha rompía la superficie, un poco más allá de la barrera de arrecifes por la que el grupo de siete surfeaba el viento y las olas.

Iban a mitad de camino cuando una ráfaga de viento le cambió el trayecto a la estela de su pelo. Desenfocó un momento cuando se le enfrió el alma en un presagio. Dos se apartaron del grupo, sus alas en verde y azul se desinflaron cuando la ráfaga los arrastró. Pudieron accionar el primer mecanismo de seguridad que desprendía una de las lingas laterales y cayeron al mar. Una de las lanchas aminoró su marcha para recuperar a los muchachos y sus tablas.

Vera levantó los ojos buscando el barrilete de Eric, que era naranja. La ráfaga le llegó de espaldas y lo levantó al menos dos metros del agua. Hizo una pirueta y volvió a rozar las olas. Lo enfocó de nuevo a través del lente con los dientes apretados, el viento no sólo había cambiado de dirección sino aumentado su intensidad. Ya cuando salieron escuchó que rozaba los 12 nudos. 15 solía ser el límite, pero los que quedaron en pie podían afrontar vientos de 17, 18 a lo sumo. 20 era peligroso. ¿Pero cómo saberlo? Volteó la cabeza hacia Cristóbal, que debía haberle leído la mente.

—El viento está arreciando. Félix va a sacarlo.

Fue tarde. Eric no pudo surfear la segunda ráfaga que la despeinó completa. Enfocó y su dedo presionó el obturador con tanta fuerza que activó el disparador de secuencia deportiva. No lograba accionar el mecanismo primario de seguridad y debía estar a más de tres metros de altura cuando pudo desprenderse por completo del barrilete y caer pesado contra el mar más blancuzco, el que denunciaba menos profundidad, el que lindaba con la barrera de coral.

Se desenganchó la correa de la cámara del cuello y puso la máquina contra el pecho de Cristóbal, dispuesta a zambullirse, cuando los brazos del muchacho la sostuvieron con fuerza y dos lanchas los sobrepasaron a toda velocidad, directo al lugar donde el inexperto había caído.

Antes de que llegaran, lo vio emerger sacudiendo la cabeza como un perro. Recién entonces volvió a respirar. Eric se pasó a la lancha de ella en cuanto se igualaron.

Contemplar el atardecer en ese viaje rápido hasta la isla, rodeados de las piruetas de los demás, en sus brazos, fue algo que jamás podría olvidar.

Bajaron de la lancha y saludaron al resto del grupo. Ya se sentía uno más. Compartir esa experiencia terminó de fusionar su vida a ese lugar, de una manera complicadamente indisoluble.

Llevaban caminado unos veinte metros, volviendo a la posada, cuando Vera miró alrededor.

—¡La cava!

Los dos salieron corriendo entre risas y la recuperaron: su secreto seguía a salvo. El cansancio del día deportivo y la playa desaparecieron como por arte de magia. Los ojos de Vera brillaron en cuanto transpusieron la puerta. Dejaron las cosas en la cocina y el lugar entero parecía vacío. La mayoría de la gente ya estaba en sus habitaciones, preparándose, o en la plaza principal, alistando los últimos detalles para la fiesta de fin de año. Ella verificó alrededor, sacó la bolsita entre el hielo y los envases vacíos de la cava, enarcó una ceja sensual y dijo:

—Creo que mi papá no está. —Dejó la bolsita en la mesada de la cocina y desapareció. Cuando se quiso dar cuenta, ella ya estaba corriendo rumbo a la habitación.

Llegó a capturarla en la puerta, apretando su cuerpo contra la madera, abriendo con el mismo envión y cerrándola cuando ella ya estaba adentro.

Cuando se acercó, Vera trató de sostenerlo, abrazarlo, acariciarlo. En el estado en que estaba, eso no era lo que necesitaba.

La arrinconó contra la pared como un lobo a su presa mientras se deshacía del complicado traje de neoprene. Como la suerte estaba de su lado, en tres tirones lo tuvo en el piso. Ella no atinó a hacer ningún movimiento, lo miró a los ojos con las pupilas en llamas, un reflejo de los suyos. La cercó contra la pared y la vio hacer un esfuerzo por tragar. La había asustado, pero ya no estaba en condiciones de retroceder.

La encerró con su cuerpo y metió una pierna entre las de ella. Su calor le quemó la piel y gimió. Gimieron los dos. La deliciosa fricción duró un segundo y lo arrebató la humedad de Vera. Estaba tan lista. Sin dejar de mirarla, desgarró el film del preservativo que llevaba en una mano. El frío del látex lo hizo maldecir en cuanto lo calzó en su miembro. Exhaló y volvió a mirar a Vera. Ella buscó sus labios y él la sujeto del cuello, estirándolo sin presionar, deslizando su lengua sobre esa vena que podía ver latir, delatora, al ritmo de su corazón. Se detuvo en su oído y susurró:

—Si soy rudo en este momento es porque me muero por tenerte, ¿lo entendés? — ella asintió rápido. Él presionó un poco en su cuello y ella se aflojó — Hablame.

—Sí, Eric —repitió con un escalofrío, moviéndose contra su pierna, buscándolo con la otra. Su voz parecía una sierra eléctrica y ella temblaba como si fuera a cortarla al medio.

—No voy a lastimarte, no quiero asustarte, pero lo quiero así, rápido y furioso, porque no aguanto más. —Ella gimió, excitada, y asintió. Podría haberle exigido la respuesta, pero ya no podía esperar.

Vera quiso acercarse para besarlo pero él se apartó e inclinó rápido para hacer desaparecer la parte de abajo de su bikini. Al subir, se llevó consigo su vestido. La enlazó tan rápido de una pierna y se enterró en ella con tanta fuerza, que su cuerpo rebotó contra la pared con un sonido seco. Exhaló pero no se dio tiempo a ponerle poesía al calor que lo quemaba como el sol de enero. Arremetió contra ella y su cuerpo, casi con furia, enojado con el tiempo por haberse demorado en nimiedades. Enredó la mano libre en su pelo, la sujetó con fuerza pero también buscó que no golpeara la pared con cada embate. Su boca tampoco fue gentil, apoderándose de ella con voracidad, haciendo entrar en juego los dientes, ahogándola con su lengua. Sus piernas abrazaban su cadera pero carecían de fuerza. Al segundo golpe en sus entrañas la sintió gritar en su boca, entre el dolor y el placer, casi derrumbándose entre él y la pared. La presión desde el interior, el calor y la humedad se exponenciaron aún a través de la protección y gruñó como un animal en los dos últimos golpes antes de clavarse y derramarse, resoplando como un toro herido y embravecido, liderando una estampida de lujuria.

Se quedó quieto, enterrado en su interior, pero lejos de estar saciado, quería más de ese festín, de esa mujer que lo estaba volviendo loco afuera y desde adentro. Se dio un momento para recuperarse y echó la cabeza hacia atrás para mirarla. Estaba derrumbada en su hombro, jadeando, aferrada con manos y pies a él, como si temiera caer. Le levantó el rostro con una mano y la hizo mirarlo. Estaba acalorada y transpirada.

—¿Te lastimé? —negó con la cabeza y esperó encontrar la verdadera respuesta en sus ojos. Bajó las manos y la sostuvo hasta que se asentó sobre sus pies. Abandonó su cuerpo despacio, renuente, un contrapunto inesperado después del arrebato violento que había tenido. Apoyó la frente en la de ella y esperó hasta que sus respiraciones fueran una, calmándose con su aliento, con su aroma. Inspiró una vez y ella se abrazó a su cintura, sin decir una palabra.

Las imágenes de una ducha compartida eran tentadoras, pero, muy a su pesar, tenía que reconocer que estaba arruinado físicamente, aunque el memo no llegara a su entrepierna.

—¿Quién se baña primero, vos o yo?

—Ahorremos agua — fue la respuesta de ella, y él no pudo estar más de acuerdo. Lo tomó de la mano y lo guió hacia el baño.

Hicieron un esfuerzo por no tocarse, tomando turnos bajo el agua. Fracasaron a todo intento. Hubo momentos de choques, resbalones y risas, hasta que llegó el momento del shampoo. Vera tomó el envase y lo miró con un brillo misterioso en los ojos.

—¿Puedo? —No se animó a hablar, sólo asintió. Ella se subió en el banco de madera que habían dejado allí para su baño anterior, y él se dio vuelta. Cerró los ojos y se dedicó a sentir. Sus manos delicadas se ocuparon de desparramar el shampoo y él echó la cabeza para atrás. Por su mente desfilaron cada momento compartido, incluso aquellos que el sopor de la fiebre ocultaba. Ella era tan perfecta, en todos los sentidos, la libertad de su vida y la transparencia de sus acciones la hacían irresistible. Y por todo eso, el contexto y la realidad, la convertían en algo prohibido. Inspiró y su perfume llegó a impregnarle el alma. Se instaba con desesperación a disfrutar del momento, a no perderlo, a no pensar. A sentir como el hombre libre que era, sin compromisos, sin ataduras, a vivir sin pensar que mañana todo podía terminar.

Echó la cabeza para atrás y sintió sus dedos escurrir la espuma del shampoo en un enjuague final. Ahora tenía su olor en su cuerpo. Sonrió de puro placer, y no un placer sexual, sino algo más simple y profundo, desconocido, que se estaba arraigando en él. Buscarle nombre sería espantarse, así que sólo lo disfruto

—Listo —. La ayudó a bajar del banco y ella lo orientó a la salida. La miró desconcertado. —Si no te vas… no saldremos nunca más de aquí.

Eric huyó de la ducha antes de retomar la sesión sexual. Estaba como al principio. Se envolvió en una de las batas de toalla, arrancó una de mano y salió secándose el pelo. Se acomodó entre las sábanas y se entregó a un letargo placentero, pero solitario. Algo faltaba, a su lado, entre sus brazos. Se quejó como un niño pequeño sin su juguete favorito, el que necesita para dormir, para sentirse seguro. Su muñeca no se hizo esperar. Tibia y húmeda, envuelta en una bata igual a la suya, se metió bajo las sábanas y se estrechó junto a él. No quería barreras entre los dos. Se quitó la bata y la arrojó lejos. Quería sentir su piel. Se apoyó sobre ella y apartó la toalla que la cubría, descubriendola otra vez.
—Te quiero desnuda —Sus ojos, acostumbrados a la oscuridad, distinguieron su sonrisa y se guió por el destello de sus pupilas para inclinarse y besarla. Fue un beso tranquilo, inusual en él, inesperado después del último arrebato. Un beso bienvenido

꧁ ༄ ꧂

Con la sangre bullendo en sus venas, se dejó besar. Su peso perfecto sobre ella la hacía sentir que se fundían en uno, y el pensamiento fue tan caliente que su corazón cayó en arritmia y latió en medio de sus piernas. Sus manos sedosas volvieron a recorrerla, encendiendo sus nervios como si fueran mechas de los fuegos artificiales que explotaban en su mente. Eric era un maestro al momento de descubrir y pulsar los lugares que la encendían, que la enceguecían, y ella misma era un mapa que con gemidos lánguidos marcaban la ruta que debía seguir. Otra vez estaban al borde, y aunque él estuviera dispuesto, sentía que el cansancio hacía pesados sus movimientos.

Cuando entre besos y caricias, sus cuerpos encontraron esa posición natural y perfecta para la que habían sido creados, para encajar y completarse, vibrar y llenarse, los dos estiraron la mano a la mesa de luz donde todavía estaban, desparramados, los condones prestados. Él fue más rápido y hábil, pero en cuanto se apoyó en su espalda para colocarse el látex, ella aprovechó para tomar la iniciativa.

En el mismo giro quedó sentada sobre su vientre, y cuando él liberó sus manos, acarició sus muslos, subió por la curva de su cintura y se apoderó de ambos pechos. La presión de sus dedos, desde la curva más prominente hasta el centro, la enloqueció e hizo trepar su cuerpo hasta que él pudo hundir su cara en el medio mismo, y alternar su boca y su atención, primero a un pezón, después al otro, atormentándolos hasta hacerla gemir y arrugar las sábanas entre sus manos, exquisito y doloroso delirio que decantaba en placer. El filo de sus dientes atacaba y la humedad de su lengua aplacaba el dolor. Su pelo se había derramado alrededor de los dos, creando una cortina que los alejaba del mundo. Los gemidos de él, degustando su piel como la última cena, la encendieron como nada en este mundo, y su clítoris latía reclamando atención. Se conformó con la fricción, porque estaba lejos de poder darse placer por sí misma y él, gracias al cielo, tenía las manos y la boca ocupadas en otros menesteres.

Eric se echó para atrás y estiró una mano hasta atrapar su cuello. El recuerdo caliente del primer encuentro le hizo contraer los músculos secretos entre sus piernas. Buscó deslizarse hasta encontrar donde encajar, y no demorar más el placer de sentirlo, cuando la mano viajó de su cuello a su nuca, se cerró en un puño y la arrastró a su boca.

—Date vuelta —dijo contra sus labios.

Tragó ante la ambigüedad del pedido, mientras por lo menos doce imágenes, igual de extremas y calientes, llegaron a su mente. Él se incorporó un poco sobre la almohada y la hizo girar en su cadera, pasando una pierna por sobre su pecho hasta que apoyara ambas manos en sus rodillas... en las de él. Recorrió toda la extensión de su columna con una mano, primero una caricia desde la base hasta el cuello, después un puño cerrado que presionó hasta la médula. Entonces la ubicó en el lugar exacto donde ambos querían. Con un sólo movimiento elevó la cadera y la llenó con su hombría, presionando su cuerpo con ambas manos hasta llegar al fondo de su cuerpo con vicio.

Al sentirlo en ese lugar, apartarse no fue una opción, la plenitud de su sexo en ella, diferente y aún así, perfecto, hizo volar por los aires sus ataduras, las externas y las autoimpuestas. Encontró su propio ritmo por instinto, impulsándose sobre él como su eje, su centro, absorbiendo la fricción y el vértigo como combustible de su propia explosión, esa que sentía como crecía en sus entrañas, como se construía pieza a pieza. La posición le daba una nueva dimensión a su satisfacción, potenciada desde adentro.

Su propio pelo la ahogaba cuando se pegaba al sudor de su rostro, y al caer sobre su espalda, las puntas iban siendo capturadas, como una cosecha, por las manos de Eric, que antes masajeaban sus caderas y acompañaban sus movimientos y a veces la forzaban para llegar más adentro. La llegada de su orgasmo se anunciaba con una seguidilla incontrolable de gemidos, apurando el ritmo y la fricción, concentrada en las sensaciones de su interior.

Con un movimiento de su mano, Eric envolvió el largo del pelo de Vera en un puño y la obligó a arquearse sobre su espalda, el dolor del tirón frenando su clímax, pero al mismo tiempo incrementándolo.

Sin salir de su interior la hizo caer sobre sus rodillas y sus manos; sin soltar el nudo de la mano en su cabello, la sostuvo del estómago y su boca se hundió en su oído:

—No grites —murmuró.

Fue como una visión, porque tuvo que apretar los dientes para contener el grito que le nació del centro cuando Eric arremetió desde atrás con la misma fuerza y violencia con la que la había poseído no hacía mucho contra la pared de enfrente. Sus sentidos explotaron con la intensidad de una colisión estelar. Nunca en su vida había sentido nada igual y la sensación de calor hasta quemarse le llegó hasta un lugar que ya no era ni la savia de sus huesos, era más adentro. Fue surfear su propio orgasmo mientras él se clavaba en lo más profundo y se derramaba y derrumbaba en ella, cayendo juntos en espiral, del otro lado de la cama, con los pies en las almohadas.

⁓ৎ ৎ⁓

Sin abrir los ojos, lo primero que hizo fue estirar la mano, buscándola. La cama estaba desordenada y tenía las sábanas arremolinadas alrededor del cuerpo. La oscuridad se disipaba con una sola luz que provenía del baño, de donde salió la mujer que buscaba, con sólo la parte de abajo de la ropa interior, peinándose ese pelo larguísimo de ensueño, caminando hasta el extremo opuesto de la habitación, donde estaban los bolsos con su ropa.

Estiró una prenda de color blanco y después se inclinó para buscar algo más. El perfil recortado de su cuerpo le despertó los más básicos instintos, un hambre que, lejos de saciarse, parecía crecer con cada encuentro. Se aclaró la garganta y ella levantó la cabeza hacia donde él estaba.

—Vera...

—Perdóname, no quise despertarte.

—¿Qué hora es?

—Casi las nueve.

—Vení. —Eric se sentó en la cama, con las piernas cruzadas y ella imitó su posición, justo enfrente. —Antes de ir a cenar... me gustaría que habláramos.

Ella lo miraba expectante, con las manos entrecruzadas sobre su regazo y el pelo cayéndole sobre un hombro, cubriendo un pecho. Él la miró por completo y se intimidó. Inspiró, tomó valor y empezó a balbucear...

—No tengo mucho para ofrecerte. Soy un tipo de oficina, que se la pasa viajando y que vive para su trabajo. Esto es un paréntesis inesperado en una rutina que quizás te llevaría a morir de aburrimiento. Y si no estoy en la oficina, prefiero la nieve o la ciudad antes que la playa. —Vera arrugó la frente como si no comprendiera —Lo que quiero decir... ni yo sé lo que quiero decir. Yo... a mí me encantaría poder volver a verte, en un contexto más "real", fuera del paraíso. Estoy encandilado con vos...

Vera lo miró con la boca abierta, acusando la misma sorpresa que él sentía por su sincericidio.

—He vivido más cosas con vos en dos días que con todas las mujeres que he conocido en los últimos 20 años... juntas. He vivido solo mucho tiempo y lejos de mi familia, para estudiar y trabajar, y eso me hizo bastante arisco en algunas cosas... en muchas cosas.

—Yo no te voy a pedir nada...

—Ya lo sé, yo te lo estoy pidiendo, que en algún momento podamos... no sé, juntarnos, salir, conocernos... —Vera estiró la mano hasta la de él.

—Yo siento que te conozco —él sonrió, entrelazó los dedos con los de ella y los besó.

—No, no me conocés. Sos demasiado buena y... —inspiró e hizo silencio.

—¿Alguna de tus muchas novias es más "legal" que el resto y eso te preocupa? —Eric soltó una carcajada, recordando la conversación en el avión. Tan típico...

—No, ninguna a la que tenga que responder. No es eso, es lo que hago, mi vida, mi trabajo...—Vera lo interrumpió.

—Está bien, puedo vivir con el hecho de que no seas activista de *Greenpeace* —el corazón se le apretó e hizo un esfuerzo por continuar.

—Quiero disfrutar lo que nos queda, pero no indiferente a lo que está pasando. No quiero que malinterpretes lo que te estoy diciendo, porque es lo que siento, y no soy muy bueno hablando de sentimientos. Es sólo que, no quiero que esto se arruine antes de salir de aquí, y quisiera pensar que podría verte afuera, en el mundo real.

—Esto también es real, Eric.

—No, esto es una burbuja. Afuera... mañana, las cosas serán diferentes. —Estaba balbuceando de nuevo y ella lo miró desconcertada.

Se quedaron mirando en silencio un momento, que se extendió en el tiempo...

—Hablame...

—Está bien para mí —dijo ella con una sonrisa — dejemos que pase lo que tenga que pasar. Y mañana veremos que nos depara el destino. —Eric apretó los labios y volvió a mirar sus dedos entrelazados.

—Mañana... —repitió, deseando que no fuera una palabra tan incierta.

Cuando salieron de la habitación, la mesa para la cena de año nuevo ya estaba lista. Carmen y sus hijas se habían pasado el día en la cocina, preparando la comida. Diseminados en el centro de la mesa, pudo ver una gran variedad de platos fríos, muestras de comida tradicional con pescado y frutos del mar, variedad de frutas y verduras locales y mucho vino blanco. Mientras los huéspedes de la posada iban tomando asiento, Carmen iba colocando en sus platos, a pedido, una pieza en forma rectangular, envuelta en unas hojas verdes. Vera asintió con la cabeza y la dueña de la cocina dejó dos paquetitos en sus platos.

—¿Y esto?

—Plato típico de navidad: Hallaca. Es un pastel hecho con masa de maíz, relleno con un guiso, que puede ser de carne, pollo o pescado, y se le agregan aceitunas, uvas pasas, alcaparras, pimentón y cebolla.

—Sabés mucho de cocina.

—No mucho, pero suelo ser parte del equipo que prepara estas comidas. Este año estoy perdonada porque tengo compañía.

—¿Es una queja? —dijo él con una sonrisa pícara.

—No mía…

Vera cortó los hilos blancos que sostenían el paquetito caliente y desplegó las hojas de plátano en el plato de Eric. El aroma le impregnó el interior de la nariz como la comida mexicana. La masa era muy parecida a la que había probado a la mañana, pero tenía un color amarillo muy diferente. La "arepa" que le había preparado en el desayuno Vera, era deliciosa, pero no estaba muy convencido con esto nuevo. Miró a su alrededor y la mayoría de los invitados le dieron una oportunidad al plato. El dueño, su mujer y los empleados ya estaban sentados a la mesa para disfrutar juntos de la velada. Ellos comían con genuino placer. Vera lo miraba expectante.

—¿Qué pasa?

—No estoy seguro…

—Vamos…

Vera usó el tenedor para partir al medio la masa, develando su interior. La imitó e inclinó la cabeza para percibir mejor el aroma. No estaba mal, pero no lo convencía. Una langosta, justo frente a él, le pedía por favor que la comiera. Cuando miró a su izquierda, vio que toda la familia de Vera lo miraba expectante para su veredicto sobre la comida tradicional. Su mente viajó a Buenos Aires, donde casi seguro toda su familia estaba terminando de comer asado con todas esas cosas que le hacían agua la boca. A su lado, Vera ya había terminado la mitad del plato. Estiró un brazo sobre la silla de su acompañante, se inclinó hasta llegar a su oído y murmuró:

—Si te comés la mitad de mi hallaca te compro un conjunto nuevo de *Victoria's Secret*. —El tenedor de ella quedó a medio camino de su boca y demoró un segundo más de lo habitual en ser engullido. Vera lo miró de costado y sonrió.

—Si te comes la mitad de tu hallaca, te dejo sacarme este conjunto de *Victoria's Secret*.

Impulsado por el desafío, y la promesa, retiró el brazo del respaldo de la silla y miró su plato como si fuera una fiera a domar. Cargó su tenedor y comió, bajo la mirada satisfecha y feliz de los comensales que finalmente lo aprobaron. Bienvenido a la familia.

Una vez terminada la cena, la sobremesa se completó con una torta helada de chocolate, más frutas y café. Vera aprovechó el momento para sacar fotos antes de salir a reunirse con el resto de los pobladores y visitantes de la isla, en la Plaza Bolívar, el centro cívico.

Según le habían explicado, la mayoría de la gente llegaría una hora antes de la medianoche, la cena era un ritual muy importante de la isla, y se rumoreaba que había una sorpresa de la que nadie quiso darle detalle. Después del brindis empezaría la fiesta propiamente dicha, hasta el amanecer.

Luego de un brindis con champagne, todos salieron y se reunieron con otros tantos, que por las arenas blancas y bajo la noche despejada, caminaron hasta el lugar final del festejo. Vera tenía un vestido blanco, corto, ligero y con breteles, que contrastaba con el bronceado dorado de su piel y su pelo suelto, despeinado por la brisa de mar. Él había optado por camisa blanca de manga corta, la única que había llevado, y unos bermudas claros. Después del excesivo baño de sol, su piel tenía un ligero color dorado y su pelo destellos más claros. Hacía tiempo que no se veía tan saludable, era como haberse vuelto en el tiempo, cuando por practicar deportes o pasear al aire libre, su piel se tomaba un color natural. Un tiempo que había olvidado, detrás del traje y la corbata.

Encendió su *iPhone* antes de salir de la posada pero lo puso en vibrador hasta que terminaron de llegar mensajes y mails. Si su madre llamaba y él no la atendía, se desataría un pandemonio, mejor prevenir que curar. Si sus cálculos no fallaban, en ese instante tenían que estar brindando en Buenos Aires, o sea que pronto sonaría su teléfono.

Caminaron despacio y de la mano, como algo muy natural que hicieran siempre y no como la primera vez. Vera se veía exultante, mucho más suelta con la gente que la saludaba, y a él también. Sin haber pasado tanto tiempo con ellos, era aceptado como uno más y no como un turista. Se sentó junto a la gente mayor de la isla y se divirtió mirando como cabecitas muy blancas y muy negras se mezclaban en juegos y correteaban entre los grupos de gente que hablaba en muchos diferentes idiomas. La mixtura le fascinó, como algo digno de estudiar, de lo que aprender, algo que apreciar.

Perdido en ese pensamiento estaba, en como ese lugar paradisíaco acogía a propios y extraños en su geografía, cuando su teléfono vibró. Sonrió al ver quien llamaba

—Feliz año, mamá.

—*Eric, mi amor, feliz año. ¿Cómo estás?*

—Bien, mamá, ¿y vos? ¿Y ustedes?

—*Terminando de brindar. No veía la hora de poder llamarte. No vuelvas a faltarme en una fiesta, por favor.*

—Ok, mamá, veré que puedo hacer.

—*Bastantes malabares hago para pasar las fiestas lo más reunidos posibles, si no tenés por que dividirte todavía...*

—Todavía... —dijo con una sonrisa y se perdió mirando a Vera conversando con el grupo de chicas argentinas.

—*¿Qué estás haciendo?*

—Estoy en una fiesta en la plaza central de la isla.

—*Ese lugar es un sueño, ¿verdad?*

—Te encantaría, má. Si te gustó Punta Cana, esto es superior, sin punto de comparación.

—*¡Qué maravilla que todavía queden lugares así, protegidos de la mano del hombre. ¿Sacaste fotos?*

—No te das una idea...

—*¿Y... cuándo volvés?*

—Tengo que estar en Caracas en cuanto termine el feriado y si no hay complicaciones vuelo a Buenos Aires una semana. Después vuelvo a Texas.

—*¿Sólo una semana?*

—No es época de verano, má...

—*Y vos tampoco te tomás mucho tiempo* —. Bufó con fuerza, con toda la intención que su madre lo escuchara. —*Tu hermana quiere hablar con vos.*

—Gracias, má. Gracias por llamarme.

—*Te extraño, Eric. Me hacés mucha falta. No me gusta que estés tan solo, tan lejos.*

—No estoy tan solo...

El silencio que siguió sirvió de acuse de recibo de la frase, pero a su madre no le dieron tiempo de reaccionar, el teléfono ya no estaba en sus manos.

—*¿Qué le dijiste que se puso pálida?*

—Nada. Feliz año, nenita.

—*Se fue a tomar una copa de champagne, está hablando con papá. Papá me mira como si hablara con el Papa, jajaja. ¿Qué le dijiste?*

—Nada. ¿Cómo están los bebuchos?

—*Bien. Compré film con burbujas, ¿los envuelvo y te los mando? FeDex habilitó un nuevo servicio de envío para madres desesperadas.*

—Jodete por reproducirte como conejo. ¿No podías esperar un poco más para tener otro? Ahora tenés dos con pañales.

—*Yo quería que crecieran juntos, pero no tan juntos. Y bueno, mamá dice que después es más fácil.*

—¿Cómo la pasaron?

—*Bien. Mamá pasó navidad llorando porque no viniste, y hoy no lloró porque estamos en lo de mis suegros. Pero ahí anda, con el pañuelo estrujado entre las manos.*

—¿Sebas está con vos?

—*Obvio...* —puso los ojos en blanco y estaba seguro que su hermana también.

—Quiero decir cerca.

—*No, se fue a la calle a tirar cohetes. ¿Querés hablar con él?*

—No, no, sólo quería saludarlo.

—*Me asustaste, pensé que te habías metido en algún quilombo y necesitabas un buen abogado.*

—Bueno, mandales a todos un beso grande, decile a papá que después le escribo y le mando fotos. ¿Y Axel? ¿Fue con ustedes?

—*Axel está de novio... otra vez... con una mina divorciada... otra vez. Con tres chicos adolescentes, esta vez. Mamá está que trina. Y vos le pusiste la frutilla a la torta pegando el faltazo.*

—¿Cuánto puedo cobrarle a Axel por haberle sacado la culpa de amargarle las fiestas a la vieja?

—*Tendrías que haber estado acá. Mamá levantó la copa y dijo:* —la voz de Sabrina, del otro lado de la línea sonó todavía más aguda y aguada, imitando la de su madre, en medio del llanto —*"mi único deseo para este año nuevo es que mi hijo consiga una buena chica con la que pueda casarse y formar una familia".*

—Pobre Axel...

—*Podría tocarte de una vez por todas a vos, ¿no?* —Eric inclinó la cabeza para mirar mejor el perfil de Vera y cómo, con el reflejo de la luz, su vestido se traslucía, dibujando su cuerpo y su ropa interior.

—Podría... me tengo que ir —dijo poniéndose de pie y acercándose al grupo donde estaba Vera. —Nos vemos pronto. Te quiero, little sis.

—*Y yo a vos. Cuidate.*

Cortó la comunicación, llegó al lado de su chica y la atrapó por la cintura, sumándose al grupo que esperaba a que dieran las doce en ese lugar en el mundo.

Las manos en su cintura eran una bienvenida caricia que no se sentía extraña o desubicada. Eric tenía una cualidad mágica para hacer que todo fluyera como un algo natural, y ya nadie los miraba como una pareja en pecado o un extraño apoderándose de la niña de un residente, de uno de los suyos. Propios y extraños lo habían adoptado, los que vivían allí desde siempre y los que habían llegado a pasar unos días, los que hablaban su mismo idioma y con los que se entendía, porque también dominaba inglés y algo de francés. Se incorporaba con facilidad a las conversaciones, escuchaba con atención, tenía la pregunta adecuada para demostrar que había escuchado, el chiste oportuno para cerrar cualquier conversación y el comentario justo para hacer que cualquier interlocutor se sintiera importante.

Mientras hablaban del próximo viaje que la barra planeaba para las vacaciones de invierno a Las Leñas, él se incluyó con tanta naturalidad que ya le estaban pidiendo sus datos para sumarlo al alojamiento. Le sirvió de consuelo pensar que no era la única tonta que había caído rendida a los pies del argentino, sus compatriotas también, Carmen y las muchachas, los dos españoles de la posada, Cristóbal, Félix y los instructores de Francisquí... Y la lista continuaba con gente de la que ni siquiera conocía el nombre. Su padre ya no lo miraba con hostilidad pero mantenía sus reservas. Le pareció hasta lógico que así fuera, el tipo era el que estaba haciendo gritar en la habitación a su hija, eso era algo difícil con que lidiar.

El recuerdo de sus dos encuentros le encendió las mejillas y agradeció la copa de champagne que le ofrecieron para distraerse en el líquido burbujeante. El calor que sentía no se iba a apagar con alcohol...

La hoguera bajo su piel se desató cuando empezó el conteo hacia atrás para el nuevo año y Eric, sin soltarla de la cintura, murmuró en su oído:

—Doce y un minuto, nos vamos de acá

—¡5, 4, 3, 2, 1! ¡Feliz Año Nuevo! —gritó la multitud y todos comenzaron a saludarse.

Con la copa en la mano, Vera giró y quedó enfrentada a Eric y sus labios.

—¿Vas a pedir un deseo? —preguntó él. Vera sonrió y el incendio se diseminó por su cuerpo. Eric apoyó la copa fría de champagne en su mejilla y de seguro desprendió vapor. Deslizó el vidrio hasta sus labios y la hizo beber. Cruzó las piernas y se puso en punta de pies, hasta alcanzar la altura de su rostro. Él bebió de la misma copa donde ella había tomado sin dejar de mirarla.

—Siempre pido salud para mi familia y trabajo para disfrutar.

—Yo siempre pido dinero... este año podría hacer una excepción. —Vera exhaló emocionada, no lo pudo evitar, el corazón se le salía del pecho y sentía que era protagonista de una de esas novelas románticas que leía. Protagonista de un amor de esos que se daban una vez en la vida, que se coronaban con pasión, que se tatuaban con besos y no morían nunca. Deseó eso, casi con desesperación, como nunca en su vida, porque nunca había conocido a alguien como él, y nunca nadie había llegado tan hondo en su alma y en su cuerpo como para necesitarlo así...

—Yo también puedo hacer una excepción —dijo contra sus labios y se dejó atrapar, respondiendo a sus besos una vez más, olvidándose del mundo, entregándose a él, una vez más.

El ruido de tambores los sacó de su burbuja romántica. Junto al resto de la gente, se acercaron a una enorme fogata que se había encendido en la playa. Una banda de 10 muchachos tocaba con ritmo frenético tambores y percusores de diferentes tensiones. Mientras otros azuzaban el fuego y las llamas escalaban entre chispas naranjas al cielo, casi todo el pueblo se congregó alrededor y comenzó el ritual. La noche de los tambores nació como un homenaje a la Virgen del Valle, milagrosa madre de los pescadores, patrona de Oriente, venerada en Isla Margarita, pero también tenía su raiz pagana en el africanismo, simbolizando una despedida a lo malo del año que se iba y una bienvenida a lo bueno que venía. Hacía años que Vera no veía ese ritual en año nuevo pero lo recordaba de su infancia. Ahora se hacían fogatas más pequeñas, cuando alguna posada o contingente lo organizaba, y muy pocas veces se sumaban los tambores. Todos aplaudían y gritaban mientras danzaban al son de los golpes. La alegría del nuevo año en los envolvió y no los dejó escapar.

En el medio del baile pudo confirmar, con sus propios ojos, lo que Eric había logrado deducir en horas. Carmen arrastró a su padre de la mano y lo abrazó para bailar alrededor del fuego. Podía ver en sus ojos el reflejo del amor brillar, maduro y sereno, algo a lo que se podía aspirar.

Se mezclaron con la gente, disfrutaron de la fiesta, fue imposible salir de allí, menos cuando la Chechy le arrancó a Eric y lo arrastró para un baile improvisado. Aplaudió hasta que le dolieron las manos y gritó mientras el muchacho imitaba los pasos de los jóvenes locales, mezclando algunos movimientos y patadas que bien podrían haber sido de Capoeira.

Lo vio girar alrededor del fuego una y otra vez, disfrutando de la libertad de su cuerpo y la alegría de la noche.

Entonces su padre se acercó con el teléfono en la mano. Su corazón pegó un salto, salió por un costado y se alejó hasta que la música se acalló lo suficiente para poder escuchar.

—Hola

—*¡Hola, hija! ¡Feliz año nuevo! ¿Cómo estás?*

—¡Bien! ¡Gracias! Igualmente. ¿Cómo estás tú? Y Mempo?

—*Pregunta todos los días por ti. Ya le mostré el calendario para que vea cuánto falta para que vuelvas* —se suponía que debía volver a Canadá el 15 de enero. A la luz de lo ocurrido, no sabía cuál sería su destino el día que abandonara la isla.

—¿Dónde están?

—*En la casa de los padres de Bryan. Hace muchísimo frío.*

—Me imagino. No me mandaste fotos de la navidad. ¿Armaron el árbol?

—*Por supuesto...* —el silencio de su madre era sugestivo, debía estar buscando la manera de preguntarle por Eric ¿Se habría enterado por su padre? ¿Estaría enojada?

—¿Me pasas con Mempo? —su madre no le contestó, pero pudo escuchar del otro lado cuando lo llamó y cómo el muchacho corrió para atenderla. Su voz era la de un hombre pero con ella seguía siendo un niño. Se le caían las lágrimas mientras le contaba de su árbol y de los perros de Bryan. Extrañaba a su hermano, pero no se daba cuenta de ello hasta que no lo escuchaba. Prometió volver pronto y el aparato lo recuperó su hermana.

—*Hola*

—Feliz año nuevo, Gina.

—*¡Cuéntame ya quien es el tipo con el que te apareciste en la posada!*—la honestidad bruta de su hermana, contrastando con la mesura de su madre, le arrancó una carcajada.

—El padre de mis hijos...

—*¡NO! ¿Y de dónde lo sacaste? ¿Cómo es posible que no me cuentes ese tipo de cosas? ¿Cómo es posible que lo hayas llevado primero a conocer a papá antes que venir acá? Mamá está muy dolida...*

—Fue una casualidad, no fue planificado. Coincidimos, lo decidimos en el aeropuerto. Te juro que fue así de imprevisto —*y más también, ¿pero para qué te voy a dar más detalles?* Pensó entre risas.

—*¿Y cómo es él? ¿Cuántos años tiene? ¿Lo vamos a conocer? Necesito fotos. Mándame fotos por mail, urgente.*

—Viaja mucho por trabajo, pero vamos a hacer todo lo posible por ir a Toronto en cuanto podamos.

—*¿Estás enamorada?*

—Como nunca en mi vida.

—*¿Y él?* —Vera contuvo la respiración y en sus oídos resonó la frase de Eric "estoy encandilado con vos". No era lo mismo que "enamorado" y la alegoría a los faros le sonaba a choque de frente, colisión sin sobrevivientes. Pero en ese momento, para ella era suficiente.

Abrió la boca para decir algo en la línea de "estamos viendo", cuando lo sintió detrás suyo. Giró rápido y se lo encontró de frente, con cara de haber escuchado mucho de la conversación, o por lo menos la parte más interesante.

—*Vera, ¿estás ahí?*

—Sí.

—*¿Él está ahí contigo?*

—Sí.

—*Si respondes todo con monosílabos se va a dar cuenta lo que te estoy preguntando. ¿Cuándo vuelves?*

—No lo sé todavía.

—*¿Y de qué depende? ¿De él?* —Vera levantó la vista y se perdió en los ojos celestes de Eric. Cometió ella también, su propio sincericidio:

—Totalmente. Después te mando un mail, ¿vale?

—*No voy a poder dormirrrrrrrrrr.*

—Vale, Gina... ¿Le mandas un beso a mi sobrino?

—*Luke quiere conocer a su nuevo tío. Por lo menos dime el nombre. Papá estaba tan nervioso al contarme que se olvidó de decírmelo y no lo iba a llamar de nuevo para preguntárselo.*

Vera se quedó en blanco. Eric la miraba con una sonrisa entre cómplice y desafiante, no había que ser un genio para deducir la conversación y si había escuchado el principio, el resto salía sobrando. De todas formas, no tenía nada para ocultarle a él.

—Se llama Eric y es argentino. Ya sabes, la mejor carne del mundo. Te mando un mail mañana.

Cortó la comunicación mientras su hermana dejaba salir un grito como si se estuviera derritiendo. Con el rostro en llamas, apagó el teléfono y lo levantó con expresión inocente...

—Mi hermana. Ya le llegaron con el chisme.

—¿Voy sacando una tarjeta de viajero frecuente en *Air Canada*? —su corazón aleteó aunque él cerrara la frase con una carcajada y un beso en la frente. Le pasó un brazo por el hombro y volvieron a la carpa principal

♋ Capítulo 5 ♋

1 de Enero

Les fue imposible abandonar la fiesta. Alrededor de las 3 de la mañana, los mayores se marcharon y los más jóvenes quedaron al mando. Pese a la cantidad de alcohol que corría por las barras, no había desmanes ni agresividad, sólo baile, risas, fiesta. Había música para todos los gustos, e incluso él, que no era muy adepto al baile, se había sumado a la pista. Cuando se escucharon los primeros acordes de Soda Stereo y las camisetas de Argentina volaron como banderas al ritmo de "De Música Ligera", Eric se unió al grupo saltando, arrastrando a Vera de la mano. Era un himno, que le pegaba en el pecho casi como el nacional, una de esas cosas que lo enlazaba a sus raíces, que lo sostenía en la distancia. Era la música, y la letra... y el significado que cobraba en ese lugar, en ese momento.

La canción pasó y llegaron otras, y en todas, de la mano de Gustavo, encontraba una alegoría perfecta para lo que estaba viviendo. Qué locura que pasara por su mente, en ese momento, que había sido en Venezuela su último concierto, donde había empezado su ultimo sueño, y él también estuviera empezando el suyo, completamente despierto. Gustavo tenía que volver.

No eran muchos los que quedaban en pie cuando se dio por terminada la fiesta. No eran las 5 de la mañana y el cielo todavía estaba oscuro. Mirando hacia arriba, alguien tiró la idea de ir al extremo este de la isla y contemplar desde allí el amanecer. ¿Quién iba a decir que él, que tenía tanto romanticismo en las venas como Chuck Norris, iba a ser el primero en decir que sí?

Vera había ido con las chicas argentinas a buscar algo a la posada que ocupaban. En su ausencia lo indagaron sobre si necesitaba más preservativos o si estaba bien surtido después que ellos se marcharan. Las bromas no se hicieron esperar.

Las chicas llegaron cargadas de buzos y camperas, y un infaltable equipo de mate. Vera le pasó un buzo gris y ella ya tenía puesto uno blanco. La abrazó para darle calor y se sumaron a la caravana que con paso lento recorrió la arena de madrugada rumbo al amanecer. Al pasar por su posada, tuvieron un momento de duda, pero se disipó, tenían tiempo para disfrutar de la intimidad y ese momento era tan mágico, tan increíble, que merecía ser vivido.

Lograron llegar al lugar ayudados por los primeros rayos de luz que nacían en el mar. Se acomodaron sobre la arena y se hizo silencio en el grupo para disfrutar del instante. Sobraban las palabras mientras la brisa suave adoptaba el calor de la mañana y empujaba el mar contra la arena, en una sinfonía perfecta que iba dando paso al sol rompiendo el azul noche para convertirlo en celeste, los toques de amarillo y naranja mezclándose a medida que el círculo se elevaba y completaba.

Eric sacó su *iPhone* y se lo dio a Vera para que capturara la imagen. Desde atrás, con ella en sus brazos, las imágenes que quedaban guardadas en el teléfono también quedaban en su alma. Sabía que nunca podría olvidar ese lugar, el momento, su compañía. Sabía que llegado el momento, esas mismas imágenes le quemarían en el pecho y quizás, mucho tiempo después, serían un bálsamo sobre las heridas.

Vera se relajó en sus brazos, absorta en el paisaje. Ella estaba en todos sus sentidos, no había nada que sintiera o pensara que no fuera ella. Todo su cuerpo se sumó a las consecuencias de ese efecto.

En cuanto el sol calentó la arena, el éxodo sonó como si fuera una trompeta. El grupo levantó sus cosas y sin decir nada, quizás porque ese todo excedía las palabras, caminaron sobre sus huellas y se despidieron al llegar a la posada.

Entraron sin hacer ruido y se encerraron en su habitación. Vera bajó las cortinas blackout, oscureciendo el lugar por completo. La única luz provenía de su *IPhone*.

Vera se acercó hasta que la luz iluminó también su rostro. Terminó de configurar una lista de reproducción, subió el volumen, lo bloqueó y volvió a colocarlo en el bolsillo derecho de su camisa. La luz se disolvió en su pecho y los primeros acordes se deslizaron en la oscuridad.

—¿Bailamos? —Tomó ambas manos de ella y las colocó tras su cuello, mientras él la acercaba todo lo posible. Se movía muy despacio, y ella se amoldó a su cuerpo y su ritmo de manera candente. Cuando la voz de Gustavo Cerati los envolvió y uno de los temas icónicos de Soda Stereo se distinguió, Eric bajó los labios hasta su oreja y desgrabó la canción a su propio tiempo. —"Una eternidad, esperé, este instante. Y no lo dejaré, deslizar, en recuerdos quietos, ni en balas rasantes, que matan"

Entre Caníbales era una canción emblema para él. Todas las canciones de Soda tenían un significado especial, por haber nacido y crecido en el apogeo de la banda. Su padre era fanático del trío, los había llevado a él y a su hermano en los 90 al teatro Gran Rex para el recital de Canción Animal y ya nunca pararon de seguirlos hasta El Último Recital y Me Verás Volver en el estadio de River Plate. Que Soda Stereo estuviera sonando en ese momento, entre él y Vera, no era otra cosa que una señal de que estaban destinados a ser. Así de simple y contundente.

Ya no quiso cantar más, y mientras su boca se ocupaba de besarla, sus manos recuperaron prestancia para desabrochar el vestido, deslizar el cierre y apartar los breteles hasta hacerlo caer a sus pies. Vera se tomó su tiempo, al ritmo de la música, para desabrochar, uno a uno, los botones de su camisa. Él se encargó del resto. La canción era provocativa, erótica, sus cambios de ritmo parecían surgir de la danza misma de los cuerpos en el encuentro más íntimo. Ya decía Gustavo que las palabras eran un acorde más en su música y los acordes, pasión en movimiento.

No hubo rincón de la cama que no recorrieran mientras se adivinaban con las manos y la boca; se enredaron en las sábanas, se deslizaron por la pared, hicieron caer las almohadas, hasta que al final, todo volvió a empezar.

—Quiero hacerte el amor con esta canción toda la noche, hasta que mi nombre sea lo único que puedas respirar.

Ni supo cómo se puso un preservativo, pero lo hizo, y se adentró despacio en su cuerpo. Lo hizo lento, para sentirla en toda su intensidad, y como una ráfaga llegó el deseo de no abandonarla nunca, jamás.

ঙ৵৻ঔ 9৻৽৵

A las palabras de Eric, Vera respondió con un mini orgasmo que la contrajo sobre él, a medida que se internaba en su sexo. Sentirlo así de despacio y pleno, creciendo en su interior de la misma manera en que ella se apretaba, dislocó de nuevo sus sentidos. Sus manos a los costados de su cadera la mantenían quieta, la presionaban contra el colchón y la inclinaban como buscando un ángulo de placer que sólo él podía ubicar. Deslizó las manos por sus brazos tensos, mientras sus pechos resbalaban en la fricción y sus labios, sus lenguas, sus alientos, se enredaban en una pelea callejera. Escaló hasta enredarse en su pelo y lo sostuvo para devorarlo hasta sentir sangre.

Él llegó hasta el final del camino y se quedó quieto, exhalando contra sus labios. No sabía si la miraba o no. Le acarició el rostro con la nariz y sintió que se mordió los labios a medida que movía su cadera, creando la más deliciosa oleada de placer que la invadió e inundó, estimulando su carne más caliente.

—Eric... —dijo, bajando las manos por su cuello hasta su pecho. Él se arqueó un poco sobre ella, su peso provocándole un ahogo excitante, haciendo que sus manos bajaran hasta rozar sus pezones.

—Tocate... —¿Fue un pedido? ¿Una orden? A cualquiera de las dos hubiera obedecido de igual manera. Rápida y eficiente. Conocía su cuerpo, lo disfrutaba, pero nunca había llegado a una relación de intimidad con un hombre con la suficiente confianza como para tocarse delante de él. Aún al amparo de la oscuridad, no hubiera podido hacerlo con otro que no fuera él.

Eric se incorporó en sus rodillas, enlazó una de sus piernas, se deslizó adentro y afuera rítmicamente mientras las manos se ocupaban de su pecho. Estaba en la cumbre del placer cuando él le robó una mano y se la llevó a la boca... a la de ella... y le hizo chupar sus dedos... los de él... y los de ella, imitando con destreza el ir y venir de su miembro en su interior. Cuando sus dedos entrelazados estuvieron húmedos a su antojo, los deslizó por su cuerpo, por su cuello, su esternón, su vientre, su ombligo, hasta encontrarse en ese punto medio donde estaban unidos.

—Eric... —volvió a susurrar, en tanto se intercalaban sus dedos y los de él para estimular su clítoris, recorrer la abertura de sus labios, sentir el vaivén que de lento iba cobrando velocidad, y otra vez profundidad.

La dejó hacer con sus manos, que parecían responder solas al mandato de su amo, ya no suyas sino de su nuevo dueño, mientras él se concentró en encontrar el ritmo a la última repetición de la canción, que coincidía con el tempo más veloz, más sensual, y le hizo correr lujuria en las venas hasta explotar en seguidilla, en sus labios primero:

—Eric... —, después en su sexo, en espasmos incontrolables; detrás de sus párpados, luces disueltas en lágrimas que se derramaban entre las ruinas circulares de su interior. Y en su pecho, donde ya no cabía otro nombre para el amor.

❧❧ ❧❧

Hacía una hora que estaba despierto, leyendo todos los emails que se habían descargado en su

Blackberry, mientras Vera dormía abrazada a su pecho. Podría haberlos leído en 10 minutos, pero se había distraído tanto acariciando su piel, su pelo, que perdía el hilo de cualquier pensamiento.

Las respuestas iban y venían, de Texas a New York, entre 14 diferentes destinatarios. El tono del último hilo, cuyo asunto era "Crisis Verde", le puso en alerta todos los nervios. Que el destinatario número 15, de seguro en copia oculta, se involucrara en la conversación, decretó nivel de crisis 1. Que el CEO de la multinacional para la que trabajaba, respondiera a ese hilo con un escueto "hagan TODO lo que sea necesario para solucionar este tema" definió el final de sus vacaciones. El teléfono vibró en su mano y lo conectó de inmediato.

—Elizabeth.

—*Sr. Artinian. El Sr. Bumbury necesita que esté disponible en Caracas para mañana a las 8 AM hora local.*

—¿Asunto?

—*Reunión con los directores a cargo del proyecto R.*

—¿Quiénes van a estar? —cuando Elizabeth enumeró los nombres de los directores: Najwor de Investigación e Ingeniería, Burywood de Seguridad Institucional y Ambiental, McDuffin & Tolcon de Desarrollo y Planeamiento Estratégico, sintió el dolor de cabeza atravesarle la frente como un lanzazo.

—*El Sr. Bumbury me pidió que envíe la avioneta de la empresa a buscarlo...*

—No —la interrumpió —envía una avioneta privada, no la de la empresa.

—*¿A qué hora?*

—El último horario del que pueda salir de las islas en un rango seguro de vuelo. Avísame con un mensaje de texto.

—*¿Necesita algo más?*

—Envíame por mail la dirección del hotel y dirección de negocios de ropa para hombre más cercanos. Pensé que tendría tiempo de pasar por Irving primero.

—*Perfecto.*

—Una cosa más: En mi escritorio hay un sobre de *FeDex Priority* para Buenos Aires. Son los regalos de mi familia ¿Podrías enviarlos, por favor? Será lo que esté al tope de mi lista para recomendar los Bonus de Fin de año, Elizabeth.

—*Enseguida, Sr. Artinian. Será un placer* —pudo sentir la sonrisa de su secretaria del otro lado de la línea.

—Por favor, que salgan ya mismo. Envíame el mail con el tracking.

—*Por supuesto, Sr. Artinian. De inmediato.*

—Que tengas buenos días, te llamaré desde Caracas.

En cuanto cortó la comunicación, Vera pestañeó varias veces bajo la luz de su teléfono.

—¿Algún problema?

—Ninguno —dijo alejando el teléfono, deslizándose por las almohadas hasta quedar en horizontal. La obligó a girar al otro lado y se pegó a su espalda, hundiendo la cara en su pelo y cerrando los ojos embriagado en su perfume de lluvia de trópicos.

ᴏᴈᴇ ᴐᴇᴏ

Cuando salieron de la habitación, eran las cuatro de la tarde y Eric ya tenía su bolso preparado. Desde el momento en que le dijo que debía viajar a Caracas de inmediato, aprovecharon cada minuto. Aún así, a Vera le costó muchísimo sostener la sonrisa mientras él se despedía.

Caminaron de la mano por la arena, ella descalza, llevando su bolso más pequeño, él con sus jeans gastados, la camiseta de *GP* que se fundía con el cielo y los anteojos oscuros. Su semblante era otro, no sólo por el color dorado de su piel, sino por la expresión. Se le llenó el pecho de emoción al pensar que era por ella, por lo que había nacido entre ellos, allí.

Lo vio entretenerse con una edificación frente a la playa y miró hacia allá. Una pareja se sacaba una foto sentada en las escaleras.

—¿Qué es este lugar?

—La iglesia del pueblo. Hay mucha gente que viene a casarse a la isla —lo vio arrugar la frente y se le trabó la respiración. ¿Qué pasaría por su mente? Lo dejó reiniciar la marcha cuando él quisiera, demorarse era tenerlo un momento más a su lado.

En el aeropuerto, se mezclaron con otros pasajeros, algunos que volvían a Caracas, terminando sus vacaciones, otros que recién llegaban. Eric miró alrededor con nostalgia, por última vez, antes de subir a la avioneta donde dos pilotos de traje aguardaban. Se paró frente a ella y la obligó a levantar la mirada.

—Voy a volver a buscarte, ¿Ok?

—Sí...

—¿Qué vas a hacer mientras yo no esté?

—Me volviste una adicta al sexo... ¿Ahora quién podrá ayudarme? —La agarró con fuerza de la nuca y la besó. El silencio de ese momento fue más contundente que todas las frases que se pudieran decir. Se separó de ella jadeando, apretando su cabello en un puño, como si algo lo quisiera arrancar de allí y él se resistiera.— Eric, voy a estar bien, era un chiste.

Sin mirarla, se agachó y sacó del bolso más pequeño su *iPad*. Se puso de pie y lo estrelló contra su pecho.

—Tenés casi mil libros para leer ahí, otro tanto en canciones, los dos discos de Adele, toda la discografía de Soda, los videos de los dos últimos conciertos y un par de películas.

—No, no lo quiero... Llévalo.

—No quiero que te aburras. Quiero que lo tengas—. Se levantó los anteojos y en sus ojos advirtió una súplica absurda. No le vio sentido discutir. Sonrió todo lo que pudo y se tragó las lágrimas. Se había prometido no llorar, bastante pesada era la situación como para ella sumarle una escena. Si hasta aquí llegaba la relación, haberla vivido, haberlo conocido, valía la pena.

Miró para atrás y vio el saludo del piloto. Él levantó el pulgar y giró otra vez para mirarla.

—Te llamo cuando llegue al hotel. —se dio cuenta que no le había dado su teléfono y se desesperó. —Carmen me dio una tarjeta de la posada y todos tus números. Esa mujer está en todo.

Asintió con una sonrisa y sentía cómo las lágrimas le ganaban el pecho y subían de nivel, quemándole la nariz y buscando desbordar de sus ojos. Él volvió a buscar sus labios, en un beso más tranquilo pero ella respondió con desesperación. Mil cosas le pasaron por la cabeza, desde el primer encuentro, el primer beso, el primer roce, la primera vez. Y todo podría terminar ahí, allí... No, no era suficiente, ella quería más, quería su historia de amor. Un miedo irracional le robó la respiración y se aferró a él con más fuerza, hasta que él le acarició el rostro para instarla a separarse.

—Voy a venir a buscarte. Te lo prometo.

—Ok.

La avioneta privada que lo esperaba era la última en pista. El personal de aeropuerto y los técnicos los miraban expectantes y ansiosos, el sol caía tras el horizonte elevado de la Isla, tenían que partir de inmediato. El corazón se le apretó en el pecho.

Se colgó los dos bolsos y caminó rápido y seguro a su destino. Saludó al piloto y cruzó dos palabras con él mientras otra persona metía su equipaje en el aparato. Se dio vuelta y ella agitó el brazo con fuerza sobre su cabeza, sonriendo aunque la ahogaran las lágrimas, apretando el *iPad* contra su pecho. Eric corrió hacia ella otra vez y se quitó la camiseta tirando por el cuello desde atrás, dos pasos antes de alcanzarla. La dejó helada, con la boca abierta, incapaz de reacción.

—Usala para dormir y pensá en mí.

—Eric... No... —no le dio tiempo a nada, estiró una mano queriendo atraparlo, detenerlo, pero él ya estaba fuera de su alcance. Se quedó con el *iPad* contra el pecho y la camiseta de *GREENPEACE* apretada en un puño.

La avioneta de última generación, de lo mejor que llegaba a la isla, carreteó un poco y buscó impulso antes de alzarse al cielo, ahora naranja. Vera siguió el recorrido circular hasta que el aparato se perdió como un punto en la inmensidad.

Miró alrededor. No había quedado ningún testigo de su despedida. Podría haberse derrumbado en llanto que no hubiera pasado la vergüenza del siglo. Se llevó la camiseta de Eric a la nariz e inspiró profundo su perfume, aunque reconoció de inmediato que estaba mezclado con el suyo. Se rió sola al recordar cuando la abrazó por la espalda mientras se vestían, y ella se roció como siempre con su body splash favorito de *Victoria's Secret*: Pure Seduction. "Descubrí tu secreto" dijo él mirando la botella.

Caminó despacio hasta la posada, descalza sobre la arena mientras las olas suaves llegaban a besarle los pies. Miro el *iPad* y lo encendió. El fondo de pantalla la conmocionó: era una foto de ellos dos, caminando juntos, alejándose con sus cosas, y todo el imponente fondo de la playa virgen de Francisquí. ¿Quién había tomado esa foto? Era hermosa y capturaba en todo su esplendor la belleza del lugar, del momento, de ellos dos. La foto era bellísima, pero lo que la hacía impactante era la frase escrita a mano alzada en rojo, que sacudió los cimientos de su corazón: "Tú eres mi paraíso".

✦✦✦

Se quedó encerrada en su habitación, sin hablar con nadie, a oscuras y mirando el techo, con la camiseta puesta, el *iPad* en su cama y los audífonos estallando con la voz de Adele repitiéndole una y otra vez "I found a boy".

El aroma de la comida le abrió el apetito, así que se escurrió por el interior de la posada. Tenía que dejar esa habitación, no sólo por su bienestar mental, esas paredes no le iban ayudar a superar la ausencia, por breve que fuera, sino también porque su padre necesitaba de los ingresos de todos los cuartos. Ella podía estar más que bien en la cama que ocupaba siempre con las muchachas.

Comió en la cocina, sola, mientras el resto corría de un lado al otro atendiendo pedidos y armando platos. Podría haber ayudado, como siempre hacía, para entretenerse, pero por una vez en su vida se dio permiso para arrastrar su alma en pena. *Dios*, en verdad existían esos amores que te partían el corazón con su pasión e intensidad, que eran capaces de transformarte y cambiar tu vida, para siempre. ¿Cómo podía enamorarse tan desesperada y visceralmente de alguien que no conocía, del que no sabía nada, y sin embargo... sabía todo, o todo lo que sabía era lo importante, lo más profundo y certero, lo que los ojos no ven y no lo necesitan, porque lo siente el alma, lo ve el corazón? Ella leía novelas porque esos amores existían sólo allí, porque nunca había vivido algo así...

Terminó la cena, lavó su plato y todos los que estaban apilados allí. No quiso encerrarse en la habitación, pero no tenía ganas de compartir nada con nadie. No era una buena compañía esa noche. Sacó su reproductor y los audífonos y fue a sentarse a la galería. La noche era fresca. Se abrazó las piernas y con la música de fondo dejó que sus ojos vagaran en la oscuridad de la noche, en ese paisaje que ya no se adivinaba en las sombras, el negro del cielo haciendo espejo en el mar calmo.

Alguien se sentó junto a ella y puso una manta en sus hombros.

—¿Quieres que te traiga unas medias?

—No, gracias. Ya me voy a acostar.— Carmen la abrazó y apoyó la mejilla en su cabeza.

—¿Quieres que te diga lo que pienso yo?

—No, porque me voy a poner a llorar.

—¿Y qué tiene eso de malo?

—Que no me gusta llorar.

—Nadie te va a ver —le susurró, haciéndole girar la cara para ocultarla en su hombro. Vera se aferró a la pechera del delantal de la mujer y dejó salir la angustia descontrolada e irracional que le ganaba el pecho. ¿Por qué lloraba? ¿Cuál era el drama? ¿Porque se había ido?

¿Qué pretendía, que colgara su vida por ella, a quien recién conocía, para pasarse sus vacaciones encerrado con una ninfómana recién graduada? Estaría contando los minutos para salir de un lugar que no le gustaba, donde le había pasado de todo y no del todo bueno, y ella... y ella...

—¡Qué suerte de mierda! —dijo cuando por fin se disolvió el nudo en su garganta.

—¿Y por qué no te fuiste con él?

—Porque iba a trabajar.

—Bueno, entonces tú te quedas aquí, disfrutando. Mira lo que hice para ti.

Carmen se estiró a la mesita y le alcanzó un plato con una porción enorme de quesillo, ese flan casero de leche condensada que era la debilidad de Vera. Se limpió la cara con ambas manos y se hizo del plato. Se sintió como cuando tenía 8 años. Su primera noche en la isla siempre era la más difícil. Gina se dormía, rendida por el viaje. Ella sufría de insomnio y se escondía en ese mismo lugar, que todavía no tenía el deck ni los sillones, sólo la escalera de madera que descendía a la arena. Y Carmen llegaba, con su flan con caramelo y se quedaba escuchándola hablar de la escuela y sus amigos, de su hermano y sus perros, de sus sueños, de sus miedos. El sabor del flan la llevó a lo mejor de su infancia, al consuelo, al final de la angustia y el comienzo de sus vacaciones, esas que siempre disfrutaba... como una niña de 8 años.

Estiró el deleite del postre todo lo que pudo, saboreando cada cucharada, hasta limpiar con los dedos el caramelo en el plato. Volvió a la cocina, lavó y guardó todo, e hizo una escala en el escritorio de su padre. Se sentó en un espacio libre de papeles, mientras el hombre hacía números en su libreta, reticente a las computadoras. Disimulando su ansiedad, sacó el teléfono inalámbrico de su base, jugueteó con los números y se lo llevó al oído.

—Sí. Tiene línea. Ya va a llamar —dijo su padre sin levantar los ojos de los que estaba escribiendo.

—Ya lo sé...

—Ve a acostarte. Yo tengo para mucho. Si llama te lo llevo a la habitación.

—Ya me pasé a lo de las muchachas —dijo a título informativo.

—¿Y cuándo Eric vuelva? A mí me dijo que va a volver.

—Entonces vemos —dijo encogiendo un hombro antes de inclinarse y dejar un beso en la mejilla de su viejo.

ഏ๏ 9๏ഏ

Se había quedado dormida en la cama de Betzabel, la que estaba contra la pared. Tenía las piernas estiradas, apoyadas en el cemento frío y la cabeza colgando del colchón, con todo el pelo desparramado en el suelo.

Había puesto en reproducción aleatoria su música y entre los acordes de "Rolling in the deep" escuchó los golpes violentos en la puerta y los gritos de Betza. Cayó al piso y en esos cinco segundos que tardó en reaccionar, una película de terror se estrenó en su cabeza sin títulos de apertura: La última imagen de Eric, arrancándose su camiseta de *GP*, corriendo hacia la avioneta en cuero, la nave desapareciendo en el cielo naranja. Después, en cámara lenta, todos los huéspedes mirando en el televisor las noticias locales, una avioneta desaparecida, como tantas otras, que había salido de Los Roques tarde, fuera del horario seguro. Se perdió del radar, comienzan la búsqueda... Todo inútil, sus tres tripulantes habían desaparecido. Todo eso con Adele gritando "We could have it aaaaaaallll...".

Alcanzó la puerta y pegó un tirón pero estaba cerrada con seguro. La destrabó y abrió, ahogada en su propia desesperación, arrancándose los audífonos. Betzabel resopló cuando la vio del otro lado de la puerta. Torció la boca y estiró el brazo con el teléfono.

—Eric.

Se tapó la boca para no gritar. *Mierda, tengo que dejar de leer.* Respiró una vez... dos veces... Tomó el auricular y se derrumbó en la cama.

—Hola.

—*Perdoná que no te llamé antes. Tuve que ir de raje a comprar dos trajes y después la cena se convirtió en una reunión de trabajo.*

—¿Viajaste bien?

—*Perfecto.*

—¿Mucho lío ahí?

—*Trataré que la sangre no llegue al río. ¿Qué hiciste hoy en las... casi 7 horas que hace que no estamos juntos?*

—Casi todo lo nuestro se mide en horas —dijo ella entre risas

—*Prefiero lo nuestro que se mide en instantes, en minutos.*

—¡Wow!

—*Estoy hecho todo un poeta desde que cierta señorita se cruzó en mi camino.*

—Quien lo diría...

—*No es que sea el hombre de hielo, puedo tener mis momentos...*

—Puedo salirte de testigo de ello.

—*Estoy romántico y lleno de cliches. Todos tenemos adentro un poeta, sólo necesitamos una musa.*

—Gracias —fue lo único que pudo decir.

Cuando pasó el silencio, parecía un siglo que se habían quedado callados, escuchándose respirar.

—*No sé cuanto tiempo me va a llevar esto, ni qué tenga que hacer después de acá. Pero quiero verte, de verdad quiero volver a verte...*

—Yo también.

—*No te olvides de eso, por favor, ni de las cosas que pasamos...*

—Eric... ¿Qué pasa?

—*Nada... Te llamo mañana, ¿sí?*

—Ok

—*Quizás a esta misma hora, no sé qué me deparará el dos de enero...*

—Esperaré tu llamado —otra vez se quedaron en silencio. Dos latidos después, Vera fue la primera en cortar la comunicación.

ᵒᵉᵉᵉᵃᵉ Capítulo 6 ᵒᵉᵉᵉᵃᵉ

2 de Enero

Estar en la habitación con Chechy y Betzabel la ayudó a retomar la rutina de años, antes de convertirse en Penélope, tejiendo y destejiendo mientras esperaba, mirando al horizonte, la llegada de su amor.

Ayudó en el desayuno, limpió la cocina y empezó a ordenar las habitaciones mientras Carmen y sus hijas preparaban las cavas de los huéspedes. Con el pelo recogido, la camiseta celeste de Eric y un short de jean, reemplazó a Adele por Soda Stereo y empezó a aprender las letras y desmenuzar las melodías simples del trío argentino. Dejando las sábanas para lavar, por la segunda vuelta de la lista de reproducción, casi pudo comprender el fanatismo de Eric por la banda. Las baladas románticas calaron profundo en su corazón.

Terminaron de limpiar y ordenar la posada antes del mediodía. Tenían la tarde libre hasta que las lanchas regresaran y sólo una pareja mayor había regresado para hacer la siesta. Almorzó con su familia y aprovechó para caminar hasta el faro y quedarse ahí en soledad. Era raro que hubiera gente allí cuando había sol, todos preferían la playa o los cayos, ese paseo era para los días feos.

Había llevado el *iPad* para leer alguno de los libros de Eric. Recorrer los títulos era saber algo más de él. Le gustaba Stephen King, Dan Brown, los libros de Caballo de Troya. Eran los que estaban leídos y marcados como favoritos. Tenía el Kamasutra. Se echó para atrás y rió fuerte.

Recorrió las películas y videos musicales. Todas de acción y suspenso, ni una de Julia Roberts. Pero sí varias de Bruce Willis.

Conectó de nuevo los audífonos y apretó la reproducción al azar. Miró desde la altura la isla y el mar. La música volvía a ser lenta, y la letra en español. La voz gastada del hombre, al que no conocía, hablaba más del desamor, y del reencuentro. *Tú, aire que respiro en aquel paisaje donde vivo yo.* La frase se le hundió en el alma, casi como una banda de sonido. Miró el título y el intérprete.

Obsesiva como era, puso la canción en repetición y buscó un libro para leer.

 празиков

Caía la tarde cuando se puso de pie para regresar a la posada. En un último vistazo, una imagen extraña en el horizonte atrapó su atención. No era raro divisar barcos desde la isla, después de todo estaban en el medio del mar, pero nunca de tan gran porte. Eso no era yate, mucho menos una lancha de pescadores. Alguna vez había visto un crucero, pero...

Hizo visera para intentar aguzar la vista, pero no vio más que la silueta de un bote enorme. No había calado para recibir un barco así, la perspectiva debía estar engañándola.

Volvió a la posada y se quiso sumar a los preparativos de la merienda. Dejó el *iPad* en su habitación, pero por pura curiosa, sacó su visión mejorada del bolso gastado de *Nikon* y salió a la playa acomodando el teleobjetivo en su cámara.

No era la única a la que el barco le había llamado la atención. Mucha gente estaba en la orilla mirando la nave que parecía fantasma, habiendo aparecido de la nada. Vera enfocó y movió el teleobjetivo manual, disparando la ráfaga de fotos en todo el largo de la nave. ¿Y si se había perdido? ¿Y si se había averiado y estaba a la deriva? El mal presentimiento le arañó el alma. Alguien pasó detrás de ella, corriendo, levantando arena a su paso.

La voz de Carmen con su nombre fue un grito agudo que le despegó la piel del cuerpo. Resbaló sobre la arena y se raspó manos y rodillas antes de poder ponerse de pie y entrar a la posada.

Todos estaban allí, frente al televisor. Se hizo lugar y llegó hasta la pantalla para leer el subtitulado del telediario. "Fuertes protestas en Caracas por el inicio de perforaciones petroleras de *Trexxon* en Los Roques"

Lo devastador no era el subtítulo, ni todas sus connotaciones, las consecuencias en la fauna, flora y agua del lugar por la exploración y explotación petrolera, sino la imagen: Entre los tipos trajeados que subían las escaleras del edificio de la petrolera nacional, en el medio del vallado policial y una muchedumbre enardecida, reconoció con claridad a Eric Artinian.

✿❀ ❀✿

La sala de reuniones del piso 25 del edificio en la Avenida Libertador, donde funcionaban las oficinas de *PDVSA*, empresa petrolera de capitales estatales y algunos emprendimientos mixtos, no guardaba buenos recuerdos para Eric y su equipo. De hecho, la última vez que había estado allí era parte del equipo de negociación de los términos de la expropiación de los capitales de

Trexxon y otras dos empresas, por la presidencia anterior. La recuperación de esa inversión la había conducido él en persona, pero en el Palacio de Miraflores, Residencia Presidencial de Venezuela.

Cómo había cambiado todo, ahora que otro, con mayor visión capitalista, estaba dispuesto a subsanar los errores del pasado y compensar a la empresa, adjudicándole el privilegio de explotación de una zona que durante más de 35 años había estado protegida por ley. Los estudios preliminares, realizados por excavaciones desde el territorio continental y con tecnología secreta de satélites geológicos de alta precisión, habían demostrado que bajo ese archipiélago se encontraba el último gran yacimiento de gas y petróleo, el más grande descubierto después de la rica Faja Petrolífera del Orinoco.

Eric estuvo a cargo del equipo de negociaciones. Sus investigaciones preliminares habían develado una interesante brecha de "negociación" con los legisladores que integraban las Comisiones Permanentes de Energía y Petróleo y de Ambiente, Recursos Naturales y Cambio Climático. Dichas comisiones estaban dispuestas a considerar dos modificaciones necesarias para que *Trexxon* lograra hacerse del proyecto: Que cambiaran los requisitos de acceso de las empresas multinacionales y la participación societaria del Estado para los Joint de Explotación, y la modificación de la Ley de Protección de Parques Nacionales, derogando el Parque Nacional número 09, decretado el 8 de agosto de 1972, e incluyendo 8 zonas nuevas, cuestión que no ocurría desde la década de los 90 del siglo pasado.

Una vez aprobadas las modificaciones en las respectivas comisiones, cosa que ya había ocurrido el 15 de diciembre pasado, serían elevadas a la Asamblea Nacional, que abriría sus sesiones ordinarias el 5 de Enero.

En cuanto estuvieran sancionadas, se comenzaría con las primeras excavaciones, de inmediato. Para ello, el *MV Marlin Red*, propiedad de la naviera holandesa *Dockwise* ya estaba en viaje transportando la plataforma *Rowan Gallaxy* desde el Mar del Norte.

A él le tocó llevar adelante las "negociaciones" con los legisladores que integraban ambas comisiones y hacerles llegar los medios necesarios para incluir en el trato a aquellos diputados que pudieran no estar del todo de acuerdo con los tratos. El logro más importante de Eric fue conseguir que la modificación de la Ley de Parques Nacionales, la más sensible y con más posibilidades de generar conflicto, fuera introducida dentro de un paquete de medidas menores que no revestían mayor interés en la opinión pública. Y tenía razón en pensar que eso era importante. Cuando la noticia se filtró a los medios de comunicación y los organismos internacionales tomaron cartas en el asunto, junto con la población de Venezuela, la bomba les explotó en la cara.

Eric había aprendido de primera mano, y de la peor manera, la influencia de las agrupaciones de protección ambiental, tanto dentro como fuera de la política, y pese a que *Trexxon* integraba uno de los grupos de preservación de vida silvestre más importantes del mundo, los desastres ecológicos producidos por derrames petroleros, no posicionaban a la empresa entre las más amigables con el medio ambiente, menos después de los derrames de Gómez y el Golfo.

Trexxon obtuvo de su Bureau de análisis de impacto ambiental, *RPS Goldsworth*, con sede en Surrey, los análisis y recomendaciones pertinentes al proyecto denominado *R.* El mismo estaba guardado bajo siete llaves, porque el pronóstico de impacto era devastador.

Mientras miraba sin ver las figuras de estadísticas y proyecciones, en su mente desfilaban imágenes de todo lo que había visto y vivido en esas islas. Todas junto a Vera.

La voz del vocero oficial de la compañía, llamándolo por su nombre, lo sacó de sus divagues románticos.

—Eric. Es tu criatura. ¿Qué opinas? —se incorporó en la silla y trató de ganar tiempo ordenando papeles que conocía de memoria.

La situación era similar que la vivida en Kazakhstan y Sakhalin, Rusia y la resolución había sido sencilla: a la mierda con los reclamos, darle la espalda a *GP* como siempre, sobornar a quien fuera necesario y tratar de pasar inadvertido entre los medios de comunicación.

Aún en un mundo globalizado como en el que vivimos, poca importancia se les daba a los países del tercer mundo, y al final de cuentas, cuando lo que estaba en juego era petróleo, oro negro, combustible, ya no había discusión. Si lo que se debatía era poder seguir usando el auto, calefaccionar tu casa en invierno, cocinar tu comida o que tu empresa siga funcionando, la dirección era una sola. Y en esa carrera, él era el Usain Bolt de las petroleras.

El asunto ahora era, pensó mientras abría una última carpeta, que su dirección había cambiado y también su percepción. Levantó los ojos y los clavó en los de su interlocutor.

—Las cosas están mucho más complicadas que en otros escenarios —, y no era mentira.

Se había pasado toda la jornada hablando con los legisladores con los que había "negociado" y muchos estaban asustados, preocupados, incluso con un replanteo de conciencia ciudadana, que hacía tambalear el proyecto al momento de su sanción, en tres días

—Eric, conoces muy bien los costos que implican retroceder en este tipo de proyectos. Hay mucho dinero e intereses en juego, y ya no es momento de volver atrás.

—Y eso sin contar —intervino Meyer, Director asociado al CEO, con su tono más lúgubre —que el mismísimo Max Millerton quiere que este trato salga. Sí o Sí. ¿No recibiste el memo, Artinian?

Todos miraban a Eric expectantes, y él paseó la mirada por los 10 pares de ojos de quienes ocupaban el resto de la mesa de reuniones.

—Este trato no tiene precedentes con los que hemos manejado antes. De pronto todo lo que hemos armado para conseguirlo, se está desmoronando. Que el pueblo afectado se levante de esta manera, es lo que está haciendo tambalear la negociación.

—Aquí no estamos hablando de negociación. Todo está cocinado. Tenemos que conseguir que esos legisladores se mantengan en su postura y respeten lo convenido.

Y aunque nadie lo mencionara, de lo que se estaba hablando era de dinero. Él había sido el nexo de esas negociaciones, la mano negra que se encargaba de concretar lo que todos querían pero con lo que nadie se quería ensuciar. Y como esas cosas no se hablan por teléfono ni por mail, y no se hablan en inglés, Eric era neurálgico en esa negociación. Todos en esa mesa lo sabían.

—No te vas a ablandar ahora, tigre. Sabes que este es tu escalón al trampolín a las grandes ligas. Todos los ojos están puestos en ti.

Se le secó la garganta, como nunca en su vida. Sabía que los ojos estaban puestos en él, y estaba seguro que los ojos que más añoraba, también estaban esperando cuál era su siguiente movida.

⋰⋱ ⋰⋱

—¿Dónde está mi papá?
—En la sala de la Legislatura.

Vera salió corriendo de la posada, tropezando con gente y turistas, hasta cruzar la Plaza Bolívar y llegar a la Legislatura. Había gente afuera esperando. La reunión era a puertas cerradas, pero Don Tito entendió la súplica en sus ojos y la dejó pasar.

Se escurrió por una hendidura entre la puerta y la pared, y pegó la espalda a ella, intentando pasar por invisible. En la mesa sobre el estrado, las personas más importantes de la Isla revisaban papeles que tres desconocidos vestidos con chaquetas de *GP*, sacaban de carpetas con el logo de la agrupación. Su padre estaba entre ellos, leyendo el papel que estaba sobre la mesa, sosteniendo su cabeza con ambas manos. El silencio en la sala era denso como humo forestal, como bruma sucia. Desde donde estaba podía ver fotos de peces flotando en el agua, pelícanos empetrolados y tortugas muertas, todas desparramadas sobre la mesa

—Y este es sólo el principio con las exploraciones. El resto hará desaparecer este lugar. El lago de Maracaibo será Aruba al lado de esto.

Todo le dio vueltas y tuvo que sostenerse de la pared.

—Bueno, tendrán que indemnizarnos... —dijo una mujer al otro extremo de la mesa. El murmullo se levantó un centímetro del piso y nada se pudo identificar. Antonio Di Lorenzo, Tonino para los presentes, golpeó la mesa e hizo saltar los pelos de la nuca de todos.

—No podemos permitirlo. Este, no solamente es nuestro hogar. Es un lugar natural donde cientos vacacionan, donde miles viven. Convivimos con especies de todo tipo, respetamos sus ciclos, nos alimentamos de ellos. Si dejamos que avancen sobre este lugar, que durante años estuvo protegido ¿qué lugar quedará a salvo de la saña del hombre, de su hambre de dinero, de su avaricia que poco a poco está terminando con el planeta? Ya no por mis hijos, sino por mis nietos, por el que tengo y los que estén por venir, yo no voy a dejar que destruyan este lugar. Me van a tener que sacar con los pies por delante de aquí.

Alguien levantó la vista hacia donde Vera estaba parada, escuchando, y todos giraron hacia ella. Avanzó y se colocó frente a su padre. Le habló a los tipos de *GP*, pero sin mirarlos.

—¿Cuál es su propuesta de plan de lucha?

—El *Rainbow Warrior* está viniendo para acá a toda máquina, para interceptar al *Marlin Red*. Podemos cercarlo, rodearlo de lanchas pesqueras, de yates. Todos a los que podamos sumar serán bienvenidos. Nosotros estamos volviendo ya mismo a Caracas. Mañana hay otra reunión de los tipos de *Trexxon* con *PDVSA*. Ya logramos que el pueblo de Venezuela se entere, y esto corrió como pólvora en toda Latinoamérica. Comitivas presidenciales y no gubernamentales de Argentina, Brasil, Bolivia, Paraguay y Uruguay están en camino, llegando mañana también. Lo de hoy fue una muestra, mañana salimos con todo. El mundo está en alerta roja con esto. No los vamos a dejar solos.

—Quiero ir con ustedes —dijo Vera sin pestañear.

—No. Te quedas aquí —dijo su padre, poniéndose de pie.

—No.

—No te preocupes, no es necesario, somos bastantes y sabemos de estos menesteres. Además, siempre termina en revuelta, caemos presos unas horas, fianza y de vuelta al ruedo.

—Quiero ir...

—No —dijo su padre otra vez, entre dientes y con el rostro rojo de furia. Los representantes de *GP* recogieron los papeles y carpetas, uno de ellos habló con el piloto que los había llevado. Vera inspiró, giró a su derecha y detuvo al que llevaba la voz cantante.

—Yo conozco a Eric Artinian.

Todos la miraron como si le hubiera pegado un batazo a una granada sin seguro, como si hubiera perdido la razón.

—¿Eric Artinian? El Eric Artinian que...

—Sí. Estuvo aquí, conmigo, hasta ayer...

—Espera. ¿Eres la novia? —el murmullo volvió a elevarse y los tres de *GP* la rodearon.

—¿Qué sabes?

—Nos puedes ayudar, tienes que tener data de primera mano

—En realidad... No tanto.

—Ok. Te vienes con nosotros. —Tonino dio vuelta a la mesa y se interpuso entre los muchachos y su hija.

—No. No van a exponer a Vera.

—No me van a exponer, porque yo quiero ir y sé cuidarme.

—Escúchame una cosa. Si yo te digo que no vas, la cuestión está terminada.

—No. Te recuerdo que tengo 27 años y tomo mis propias decisiones hace tiempo, así que...

—¡Soy tu papá, Vera Di Lorenzo!

—¡Y yo soy tu hija, y esto lo voy a hacer!

—Bueno, resuelvan sus cosas y... —dijo el activista líder de GP, con el hartazgo tiñéndole la voz. Cuando estaban por salir, dejándola atrás, Vera gritó:

—Tengo su *iPad*... y sus emails.

༼ Capítulo 7 ༽

3 de Enero

La avioneta de *GP* salió de Los Roques con los primeros rayos del amanecer. Vera iba con ellos. Todos estaban sin dormir.

No había mucho que rescatar del *iPad* y no pudieron acceder a las cuentas particulares de Eric. No sabía si sentirse bien o mal. No sabía en qué iba a terminar todo, y durante la noche, sostenida por litros de café y la adrenalina, repasaba sus últimas conversaciones, armando las frases como rompecabezas, sus actitudes, sus silencios. Si el corazón le seguía latiendo de esa manera iba a tener un infarto.

Nadie de su familia se había acercado a ella. Su padre estaba furioso, encerrado en su estudio. Sólo Carmen entraba allí. No se despidió cuando se marchó con los activistas. La caminata hasta el aeropuerto parecía sacada de la película *Armaggedon*.

Llegaron a Caracas y una camioneta negra los llevó a un hotel. Ahí se sumó a otros 29 activistas de muchas nacionalidades y todos vistieron con la misma ropa: Camiseta blanca con la leyenda de *GP* y *Trexxon* tachado. Abajo Los Roques y la fecha: 3 de enero. Todo muy organizado. Llevaba un pantalón cargo con bolsillos, los exteriores con bombas de agua, como las de carnaval, con un líquido teñido de negro. En un bolsillo interior tenía su cédula y una tarjeta de los abogados de *GP*, todo envuelto en una bolsita plástica. Si algo pasaba, lo más grave, caer herida o en un hospital, podrían identificarla. Si iba presa, la policía contactaría a los abogados. La organización contaba con un fondo internacional para fianzas, para los gobiernos era plata fácil, por eso salían tan rápido, aunque siempre quedaban marcados con antecedentes.

A Vera no le importaba, lo único que quería era mirarlo a los ojos, que la viera. Y de alguna manera confiaba, que eso operaría algún cambio en él, o saber que su conciencia algún día se lo llevaría al infierno por lo que estaba haciendo.

ᏫᏋ ᎠᏋ

Llegar a La Campiña, donde estaba el edificio de *PDVSA*, fue casi misión imposible. Las calles estaban repletas de gente, vestidos con ropa de trabajo, embanderados, sin colores partidarios, sin odios ni resaca de rencillas del pasado, todos venezolanos luchando por su tierra, porque el petróleo podía ser importante, y en definitiva su fuente de riqueza, pero de pronto algo les hizo click y estaban hablando de su tierra, de las arenas que pisaban sus hijos, sus nietos, del aire que respiraban, del agua que bebían.

Y se dieron cuenta que la riqueza de su pueblo no era negro sino multicolor, celeste como el mar Caribe, anaranjado como un mango, verde como un aguacate, amarillo como un plátano, rojo como una guacamaya. Para llegar a su mayor tesoro, no tenían que excavar sino recorrer esa tierra, de la costa a la sabana, de la selva al llano, navegar sus ríos, abrazar sus árboles, oler sus orquídeas, escuchar sus gaviotas. Y su valor, no estaba en el precio de mercado del barril, sino en el de sus hombres y mujeres, en su arte y su trabajo, en el arpa y el cuatro, sus comidas, sus bebidas, sus aromas y sabores.

De pronto el pueblo venezolano se dio cuenta que los excedía el lugar político en el que estaban, en la dicotomía de un odio que casi los lleva a una guerra civil. No eran azules ni colorados, sino parte de una bandera que los integraba en toda su extensión.

Al grupo que integraba le abrieron paso entre la gente, y una vez que llegaron al vallado principal, Vera se separó de ellos. En la multitud, sacó la camiseta de Eric, la misma que él le había dado antes de partir, que todavía conservaba impregnado el aroma de los dos, se la calzó sobre la cabeza y se fue arrimando, como pudo, a la escalera principal.

Las dos camionetas que transportaban a los directivos de *Trexxon* llegaron con custodia policial, bajo una lluvia de huevazos y otros elementos contundentes. La policía usó sus escudos para protegerlos hasta llegar a las escalinatas.

La gente presionó hasta que se rompieron las barreras y la multitud se desbandó. Los primeros activistas, vestidos con las camisetas blancas, sacaron sus bombitas teñidas de negro, que olían a huevo podrido, se fueron encima de los trajeados y los corrieron por las escaleras. Algunos lograron escapar, otros fueron alcanzados. Los carros hidrantes arremetieron contra la multitud y la policía recibió luz verde para reprimir.

Vera se coló entre el caos y alcanzó a verlo correr por las escaleras. En el medio del griterío, las explosiones de gases lacrimógenos y las balas de goma, ella gritó su nombre.

—¡Eric!

Eric se detuvo y giró sobre sí con expresión de terror. Soltó el portafolios que llevaba y volvió sobre sus pasos, para encontrarse con ella. Vera lo detuvo con una mano cerrada en un puño, directo sobre el pecho, la bomba de agua podrida explotando sobre su saco de algún diseñador carísimo. Con la otra mano le dio vuelta la cara de un cachetazo y le gritó todavía más fuerte.

—¡Hijo de puta!

Dos policías la atraparon por la espalda, la esposaron y se la llevaron, mientras otros dos arrastraban a Eric a un sector seguro dentro del edificio.

⊷⊱⊰⊷

Eric entró al baño y cerró la puerta con un golpe. Estaba temblando de los nervios, mientras se quitaba el saco y lo arrojaba lejos, apartando su olor nauseabundo. Tenía los ojos rojos de los gases lacrimógenos y el alma en el mismo estado que su mejilla izquierda: roja, ardiente, apaleada.

Se desabrochó el último botón de la camisa, aflojó la corbata y se mojó la cara. Pasó la mano por su pelo y se miró al espejo. La voz de Vera, que hasta hacía una hora, resonaba en sus oídos repitiendo su nombre como un mantra orgásmico, ahora le gritaba el apelativo que mejor le cuadraba desde hacía mucho tiempo, pero que recién ahora, podía entender, comprender y asumir.

En la sala de reuniones todos estaban más o menos en la misma condición que él, y se elaboraban dos planes de escape, primero del edificio y después del país. Los más grandes se marcharían esa misma noche en un vuelo privado. Él y dos más, lo harían a la mañana siguiente vía American Airlines. Su misión estaba cumplida en lo que a su trabajo concernía.

Las reuniones con los legisladores habían sido satisfactorias y se había convenido poner paños fríos al asunto y esperar. Ya desde Texas, sin ellos en Caracas como factor discordante, verían como la pasión del primer momento se diluía y eso pasaba a ser un frente más de los ecologistas, ni más ni menos importantes que los reclamos contra *Shell* en el Ártico, contra *BP* por el derrame en Deepwater Horizon o en el Golfo. Una más.

⁕

Horas después, cuando la multitud se disipó, Eric se marchaba a su hotel en el último vehículo. Ya era de noche cuando bajó al estacionamiento y subió a la *Escalade Suv* negra donde iban él y el chofer, un muchacho venezolano de poco más de veinte años.

—¿Te puedo hacer una pregunta? —el muchacho lo miró sorprendido, casi asustado, como si se hubiera convertido en otra persona. ¿El yanqui hablaba español?

—Sí, señor.

—En caso de disturbios, ¿a dónde llevan a los detenidos?

—En general a la sede de CICPC

—¿Sabés dónde queda?

—Sí.

—¿Me podés llevar? Te lo pago aparte. Digamos... ¿100 dólares? —al muchacho se le encendieron los ojos al ver el billete, lo arrancó de la mano de Eric y viró en U cambiando de destino.

Podría haberlo llevado a un barrio y matarlo para sacarle lo que llevaba, y pasar a ser una estadística más de la violencia urbana de Caracas, pero en quince minutos aparecieron en el edificio de la Avenida Urdaneta, del barrio Los Anaucos. Seguro tenía que sentirse, después de todo estaba en la sede del Cuerpo de Investigaciones Científicas, Penales y Criminalísticas. Policías había de sobra.

Llegar al edificio le tomó quince minutos, llegar a donde estaba Vera, más de dos horas y los últimos billetes dólar que tenía. Por fin encontró a quien la retenía.

La Dirección de Investigaciones Contra el Terrorismo, parte de la Coordinación Nacional de Dependencias Especiales, estaba a cargo del Comisario General Paredes. Hablaron por cuarenta minutos sobre la situación de Vera. Para sus pocos conocimientos legales, era mucho mejor de lo que podía esperar. Se los había detenido por disturbios en la vía pública, aunque al haber estado junto a los activistas de *GP* sus actividades podían tipificarse de otra manera. El escrito era del abogado actuante y el juez que entendía en la causa redujo la situación a una jugosa fianza, dado que no hubo cargos por parte de los directivos de *Trexxon*. El problema era que como no estaba "matriculada" en la organización, el pago de la fianza se demoraría, por lo menos, hasta el día siguiente. Que fuera venezolana trababa las negociaciones, pero al tener residencia en Canadá, ganaba puntos. Como fuera, tampoco tenía un familiar que pudiera responder por ella en Caracas: si su padre venía, llegaría al día siguiente. De un modo u otro, pasaría esa noche detenida, y sola, porque todos los activistas ya habían sido liberados.

—¿Cuánto es la fianza?

—10 mil dólares —dijo Paredes con una sonrisa de costado.

—¿En efectivo?

—Si usted tiene esa suma de dinero en efectivo encima, no creo que salga con vida de aquí —dijo entre carcajadas, sosteniéndose la barriga que apenas se mantenía detrás del cinturón.

—¿Y cuál es el procedimiento?

—Aquí aceptamos tarjetas de débito, de crédito y cheques en días hábiles. —Eric no lo dudó. Sacó su tarjeta de débito personal, no la corporativa, y rezó porque pasara. De seguro le pedirían autorización telefónica, no por falta de fondos, sino por procedimiento. Así fue. Una vez terminada la transacción, se puso de pie y saludo a Paredes. —¿Usted es su abogado?

—No. Un amigo de la familia

Esperó una hora más, apoyado contra la pared, para que la liberaran. Se la llevaría con él al hotel, la sacaría de allí esa misma noche, aunque tuviera que usar la fuerza.

ເລເ ⊆ລ

—¡Vera Di Lorenzo!

Su nombre hizo eco en las paredes de los calabozos con rejas que parecían conservados de la época de Simón Bolívar. Salió de un salto del rincón, sujeto su cabello en una cola de caballo y se acercó a la puerta con los brazos cruzados sobre el pecho. ¿Su padre habría llegado para pagar su fianza? Era difícil pero no imposible. Con su temperamento, bien podía dejarla pasar la noche encerrada para que aprendiera a obedecerlo, o llegar a Caracas a nado para que su niñita no estuviera presa.

El abogado de *GP* ya le había explicado el tecnicismo por el cual no la podían sacar pero por lo menos logró que la trasladaran a otro sector.

Descansar en ese lugar era imposible, pero el cansancio, físico, mental y espiritual, la estaba venciendo, e iba cayendo en ese letargo previo al sueño, casi como la muerte.

Se estremeció con el ruido de la llave en la cerradura, como si fuera a romperse. La acompañaron a una sala donde tuvo que esperar para que le devolvieran sus pertenencias y firmar unos papeles. Tenía la garganta tan seca y tanto miedo, que no preguntó nada. Sólo quería salir de ahí, si se tenía que ir caminando a Maiquetía, en el medio de la noche, lo haría. Si no se lo habían robado, tenía algo de dinero. Ya vería como se las arreglaba.

Con el suéter con capucha negro que había llevado, sus pocas pertenencias, no su teléfono, que parecía haberse perdido en el momento que la apresaron, y los cordones de sus zapatillas, todo apretado contra el pecho, atravesó la última puerta hacia un pasillo con bancos de madera.

Al ver al muchacho que esperaba apoyado en la pared, despeinado y desarreglado, y aún así el más hermoso del planeta, se detuvo en seco, giró y se escabulló por el costado del policía para regresar a su celda.

—¿A dónde vas, muñeca?

—Adentro —dijo ahogada, queriendo escapar de la mano del gordo que la arrastraba otra vez al centro de la escena.

—Vamos, deja el culebrón, vete antes de que me arrepienta.

La arrojó al medio del pasillo y se pudo enderezar antes de que Eric intentara atraparla. Lo miró a los ojos sin abrir la boca. ¿Qué podía decirle? ¿Gracias? ¿Hacerse la heroína y clavarle otra cachetada? Todavía le dolía la mano, y el alma, de ese último encuentro piel con piel.

—Vamos —dijo él con suavidad y estiró una mano hacia la salida. Afuera, una camioneta negra, como la que usó para llegar a *PDVSA*, los esperaba.

El trayecto por las calles de Caracas fue rápido y silencioso. Le puso los cordones a sus zapatillas, revisó sus documentos y contó el dinero que le quedaba. No sabía si le alcanzaba para un taxi hasta La Guaira, llegar a Los Roques no sería tan complicado.

Mirando hacia adelante, mientras la camioneta se acercaba a un edificio moderno, no pudo dejar de admirar el rostro sereno de Eric y pensar, ¿cómo diablos iba a hacer para sobrevivir esa noche con él? ¿Cómo iba a hacer para sobrevivir esa noche sin él?

꧁ ꧂

La habitación del Hotel *Marriott* era imponente y la vista todavía más. Eric no había dicho una sola palabra más que para pedir su llave. Abrió la puerta y la hizo pasar sin siquiera tocarla.

Hizo lo que pudo para poner distancia entre los dos, porque con él tan cerca no podía pensar, y sabía muy bien donde terminaba cuando no pensaba bien. Su cuerpo se orientó hacia el ventanal, desde donde podía ver la postal del cerro lleno de pequeñas luces que no eran un arreglo navideño sino ranchos, hogares de humildes, los invisibles. Sus ojos, traidores como eran, inspeccionaron la cama que parecía sacada de una película: enorme, blanca inmaculada, con un cabezal de madera tallada terminado en dos postes que llegaban hasta la mitad de un cuadro negro con trazos en vivos colores.

Sintió a Eric a su espalda y se apartó hasta chocar con la cama. Volvió a rodearlo hasta llegar a la mesa junto a la pared. Él le ofreció su *iPhone*.

—Llamá a tu papá. Debe estar preocupado.

—¿Cómo lo sabes? —Eric puso los ojos en blanco, buscó el último número que había marcado y ejecutó la llamada. Dejó el teléfono en la mesa, junto a ella, y se alejó hasta el frigobar.

Vera tomó el aparato y esperó que contestaran del otro lado.

—*Posada Tonino, buenas noches.*

—Hola, Papá.

—*Vera... hija...* —se le estranguló el corazón al escucharlo.

—Estoy bien, Papá. Ya salí de... —no pudo decirlo. Nunca imaginó, ni en sus peores pesadillas, que alguna vez estaría en la cárcel.

—*Dios mío, estaba tan angustiado. No hubo nadie que me quisiera llevar para sacarte, pagar la fianza. El abogado me dijo que mañana...*

—Ya está, papá. Estoy bien. Mañana a primera hora salgo para la Isla.

—*Avisaré en la terminal. ¿Dónde estás?*

—En un hotel. —Levantó la vista buscando a Eric. Estaba a un costado, bebiendo de una botella de agua mineral, sin mirarla, pero prestando atención a cada palabra. Decir o no decir que él había tenido todo que ver para que ella estuviera libre y a salvo, y no presa y librada a la buena de Dios en una celda, podía desencadenar una discusión, o un pedido de explicaciones, que no tenía fuerzas ni ganas para afrontar. —Te veo mañana.

—*Hasta mañana, hija* —se le atragantó el "te quiero" así que cortó antes de que se le ahogara la voz.

Se quedó mirando el aparato hasta que la pantalla volvió a su fondo principal. La foto le frenó en seco el corazón y lo azotó para desatarse a la carrera. Era la misma foto que Eric había colocado en su *IPad*, recortada para que sólo se vieran ellos dos, caminando muy juntos sobre la arena. El recuerdo la ahogó, las sensaciones se agolparon bajo su piel y el paisaje le nubló la vista. Antes de ponerse a llorar como una estúpida, dejó el teléfono en la mesa y se apartó al medio de la habitación, para no estar cerca de ningún mueble que la tentara a desnudarse, apoyarse y abrirse de piernas, en su movimiento más aceitado de los últimos días.

Eric se acercó y le extendió una copa llena de agua. Otra vez frente a frente, él con el ventanal a sus espaldas, se miraron a los ojos.

—Imagino que querés una explicación —dijo con un tono de soberbia que la retrotrajo al primer momento que se percató de su existencia. Con ese mismo tono le hablaba a su secretaria, pero ahora lo empleaba en español, con ella.

—¿Qué me vas a explicar? —dijo tratando de sonar serena, antes de beber de la copa.

—Esto no puede interponerse entre nosotros —la sorpresa la ahogó, la hizo escupir el líquido y toser con violencia. Cuando se repuso, no sabía qué decir.

—Eres un cínico, lo sabes, ¿verdad? Un cínico, un mentiroso y un asesino.

—Estás sobreactuando —dijo con suavidad, casi como si fuera una broma, como si en realidad todo fuera una jodida broma en la que sólo ella había caído. Busco tomarla de un brazo, despacio, acercándose para atraparla otra vez, pero no se dejó. Lo apartó empujando sus manos y ese roce le calentó la sangre.

—¿Me estás jodiendo?

—Vera... —dijo exhalando, como si estuviera agotado —es mi trabajo, es lo que hago, por lo que me pagan por hacer, y me pagan muy bien porque lo hago muy bien. Se dá que la riqueza que tiene tu país es el petróleo. ¿Si esto fuera Argentina y yo trabajara en un frigorífico, me dejarías porque mato vacas?

—¿Me estás hablando en serio?

Aún en el medio de la tormenta que amenazaba separarlos, él tenía ese tono juguetón que siempre la encendía, pero que en ese momento estaba desatando lo peor de ella. Podía ver lo cansado que estaba, agotado en cuerpo y alma. Quiso acercarse otra vez pero su actitud defensiva lo detuvo y convenció de no avanzar.

Eric caminó de nuevo hacia el refrigerador y sacó dos bebidas, ya no agua, sino algo más fuerte. Abrió una y se la bebió en tres tragos, sacudiendo la cabeza para obligar al vértigo del alcohol a ceder.

—Sólo quiero explicarte que no soy un traficante de drogas, ni vendedor de armas. Lo que hago no hace quien soy... ni cambia lo que siento por vos.

Su confesión la desarmó, destruyó sus barreras y argumentos. Sólo quería arrojarse en sus brazos y besarlo y volver a hacerle el amor hasta que el mundo desapareciera. Sin embargo, algo más importante que ella y su corazón la detuvo como una pesada cadena. Eric se dio cuenta.

—Vera...

—Esto no puede pasar... —dijo ella en un susurro lacrimoso.

—No puedo hacer nada, Vera. No está en mis manos —Sus manos... Vera bajó los ojos y vio como esos dedos se estiraron despacio hasta tocarla apenas con las yemas. Las lágrimas se le descolgaron de las pestañas y cayeron al vacío. Volvió a mirarlo a los ojos y se vio reflejada en ese dolor. ¿Y cómo hacer para superarlo, para saltar ese escollo, para seguir adelante y olvidar...?

—Entonces, ¿eso es todo? ¿No hay nada por hacer? —Él negó con la cabeza sin abrir la boca. Ella se estremeció y tomó impulso para marcharse de allí en ese mismísimo instante. Él la detuvo, sosteniéndola de ambos brazos.

Vera forcejeó y se apartó hasta la puerta, pero él la siguió, y la arrinconó. Ya no quedaba ni aire entre los dos.
—Déjame ir —dijo ella.
—No puedo...

Eric se acercó más, despacio, hasta que sus bocas se rozaron. Apretó los ojos hasta que las pestañas se clavaron en sus párpados. Al temblar, sus labios vibraron contra él y sus lágrimas humedecieron ambas mejillas. Él le sostuvo el rostro con ambas manos.
—Quedate conmigo, por favor. —Las palabras de Vera salieron filosas, aunque su cuerpo no respondiera a su voz.
—Vas a tener que amarrarme para tocarme.
—Por Dios, no me des ideas...

La apretó contra la puerta, clavando su erección en su vientre, desatado por el roce, pero fue ella la que avanzó en un beso incendiario. Su cuerpo era puro instinto y estaba fuera de control. Eric retrocedió arrastrándola con él, respondiendo a su beso con la boca, con el cuerpo, con cada parte de su ser. Caminaba hacia atrás, rumbo a la cama, pero ella lo desvió. Sus piernas chocaron contra el sillón de un cuerpo que estaba en el ángulo de la habitación, entre la pared y el ventanal. Eric la miraba desde abajo, despeinado y desarmado, respirando con intensidad. Ella retrocedió, con la duda instalada en el alma, sintiendo el adiós latirle en las venas. Un adiós doloroso e inevitable, como el destino sellado de su paraíso personal.

Miró la salida.

Tenía dos maneras de ejecutarlo: una rápida, piadosa, aprovechando la puerta a sus espaldas; que la oscuridad de la noche la tragase y la suerte hiciera de ella lo que quisiera. La otra forma era más segura en lo inmediato, caliente y placentera, como su recuerdo, pero mucho más peligrosa que internarse en las calles de Caracas de noche, porque quedaría clavada en su alma para siempre. Pero, si le tocaba seguir viviendo sin él, por lo menos quería llevarse consigo el recuerdo de su última noche tatuado en la piel.

Se adelantó hasta quedar a un paso de sus piernas, una estirada y la otra flexionada, su cuerpo desparramado en el sillón y los brazos extendidos. Él la seguía con los ojos clavados en los suyos. La postura era una invitación silenciosa a lo que seguía...

Vera se dejó caer de rodillas a sus pies, literalmente en más de un sentido. Apoyó ambas manos con cuidado en sus piernas, deslizándolas muy despacio sobre la tela, cuya suavidad clamaba a gritos exclusividad. Sus dedos temblaban a la emoción del recuerdo, al calor del reencuentro, ese que crecía entre los dos a medida que el roce subía y la distancia desaparecía. Acompañó el avance de sus manos con el cuerpo, internándose de a poco en el espacio creado por sus piernas, orientada al vértice donde su pantalón se tensaba. Sus ojos bajaron su atención allí y no pudo reprimir humedecerse los labios, en honor a las memorias que se despertaban con esas imágenes.

Volvió a los ojos de Eric cuando sus manos habían traspasado la mitad de sus muslos. La situación, candente por sí sola, la arrojó al extremo, ese que nunca había tocado, por las mismas razones de siempre, nunca tuvo el grado de intimidad, sensaciones y sentimientos en una relación como con él. Era una buena manera de decir adiós… regalándole su boca.

Los ojos de Eric estaban en llamas, con los labios entreabiertos y los dedos tensos, clavados en los brazos del sillón. Ver el efecto que producía en él, le dio valor para seguir. Sin dejar de mirarlo se soltó el cabello con una sola mano y se relamió los labios en deliberada actitud. Él se contrajo sobre su asiento.

—Quiero irme, pero no puedo.

—No te vayas…

—No sé cómo hacerlo…

—Yo si…

Eric estiró una mano y acarició su rostro, reposando en su mejilla y deslizando el pulgar sobre su labio inferior, entreabriendo su boca. Ella acomodó la cabeza, buscando su mejor ángulo en la forma cóncava de su mano.

Estaba todo dicho: Ella se iba a quedar… él le iba a enseñar cómo.

⚜

Los dedos de Vera temblaban, pero aún así consiguieron liberar el cinturón y el cierre. Sus manos abrieron la tela del pantalón y lo acariciaron por encima del boxer, enviando una descarga eléctrica directo a su cerebro por el carril rápido de su columna, el mismo que conducía la lujuria que ella despertaba en él.

Los preliminares lo estaban matando. Sus dedos delineaban su forma, masajeaban su engrosada virilidad, el corazón le bombeaba con tanta fuerza que parecía habérsele caído del pecho a la entrepierna. Su cerebro también había cambiado domicilio a ese lugar, todo lo que podía pensar era como se sentiría penetrar esa boca, humedecerse hasta tocar el fondo de esa garganta, explotar y apretarla contra su ingle hasta ahogarla.

Exhaló con todas esas imágenes girando en su cabeza, todo un carrusel del infierno y tensó los dedos enredados en el pelo de Vera.

—¿Qué querés hacer?

—Lo que tú quieras...

Estaba más allá de sus cabales, de su lucidez. Con ella así no podía pensar... y si así se estaba decretando el final de lo que había nacido tan inesperadamente, en el aire, tan cerca del cielo, sonaba bastante adecuado que terminara ardiendo en las llamas del averno. Apretó los dientes y con la mano libre le pegó un tirón al boxer para liberar su miembro.

Una ráfaga caliente de lujuria y sorpresa atravesó el rostro de Vera, cuando sus ojos se agrandaron al verlo extendido, clamando su atención, atrapándola por completo. Sin preámbulos, abrió los labios y lo hundió en su boca. Él se estiró sobre sí mientras la presionó con su mano hasta tocar el fondo de su garganta, y con ello, ver las estrellas como si estuviera en el espacio. Ella lo aceptó sin quejarse, lo dejó forzar la presión y la profundidad, mientras atizaba su explosión con manos ávidas y curiosas que exploraban entre la tela y los pliegues de su piel... apretando, arañando, hurgando. Se extendió en su boca hasta el límite en que sentía sus venas latir, torrentes de algo más que sangre a punto de hacer erupción.

La levantó del pelo y la arrojó en la cama. Le arrancó la camiseta y destrozó el broche de su sostén. Su piel tenía en él un efecto, más que afrodisíaco, demencial. Lo volvía loco, lo hacía olvidar de todo. Por ella se tiraría por esa ventana y volaría, porque ella así lo hacía sentir; se arrancaría el corazón y aún así viviría, porque lo había convencido de que ella en su vida era todo lo que necesitaba.

Vera lo detuvo con una mano en el pecho, mientras intentaba internarse entre sus piernas. Lo aferró de la corbata y atrapó en sus labios, su boca con sabor a él, llevando sus niveles de locura más allá de lo admisible. Él no hacía esas cosas, no lo violento, sino lo íntimo. Saber que el sabor salado allí era suyo desató niveles irracionales de adrenalina en su cuerpo. Su lengua recorrió cada espacio que antes había ocupado su pene, ansioso de llegar así de lejos.

Se incorporó sobre sus rodillas, estiró la corbata hasta deshacer el nudo y después desabrochó su camisa, admirándola desde arriba. Ella levantó ambos brazos sobre su cabeza y arqueó la espalda. La imagen de ella atada explotó en su cabeza. Tanteó a un costado y con la corbata estirada entre ambas manos, recorrió su cuerpo, desde el vientre, tensando sus pechos, presionando su cuello, marcando sus brazos hasta llegar a sus muñecas. Cuando sus labios volvieron a encontrarse, él preguntó con los ojos y ella asintió con la cabeza, los dos en silencio. Ató sus manos con un nudo suave y la arrastró sobre la cama hasta una esquina, donde el respaldo de madera tenía una columna tallada. Allí amarró el otro extremo de la corbata.

Teniéndola así de expuesta, acarició su pecho, desde el cuello por el esternón, hasta su ombligo. Primero se deshizo de su ropa, después del pantalón, ropa interior y zapatillas; por último buscó en el cajón de la mesa de luz un preservativo... aunque la penetración no era lo que tenía en mente en lo inmediato.

Como si fuera una muñeca de trapo, la hizo dar vuelta sobre sí, sus brazos y la corbata tensándose pero acompañando el movimiento.

Recorrió de nuevo su cuerpo, desde las piernas, sus nalgas, su espalda, con las manos abiertas, sintiendo la suavidad de su piel en cada poro de la palma de su mano. Deshizo el camino de regreso, colocándose sobre ella apoyando la cadera contra el final de su espalda, ella se arqueó, gimiendo, abriendo las piernas para recibirlo. Besó su cuello y sus hombros, e intercaló lengua, labios y dientes para ir de un hombro al otro y bajar por el centro de su espalda, absorbiendo los espasmos de placer y la vibración de sus gemidos. Quería tanto de ella, todo, más... por momentos suave, arrebatado en otros, no encontraba término medio a lo que sentía, todo era un extremo, como el fuego, fuente de vida y destrucción.

Le abrió las piernas hasta que se quejó y acarició el interior de sus muslos, ascendiendo a la cúspide que marcaba su sexo. La sintió temblar bajo sus dedos y aún así no moverse, como si también hubiera atado sus tobillos.

Ella atada, ocupando de esa manera la totalidad de la cama, con el pelo derramado a su alrededor, casi coreografiado, era una visión de pura sensualidad. Apretó la carne de sus nalgas con fuerza y se apoyó contra ella para susurrarle:

—Esta noche quiero escucharte gritar.

No le dio tiempo a nada. Volvió sobre sus rodillas y metió un dedo en su interior, hasta el fondo, comprobando lo húmeda y caliente que estaba. Vera dio vuelta la cara y exhaló con fuerza, casi un grito, pero no lo que él quería. Se deslizó adentro y afuera varias veces extendiendo su elixir, empapando sus labios; entró otra vez, fuerte y profundo, esta vez con dos dedos. El jadeo subió de tono y comenzaba a salir rasgando su garganta al ritmo del deslizar al interior y el exterior... Siguió con tres.

Se apoyó en ella, otra vez sus sexos rozándose, tentándose. Con una mano le levantó la cara y la otra, la que se había internado en ella, acercándose a su boca. Sus dedos acariciaron sus labios primero, deslizándose despacio. Susurró:

—Conocés mi sabor —apretó su cadera contra la suya, buscando llegar a meterse en ella, aludiendo lo que había estado obscenamente en su boca. —¿Conocés el tuyo?

Metió los dedos en su boca, despacio, acariciando su lengua, que pronto se sumó al juego, que lo rodeó y saboreó como había hecho antes con otra parte de su cuerpo. No la dejó terminar de tragar que se apoderó de su boca. Su sabor, el de ella, su boca, la de ella, sexo, amor, todo mezclado. Él no era así, ¿qué le estaba pasando?

La volvió a dar vuelta, haciéndola rebotar en su espalda, y con el mismo impulso con que cayó sobre ella, la penetró con precisión, como si algo desde su interior estuviera enlazado a su cuerpo y lo tirara hasta hacerlo encajar, engarzando sus entrañas desde lo oscuro y oculto de la lujuria y el sexo, hasta lo divino y luminoso del verdadero amor, de ese que se siente una vez, del que se puede marcar en un calendario su principio, la chispa de su inicio, pero nunca precisar un final, que a veces no llega ni siquiera con la muerte.

Vera lo miraba, como nadie lo había hecho nunca, arrobada, y de la misma manera que él avanzaba dentro de su cuerpo, ella lo absorbía, como queriendo mezclarse con él, enredarse, convertirse en uno, no dos mitades sino uno solo, uno nuevo, capaz de superar eso que los separaba.

El jadeo en sus labios fue escalando a medida que sus embates eran más fuertes y profundos.

Sus gemidos subían de volumen con la fuerza de la presión de su interior, que lo devoraba como una flor carnívora, mientras sus piernas se abrazaban a sus caderas. La presión desde adentro iba azotando el caballo salvaje de su orgasmo, el de ambos, que se hacía sentir en simultáneo, que se alimentaba del otro, que escalaban en ellos mismos para alcanzarse en la cumbre.

Vera gritó y se arqueó mientras él sostenía su rostro entre sus manos y mientras se descargaba dentro de ella, la sacudió para que lo mirara y le gritó su desesperada verdad, la que su racionalidad no dejaba salir, la que su vergüenza, sus propios miedos, su estupidez, disfrazaba detrás de la risa y la broma. Lo único importante. Lo real.

—¡Te amo, Vera! ¡Te amo!

Vera se estremeció por última vez entre sus manos y estalló en llanto desesperado, derramándose como él, detrás de un último grito que se diluyó, rápido en su violencia, como tormenta de verano.

৵৶ Capítulo 8 ৵৶

4 de Enero

Podría haber sido una noche soñada, LA noche de sus sueños. Se supone que cuando encuentras esa persona, entre todas en el mundo, que es más que tu mitad, tu complemento, tu transformador, debería sentirse como... eso mismo: dicha, alegría, gozo. Parecía bastante ilógico despertar de otra manera si esos labios te besaban y ese cuerpo te arropaba, y la confesión de amor iba más allá de un arrebato de pasión, extendiéndose durante la noche, mientras dormías en el calor de sus brazos.

Pero no, así estaba ella, limpiándose las últimas lágrimas antes de tomar la decisión de marcharse.

Eric estaba exhausto y dormía con profundidad pegado a su espalda. Aprovechó la complicidad del sueño para contemplarlo un minuto. No se permitió más que eso, extenderse sería jugar con fuego y prolongar el dolor. Si la suerte nunca la había acompañado, ¿qué podía hacerle pensar que el viento había cambiado ahora? Reconozcámoslo, se encontraron en el sitio equivocado en el peor momento. En otro lugar, en otro tiempo... quizás…

Meneó la cabeza, frustrada. En otro lugar, en otro tiempo, él estaría casado con una súper modelo y ella sacando fotos en Disneylandia.

Se sentó en la cama y vio la mano de él descansando sobre el colchón. *Fue lindo mientras duró*, pensó mientras acercó su mano a esos dedos que jamás podría olvidar. Acarició el aura en ellos, con temor a despertarlo, y decidió poner distancia antes de arrepentirse y meterse en la cama de nuevo.

En el desparramo de ropas en el piso, encontró la suya. Dejó la camiseta de Eric estirada sobre el sillón, se calzó las zapatillas y salió de la suite sin mirar atrás.

El reloj principal de la recepción del *Marriott* marcaba las 5 de la mañana cuando salió al Hall. Todavía era de noche. Un empleado de limpieza le indicó cómo tenía que hacer para trasladarse al aeropuerto.

Cuando salió, se orientó como pudo: tenía que llegar al Parque Central para poder tomar un bus hasta Maiquetía. Caminó hasta Chacaito y se quedó en un puesto callejero de café esperando a que abriera la estación del metro. Eran cuatro estaciones hasta Bellas Artes y de ahí menos de una hora a La Guaira.

Una vez en el autobús, se acomodó en el último asiento, se subió la capucha y ovilló en el asiento, con la cara hacia el vidrio y los ojos empañados en lágrimas de un silencioso y ausente adiós.

⋯⋯

El sonido intermitente del teléfono, sonando del otro lado de la cama, lo hizo despertar. Se estiró hasta alcanzar, primero la luz y después el aparato, y ese movimiento le hizo caer en cuenta de lo solo que estaba allí.

—Hola

—*Buenos días, Sr. Artinian. Su transporte espera para llevarlo al aeropuerto.*

—Bajo en 5 minutos.

Se tiró de la cama y maldijo en voz alta al tropezar con algo. Cuando no hubo ningún eco a su puteada, confirmó que estaba solo. Se le encogió el corazón. Encendió la luz del baño en cuanto abrió la puerta y pasó la mirada desolada por el lugar. Todo limpio y ordenado, sin tocar.

Abrió el agua fría y se metió bajo la ducha. Se mojó, enjabonó y enjuagó en tres minutos y un minuto más para secarse, mientras se cepillaba los dientes y levantaba toda la ropa tirada en el piso y sobre las sillas, para meterla en su bolso. Se vistió a los tirones, enojado consigo mismo.

Se enfundó en el saco del traje, el que no había tirado a la basura después del ataque de *GP*, agarró de la mesa sus anteojos oscuros y sus dos teléfonos, chequeando emails y mensajes, en tanto daba una última recorrida a la habitación, buscando cualquier cosa olvidada.

La camiseta celeste de Sabrina estaba sobre el sillón y sintió el puntazo en el alma. Eso hizo que todo fuera más doloroso y real, cuando los recuerdos se abalanzaban sobre él como espectros suicidas. Se colgó el bolso al hombro, buscando la salida, y calzó los anteojos en su rostro, como si fuera la careta del ejecutivo exitoso que quería mostrarle al mundo, la que le rendía, con la que ganaba... lo que ya no era. Lo que era ahora estaba representado por esa camiseta gastada de tantos años, que en su último viaje había encontrado otra dueña.

Apretó los ojos al tiempo que ponía la mano en la cerradura de la puerta. Le dio la espalda, como si con eso pudiera cambiar algo, o mejor aún, saltar ese paréntesis, olvidarla. Pero no iba a poder o por lo menos no le sería fácil. Un rincón traidor de su mente le aseguró que si la guardaba, si la llevaba a su nariz y aspiraba, iba a encontrar trazas del aroma de su piel. Abrió la puerta... y la cerró. Retrocedió, arrancó la prenda de un tirón y salió con ella en la mano, cerrando de un portazo.

En la recepción, un empleado recibió su llave y le entregó los papeles para el check out. Miró a su alrededor, con la esperanza de que ella estuviera allí, oculta, esperando...

Nadie apareció.

El chofer de la camioneta que iba a llevarlo al aeropuerto recibió su equipaje y le abrió la puerta trasera para ascender. Con la amargura torciéndole el rictus, miró sin ver el paisaje de la ciudad de Caracas, temiendo nunca volver.

ꙮ

Estaba en la fila para embarcar en el vuelo 1045 de *American Airlines* rumbo a Houston y cada paso que daba era un doloroso *Déjà vu*. Se le apretó el corazón al recordar el video del tema de Cerati, de su último disco, Fuerza Natural, con un final abierto y un "continúa" que nunca pudo ser verdad. ¿Podría él también dormir hasta que pasara el temblor?

Sacó el *Blackberry* de su bolsillo para regresarse a la realidad, chequeando con una sola mano la catarata de mails que recibía. La sensación era que cada pregunta y cada respuesta eran hechas por ciegos a la deriva. Él sentía tener las cosas tan claras...

Miró a un costado y recordó cuando todo empezó, en ese mismo lugar, cuando corrieron por ese pasillo multicolor para tomar la avioneta que los llevaría a la Isla. Hizo un esfuerzo para hacer retroceder el ardor en su nariz. Miró el reloj en su teléfono: podría acercarse allí, sólo un momento...

El empleado de *AA* esperó un momento hasta que reaccionó y tomó su turno. Se apuró y el momento se desvaneció. Entregó los papeles, su equipaje y se apuró al sector de embarque. Nunca vio quién entraba al aeropuerto a metros de él.

෨෨ ෨෨

Después de una hora de espera en el aeropuerto, subió a la primera avioneta que salió, abrazada como una heroína. Nadie, ni locales ni visitantes, habían perdido de vista su actuación en la manifestación contra *Trexxon* en Caracas. Sin embargo, la soledad del aeropuerto de Los Roques le puso la piel de gallina. Era un presagio de lo que venía.

Caminó cabizbaja y con los brazos cruzados en el pecho hasta llegar a la posada. Se obligó a ver al frente o al camino a sus pies. Mirar a un costado era verificar que ese barco seguía allí, el *Marlin Red*, con esa estructura gigantesca en su cubierta que, según había entendido, era una plataforma de exploración.

Al llegar, la única que salió corriendo a su encuentro fue Carmen. Ella la acompañó a la habitación y la miró en silencio mientras se sentaba en la cama. Allí estaba todavía el *iPad* de Eric. Apretó las manos para no tocarlo.

—Necesito un baño.

—Ve, mija, yo te preparo algo de comer y...

—No tengo hambre, tomaré un baño y voy a hablar con mi papá.

Así lo hizo. Se tomó su tiempo y se encontró con su padre en su oficina. Golpeó despacio y cuando él la autorizó, entró.

—Hola, papá.

—¿Cómo estás?

—Bien.

—¿Estuviste... bien... allí?

—Sí. Pudo ser peor...

—Vera, por Dios, ¿en qué estabas pensando? — lo miró extraviada, distante. No podía decirle lo que había pensado o por qué lo había hecho.

—En nada…

Tonino rodeó su escritorio y se paró frente a ella. Se cruzó de brazos, exhaló y se apoyó en el mueble, intentando buscar su mirada. Vera se mordisqueaba las uñas, como cuando era una niña. Sus ojos estaban perdidos a un costado.

—¿Lo viste? —ella asintió rápido. Le ardieron los ojos y el rostro, del dolor y la vergüenza, respectivamente. —¿Qué le dijiste?

Vera sonrió con tristeza y miró a su padre.

—Hijo de puta.

Tonino estiró los brazos y Vera se derrumbó en su pecho.

—¿Qué vamos a hacer, papá?

—No lo sé. Las mujeres de la isla, junto a Carmen, empezaron un rosario diario junto al padre Humberto. Quizás debamos probar con eso, nuestro destino parece estar en manos de Dios, ni más ni menos.

La manifestación de cariño duró un suspiro. Tonino la sostuvo de los hombros y la miró muy serio.

—Ahora, quiero que llames a tu mamá.

Vera se desinfló y tomó el teléfono que su padre le ofrecía antes de salir de la oficina. No tenía fuerzas para tener una conversación con su madre, pero sabía que dejar pasar más tiempo sólo empeoraría las cosas, así que, rasqueteó en el fondo de su alma un poco de fortaleza y marcó los mil números que la separaban de Canadá.

—¡Hola! —Su madre debía estar sentada junto al teléfono. Hizo un cálculo mental del horario pero ni siquiera eso pudo lograr. Se apoyó en la pared, detrás del escritorio, y se dejó caer en el piso frío de la oficina.

—Hola, mamá.

—*Vera, hija. ¿Cómo estás?*

—Bien. Recién llego de Caracas.

—*Vera, estuve a punto de tomarme un avión. ¿Qué pasó? ¿Por qué te metes en esos líos?*

—Lo siento, mamá. No quise asustarte.

—*¿Qué ganas sumándote a esas protestas, a esos líos?*

—Nada… no gané nada —y las lágrimas se precipitaron a sus ojos cuando sintió que perdía todo.

—*Vera…*

—Llamaba para que te quedes tranquila. Ya estoy en la isla. Estoy bien.

—*No estás bien…* —Apretó los labios y los ojos no queriendo rendirse a las lágrimas. No quería llorar más —*¿Lo viste?*

—Sí… —dijo desgarrada.

—*Vera, mi cielo.*

Las lágrimas de su madre, del otro lado de la línea, le desgarraron el alma, más aún que su propio dolor. No quería que nadie sufriera por su culpa, pero parecía que era lo único que sabía hacer últimamente. Se secó la cara y respiró para recomponerse.

—Estoy bien, mamá. Ya pasará. Es parte de… esto de… ya sabes…

—*Hija, los hombres son diferentes a nosotras, ven las cosas de forma diferente.*

—Ya lo sé.

—*Quisiera poder cambiar esto para que no sufras. Quisiera tener el poder necesario para que puedas ser feliz* —otra vez se derrumbó. Su madre no solía decirle esas cosas, no porque no quisiera, sino porque la vida la había puesto en un lugar donde siempre estaba muy ocupada. Cuando eran más pequeñas, Gina había sido la más afectada con el divorcio y la mudanza. ¿Y qué decir de Mempo? Sus tratamientos, sus crisis, médicos y medicamentos, ir y venir sin parar. Por la noche la veía derrumbarse, cansada hasta los huesos. A veces le bastaba sentarse a su lado, en silencio, y esperar a que la mandara a la cama. De más grandes, la vida le mostró el camino y pudo hacerlo sola… hasta ese día… —*Si tan sólo pudiera darte lo que necesitas.*

—Siempre me lo diste. Siempre me lo das.

—*No. Siempre siento que estoy en deuda contigo. Has sido tan buena niña, yo siempre tan ocupada con tu hermana y tu hermano…*

—Es lo que nos tocó vivir, mamá. Hicimos lo mejor que pudimos.

—*Tú casi sola…*

—No es así. No lo sientas así. Te amo y te admiro, mamá. Lo que hiciste por nosotros, lo que sacrificaste, lo que viviste, no lo hace cualquier madre. Muchas veces sentí que te traicionaba por no odiar a papá por no venir con nosotros, pero yo también lo necesitaba.

—*Lo sé, Vera. Lo sé.*

—Pero… pero… yo necesito que sepas, que sé todo lo que hiciste y te amo, más de lo que puedo decir. Y espero el día de mañana ser tan buena madre como lo has sido tú, eres mi ejemplo, mi modelo. Quiero ser como tú.

—*Vera, hijita…*

—No llores, mamá, por favor. Te quiero mucho.

—*Yo también, hija, yo también.*

෬ඏ ඔ෬

La escala en Dallas era de dos horas, a la espera del vuelo 6200 con destino a Houston. Recibió dos mensajes al mismo tiempo, uno en cada teléfono. En el *Blackberry*, su secretaria le notificaba de la reunión de directores a las 3 de la tarde. Debían saber que estaba llegando al mediodía. Guardó el teléfono y vio el local de *StarB*. Decidió que necesitaba un café.

Mientras esperaba, revisó el mensaje en su *iPhone*: era de Sebastián, su cuñado, desde Buenos Aires. "Llegó tu sobre. En un rato voy al banco y lo dejo en la caja".

Respondió al mensaje con un llamado.

—*¿Qué hacés, pendex? Pensé que ahora que sos famoso te ibas a olvidar de los amigos.*

—Corren rápido las noticias, ¿no?

—*Tenemos todo grabado, por si te querés ver en primer plano* —Eric se sacó los anteojos y apretó el puente de la nariz.

—Necesito un favor. Sin muchas preguntas y discreción.

—*Eso cotiza el doble cuando tu abogado es familia.*

—Necesito que saques todo lo que está en la caja de seguridad, sacá copia, armá carpetas, incluyendo mi legajo y te tomes el primer avión con el que puedas conectar a Irving.

—*¿Qué cagada te mandaste?*

—No es lo que hice, sino lo que estoy por hacer.

—*Estoy de vacaciones...*

—Dale, boludo... Te entregué a mi hermana, me la debés...

Silencio de un lado y el otro de la línea. Sebas resopló antes de contestar.

—*Ok. ¿Dónde te llamo?*

—Estoy en Dallas, esperando para volar a Houston. Usá la extensión de la tarjeta que te di. Acabo de reventarle diez mil dólares pero creo que alcanza para el pasaje.

—*Voy a sacar primera, pendex. Te va a salir caro.*

—Si fueras barato no hubiera dejado que te casaras con mi hermana. Tengo que embarcar. Cualquier cosa mandame mail al *iPhone*.

—*Tené cuidado.*

—Siempre lo tengo. Besos a Sabri y los bebuchos.

—*Chau.*

꧁ ꧂

No era algo nuevo para él esa rutina de llegar de un viaje agotador, bañarse, afeitarse, sacar uno de sus 15 trajes, una de sus 20 camisas blancas y manotear alguna de sus 30 corbatas, y salir corriendo para subir a su *Nissan* Murano para llegar a una reunión urgente. En general hacía esa escala con la gracia de un bailarín y ya estaba volviendo loca a su secretaria de turno por teléfono para que todo estuviera listo para cuando llegara y poder meterse de cabeza en la reunión. Ese día todo estaba al revés en él y se dio cuenta en cada paso que daba, en cada una de las cosas que hacía mecánicamente, que era la última vez que lo hacía. Afuera todo estaba igual, lo que había cambiado era él, su esencia, su ser.

Llegó a su oficina 20 minutos después de lo pautado en el mail. Le echó una mirada a todo, calculando qué cosas se llevaría de allí. Caminó despacio por el pasillo de ese piso. Le estaba diciendo adiós al entorno donde había crecido y triunfado. Agarró una carpeta negra con el logo de la compañía, de esas que las secretarias usaban para trasladar memos y papeles sin importancia, para tener las manos ocupadas. Se dio cuenta que temblaba. Miró su *iPhone*, verificando si tenía algún mensaje de Sebas: nada allí.

Inspiró una vez al poner la mano en el picaporte de la puerta para acceder a la sala de reuniones, enderezó la espalda, levantó la cara y entró con la misma postura de dueño del mundo que llevaba siempre.

Lo miraron con el ceño fruncido al aparecer. No había mucha tolerancia con las llegadas tarde, pero todos debían estar al tanto de que hacía menos de una hora que había bajado del avión.

—Gracias por venir, Eric. —dijo McDuffin con algo de sarcasmo.

Tomó su asiento habitual y clavó los ojos en la carpeta azul que estaba en su espacio. Era la carpeta que él preparaba para las presentaciones de sus proyectos.

—Retomando el concepto interrumpido, Eric... —levantó la vista al Jefe de Planeamiento y Desarrollo Estratégico, y sin dejar de mirarlo, abrió la carpeta, entrelazó las manos sobre ella y habló:

—Hablé con los legisladores con los que negocié y, en principio, mantendrán su voto a las dos enmiendas, pero ninguno quiere arriesgarse a involucrar a más gente. La mira está puesta en ellos y tienen miedo.

—¿A qué? —preguntó uno. Sus oídos estaban tan aletargados como sus reflejos, no reconoció la voz.

—La manifestación de ayer los asustó.

—¿Le tienen miedo al pueblo? —hubo varias risas espaciadas, Eric los miró enarcando una ceja.

—Vamos, Eric, eso es ridículo. Lo único que falta es que aparezcas con un discurso sobre la democracia y las instituciones —. Giró despacio la cabeza hacia Bumbury y lo miró incrédulo.

El *Blackberry* de McDuffin sonó, recibiendo un email. Se acomodó los anteojos y alejó el aparato, buscando mejor visual.

—Las instrucciones son que hables de nuevo con todos los legisladores, ratifiques las negociaciones y rectifiques aquellas dudosas. Tienes el mismo número inicial disponible para renegociar. Los dos proyectos tienen que ser sancionados el 5. La oficina de Bumbury se encargará de las protestas y de neutralizar a *GP*. Eric, —levantó la vista y recién ahí se dio cuenta de que tenía la cabeza baja,— una vez hechos los contactos, envía un mail con un resumen de los resultados con copia a todos en este mail. Te lo estoy enviando.

Su *Blackberry* vibró en el bolsillo interno de su saco. Se le secó la boca. Diferente fue cuando vibró el *iPhone*, que extrajo de inmediato. Era la confirmación de Sebastián de su viaje, vuelo y horario de arribo.

La reunión terminó y él fue el primero en ponerse de pie. Tolcon, uno de los directores con quien más afinidad tenía, lo detuvo en la puerta.

—¿Vas a necesitar monedas para hacer los llamados? —Eric asintió con una sonrisa. Él sabía cual era su procedimiento habitual para estas negociaciones.

Se retiró del edificio sin pasar por su oficina. De seguro volvería allí una vez terminada su tarea.

❦

Se quedó en la oficina hasta que los de seguridad lo instaron a retirarse. Había pasado casi toda la tarde, desde el final de la reunión, metido en el supermercado *Target* del Boulevard MacArthur, gastando casi 200 monedas de quarter, llamando uno por uno a todos los legisladores venezolanos. Las posiciones eran dispares pero él no hizo nada por cambiarlas. Se limitó a escuchar y aceptar las sugerencias de cada uno, incluso de los que solicitaban una cuenta donde transferir la devolución de los fondos. La protesta caraqueña había tocado el nervio adecuado. ¿Sería posible que de una vez por todas los políticos se dieran cuenta que su poder venía del pueblo y no de una fuerza sobrenatural que los había elegido de entre todos los mortales? ¿Sería demasiado pedir? Agarró la bolsa con todas sus cosas personales de la oficina, que no eran muchas, y disimuló el disco portátil donde había descargado todo el contenido de su computadora. Saludó a los de seguridad y se fue caminando, abatido.

Llegar a la soledad de su casa, no fue algo alentador. Su corazón y su cuerpo gritaban la necesidad de una sola persona y se debatía a duelo con su parte racional, de que todo ese juego era una maldita locura.

Se bañó, sacó una cena congelada de lasaña y abrió una botella de vino, la última que le quedaba de su visita a Buenos Aires. Metió el empaque plástico en el horno a microondas y sirvió una copa generosa que se bebió mirando la nada. Sintió la ausencia latir en cada segundo, doler con cada respiración. ¿Qué nombre se le pone a eso que te transforma hasta la médula y de lo que ya no puedes volver, porque hasta tu piel te queda chica?

Hasta la palabra amor era limitada.

Así se sentía. Ya no encajaba en ese lugar, ni en esa vida. Ya no disfrutaba de la soledad, ya fuera porque no le gustaba la persona con la que tenía que convivir, su reflejo, o porque le faltaba esa otra parte de sí mismo que había dejado en esa isla en peligro, junto a esa chica que ya no podía tener.

El horno microondas volvió a sonar, sacó el paquete de comida, lo abrió en un plato y se llevó todo, y la botella de vino bajo el brazo, hasta el sillón frente al televisor.

Otra vez se quedó en blanco, lejos de ese lugar, con el control remoto en la mano. Volvió a parpadear, su cena estaba fría otra vez. Por alguna razón que desconocía, la voz de Tonino resonó en su mente: "A tu edad yo tenía tres hijos y me estaba divorciando". A los 33 años él no tenía nada.

Sin pensar, agarró el *iPhone* y la tarjeta de la posada. Antes de reaccionar, la comunicación se establecía. Estuvo completamente consciente de qué tan tonto se vería cuando cualquiera de las personas que lo atendiera le cortara con un estruendo, no sin antes mandarlo al infierno varias veces. Y entonces escuchó la voz de ella.

—*Posada Tonino, buenas noches.*

—Vera... —su nombre disparó una marea de imágenes y sensaciones que le quitaron la respiración. —Disculpá que te llame, no pensé que me atenderías vos. Estaba preocupado...

—*¿Preocupado?*

—Te fuiste a la mañana, sin decir adiós.

—*Lo siento, estaba apurada. No quise molestarte.*

—No tenés que huir de mí.

—*Estoy bien, Eric. No te preocupes.*

—No puedo evitarlo. Yo te... —estaba por decirlo de nuevo, pero ella lo interrumpió con dureza.

—*No lo digas.*

—Pero es la verdad.

—*Mira, Eric...* —dijo tomando aire, y él se hundió en el sillón esperando la estocada. —*No es justo que te sientas culpable por todo esto. Es tu trabajo, no eres malvado, no eres tú sino lo que haces. No puedo condenarte por ello.*

—No te entiendo...

—*No quiero que la culpa te haga ponerle otro nombre a... esto.*

—¿Esto? ¿Otro nombre? ¡Culpa!

—*Sí...* —Eric se agarró la cabeza y estiró su cabello como si quisiera arrancárselo. —*Escucha. Esto es muy complicado para todos y yo no sé...*

—No me vas a perdonar, ¿verdad?

—*No hay nada que perdonar. No es tu culpa.*

—Entonces puedo ir a buscarte. Puedo tomarme un avión, buscarte, llevarte a tomar algo y charlar, conocernos... Y después...

—*No, Eric. No puedes.*

—¿Por qué no? Cuando yo no era un empleado de *Trexxon*, sino el chico que conociste en el avión, me hiciste un lugar a tu lado, me ofreciste tu casa, me cuidaste, me curaste...

Ella no respondió. Sonrió cuando sintió el silencio y lo que eso implicaba. Quería escuchar de sus labios lo que él seguía repitiendo con cada latido de su corazón.

—Vera, si no puedo ir a buscarte, es porque sientes algo por mí que te enfrenta a lo que hago...

—*Lo importante no es lo que siento yo... sino lo que tú crees sentir, y es la culpa que sientes, por lo que estamos viviendo, lo que está desfigurando... disfrazando, esto que pasó, en otro sentimiento.*

—Pensé que eras fotógrafa, no psicóloga.

—*No soy nada.*

—Nunca digas eso... —dijo entre dientes. —sos todo...

—*Lo siento, Eric, pero todo esto me excede, me supera, es mucho más grande que tú... y que yo. Quizás, como yo estoy de esta orilla, puedo ver con claridad lo que a ti te está pasando.*

—¿Podés verlo? ¿Estás segura?

—*No te engañes, no es amor, es culpa. Los primeros dos besos fueron atracción. Las primeras dos noches, puro sexo.*

—¿Y lo de anoche? ¿Qué te pasó anoche cuando lloraste en mis brazos? Decime... Cuando te dije que te amaba, ¿qué pensaste? ¿Qué sentiste?

El silencio fue una amarga respuesta. Podía sentir el dolor del otro lado, una sombra alargada del atardecer, del final...

—Vera... no quiero perderte.

—*Buenas noches, Eric. Por favor, no vuelvas a llamar.*

La línea enmudeció y quedó vacía como su pecho y sus entrañas. Supuso que ese dolor fantasma era como el que sentían los amputados. El recuerdo de eso que les había sido arrancado. Una línea musical se hizo imagen en su interior. "Desde que te amé, nunca se borró tu cicatriz en mí". Gracias, Gus, por el dato. Estiró la mano para agarrar la copa, pero la esquivó y siguió hasta la botella. Quizás podría llenar con el vaho del alcohol el lugar vacío donde alguna vez había latido su corazón por siete malditos días.

Vera entró a la habitación todavía conmovida por la conversación con Eric. Tenía que creer en el destino, en esa fuerza implacable que condena el futuro de las personas. En vez de ir a la cocina, a limpiar, su padre la mandó a su oficina a llevar unos libros. Cuando sonó el teléfono, tuvo que atender…

Al abrir la puerta, las muchachas la miraron como si fuera un fantasma. Quizás la sensación de que su sangre se hubiera evaporado se transfirió a su rostro. Se puso una camiseta gastada y se metió en la cama, arropándose hasta el cuello.

—Buenas noches.

Cuando la luz no se apagó y ninguna de las otras dos respondió, Vera giró la cabeza sobre su hombro hacia ellas.

—¿No hay nada que quieras decir? —Vera se incorporó sobre los codos y exhaló.

—¿Qué quieres saber?

—No lo sé, algo que no sepa nadie. Después de todo tienes información de primera mano

Chechy era las más pasional y rebelde, y la que menos pelos en la lengua tenía. Vera la miró de costado, sabía lo que quería decir.

—Te equivocas, no sé mucho más de lo que saben todos.

—¿Y cómo es eso posible? Eres la novia del cerebro maquiavélico que inventó todo esto.

—Entonces manejas mejor información que yo, déjame decirte.

—¿Tú no sabías nada? —preguntó Betza, sentándose junto a Vera, con una mano en su hombro, como si necesitara consuelo.

—No. Jamás imaginé que...

—¿Y no se te ocurrió pensar que trabajando en *Trexxon*...

—Mira, Chechy... —dijo con tono ríspido— yo no ando pidiendo currículo ni extracto de la cuenta bancaria cuando me empato con alguien. Y no, la verdad es que no, ¿Cómo se me podría haber ocurrido semejante barbaridad?

Chechy se puso de pie y se acercó rápida y amenazadora. Vera no se amilanó. Pateó el cobertor y saltó descalza de la cama. Betza se puso entre las dos con los brazos extendidos, separando un posible encontronazo.

—Metiste al diablo en tu casa ¡En tu cama! ¿Estás loca?

—Eric *trabaja* en ese lugar, no es el dueño. Hace su trabajo, es lo que hace, no lo que *es*.

—¿Lo vas a defender? Este lugar va a desaparecer por su culpa, su flora, su fauna, su riqueza ¡Nosotros! ¡Ese es el fruto de su trabajo! ¡Guau! ¡Disculpa que no caiga muerta de amor por él!

—¡Discúlpame tú a mí, que desde que lo conociste contoneas tanto la cadera que te va a dar escoliosis!

—¿Qué? ¿Me vas a acusar de querer robarte el novio?

—¡No! ¡Qué va!

—Tú no viste mucho más allá de su carita linda, sus ojitos de cielo y su tonadita. ¿De pronto ahora también militas en *GP*?

—¡Basta las dos! —dijo Betzabel, poniendo orden entre las dos menores.

—¿Me vas a decir que a ti no te indigna que ese tipo haya venido aquí? ¿A qué? ¿A disfrutar del paisaje antes de arruinarlo? ¿A comer langosta antes de que desaparezcan?

—Chechy... —instó Betzabel a su hermana.

—A ver ¡Dime! Dime! ¿Para qué vino? ¿No le hizo remordimiento? ¿Cargo de conciencia? ¿Algo de vergüenza? — Vera depuso la actitud y apretó los labios.

—No lo sé. No sé por qué vino.

Betzabel le dio la espalda a su hermana y puso ambas manos en los hombros de Vera.

—Vino por ti...

—No.

—Vera, yo vi como te miraba. Ese chico está enamorado de ti hasta el tuétano.

Vera negó y se metió en la cama. Durante la conversación todo había surgido como una epifanía. Eso era amor, pero no del que todos estaban hablando. Y detrás del amor, lo que se escondía era más fuerte: era culpa, de la peor, de la más arraigada. Si Eric se había enamorado, no era de ella, sino del lugar: se enamoró de la Isla, de su paisaje, del calor de su sol y su mar, de su viento, de sus peces de colores. Él había descubierto un paraíso inesperado, que para su trabajo era un punto geográfico más, pero al pisar su arena, se dio cuenta de lo precioso y frágil del lugar.

¿Y cómo no hacerlo? pensó con amargura, aferrándose a ese concepto, porque pensar que él pudiera sentir algo parecido a lo que a ella le oprimía el pecho, hacía el dolor doblemente insoportable. Porque ella sí estaba enamorada, no lo había podido evitar... él atrapó su corazón desde el momento que dijo hola en ese avión.

❧❧ Capítulo 9 ❧❧

5 de Enero

Gritó algo, una maldición seguro, cuando alguien estaba golpeando su cabeza con un bate de baseball o algo así. Se movió en la cama y cayó directo al piso. Estaba solo, como siempre, en su cama, en su habitación, en su departamento en Plaza Feliz, Irving, Texas.

Trastabilló mientras se ponía de pie y la resaca le pegaba otro batazo en la nuca. *¡Por Dios, pueden sacar a José Canseco de la habitación por un momento, por favor!*

Se calzó los jeans con un salto y se fue a abrir y cagar a trompadas al hijo de puta que estaba rompiendo su puerta a patadas. Entrecerró los ojos cuando la claridad del día le dio de lleno, enviando otro golpe directo a su frente.

—¿Siempre te levantás así? —Sebastián tenía mejor humor del que se podía esperar luego de un vuelo de casi doce horas. De todas formas, él pudo dormir, porque viajó toda la noche y en un asiento de primera, todo cortesía de *Eric Artinian Debit Card*. Mientras su cuñado se ponía cómodo en su sala, él aprovechó para meterse al baño. La imagen que le devolvió el espejo era bastante acorde a como se sentía: el pelo revuelto, los ojos rojos, la barba crecida y el pantalón desabrochado cayéndole por la cadera.

En algún momento de la noche se quitó la camisa y se puso la de Vera. Ya no era de su hermana, mucho menos de él. Ella, con su actitud, su valentía, se la había ganado, aunque nunca pusiera un centavo para su causa. Ella puso en peligro su propia integridad por defender un pedazo de tierra contra una multinacional poderosa y sus fuerzas de seguridad. Se había enfrentado a él, y le había estampado en la cara su verdad, cambiándolo para siempre. Se apoyó en la mesada de mármol y dejó caer la cabeza. Si seguía martirizándose así, no iba a poder seguir adelante, pero aunque no quisiera, su mente regresaba una y otra vez a los recuerdos con Vera, como un oasis y un infierno. Lo que sentía por ella, por irracional que pareciera, era más fuerte que el bombeo de su corazón y la lucidez de su cerebro. Era el motor que lo movía, esa fuerza vital que lo levantaba por sobre el cansancio y la pena.

Estaba dispuesto a jugarse entero por ella, por lo que sentía, y por ese nuevo estado de conciencia, por llamarlo de alguna manera, que lo había transformado. Pero sabía en su interior, y no quería pensar en ello, que las posibilidades de que las cosas salieran bien eran pocas, que era él solo peleando contra un monstruo gigantesco, protegido, venerado. En una competencia entre David y Goliat, él estaba peleando sin honda y desnudo. Y en algo tan disparejo, perder no era una opción.

Quince minutos después salió del baño con una toalla en la cintura y limpiándose los restos de crema de afeitar en su rostro.

—Qué mal te ves, pendex.

—Me acabo de bañar…

—Tu problema no es la mugre… es el look.

Su cuñado ya había preparado café y algunas cookies en un plato, en improvisado desayuno. Mientras revolvía ausente en su taza, sentía la mirada de Sebastián quemándole el rostro.

—Ok, ¿Me vas a contar qué te pasa o tengo que adivinar?—Eric miró las seis carpetas que Sebas había colocado en la mesa, con los nombres de los proyectos en los que había intervenido en los últimos 7 años, y no necesitaba ojear su contenido, lo recordaba a la perfección.

Ante el silencio de Eric, Sebas interpretó que debía adivinar.

—Veamos. A vos sólo hay dos cosas que te mueven para salir de tu zona de confort: dinero o mujeres.

—Ajá... —enarcó una ceja, aceptando ver el retrato que su cuñado, amigo y abogado, en ese orden, estaba por pintar de él.

—Haciendo una mezcla antojadiza, la gerente de fusiones de *BP*, una rubia infartante y siliconada llamada Margo te está ofreciendo el pase del siglo junto a todos los secretos de *Trexxon*. Por eso querés analizar tu contrato y ver que tanto te puede perjudicar abrir la caja de Pandora, nunca más literal. Dentro del paquete de beneficios se incluyen, no sólo sus hábiles artes amatorias, que ya debés haber probado, sino también una membresía en Davos, un departamento en el Soho y un *Aston Martin* como el de James Bond.

—¿Margo? —Sebas puso los ojos en blanco y se sentó delante del juego de carpetas extendido en la mesa.

—Matías descubrió los Simpson y me bajé todas las temporadas y los especiales. ¿Te acordás de la empleada que ponen en la planta y que Homero se enamora? —Eric se rió sin ganas, recordando el episodio.

—La posibilidad de que esto lo haga por un ataque de conciencia es...

—Menos un millón.

—¡Qué mal concepto tenés de mí! De todas formas, no estás tan equivocado. —Sebas levantó ambos brazos en señal de triunfo y exclamó:

—¡Yes! ¡Yes!

Cuando terminó su festejo, bebió un poco de café y recuperó su postura legalista.

—¿Qué tan cerca estuve? ¿*BP*? — Eric negó con la cabeza —¿Un *Aston Martin*? — negó otra vez. —¿Una chica?

—No es una chica. Es LA chica.

—¿Y cómo nunca me hablaste de ella? Tenés una gran capacidad de alarde de tus conquistas.

—No tuve mucho tiempo.

—¿Cuánto hace que salís con ella?—Eric sonrió con tristeza. *¿Salir con ella? Ojalá.* La definición era tan superficial que le dolió el pecho, pero por otro lado, hubiera dado su mano derecha por hacer siquiera eso. Estiró una mano y miró la hora en la pantalla de su *iPhone*. El conteo de su tiempo le daba días, pero horas sonaban a muchas más. Y tenía el plus de obligar a su cuñado a hacer cuentas y eso siempre era divertido.

—Unas 150 horas —y estaba siendo generoso, porque seguía contando, aunque lo que los unía se había terminado. Sebas lo miraba perplejo, pero no parecía haberse molestado en calcular el equivalente en medida de tiempo.

—Si me estás hablando de horas, es evidente que ya pasaste días pero no llegás ni a semana, mucho menos a meses. ¿Qué estás haciendo, Eric?

—Quiero salvar la isla de Los Roques del desastre ecológico que implicaría una exploración petrolera allí.

—¿Para qué? ¿De dote? ¿Qué querés, regalársela?

—Quizás... de regalo de bodas.

Su amigo lo miraba con la boca abierta, no muy seguro si por la impresión de lo que quería hacer o por quién quería hacerlo. Su cerebro parecía tener la misma expresión, cuando esas palabras abandonaron sus labios directo de su corazón.

—Estás loco...

—¿Cuánto tiempo te llevó darte cuenta que estabas loco por Sabrina?

Sebastián se dejó caer contra el respaldo de la silla. Touché. Lo de él había sido amor a primera vista. Después del Master en Negocios Internacionales que ambos cursaron en Glendale, Arizona, coincidieron en Buenos Aires; Sebas pasó por su casa para buscarlo, Sabrina se preparaba para ir a bailar y abrió la puerta, hermosa e inolvidable como era, y él ya no pudo sacársela de la cabeza. Salieron con ella y sus amigas, la invitó a cenar, la colmó de atenciones, pero Sabri estaba muy enganchada con un compañero de la facultad que no le daba mucha bola. Por supuesto, en cuanto Sebastián apareció a buscarla, en su auto nuevo y su pinta de abogado exitoso, todos empezaron a mirar con otros ojos a Sabrina, incluido el competidor.

La lucha fue feroz y Sabrina lo disfrutó hasta el último minuto, pero al momento de inclinar la balanza, por el consumado abogado o el futuro periodista, Eric fue definitorio, y después de una charla hasta el amanecer con su hermana menor, Sebastián fue declarado en único gran vencedor.

Su amigo lo miraba con asombro, pero con el convencimiento de que algo así podía pasar, porque él lo había vivido en carne propia. Los ojos de ambos coincidieron en las carpetas sobre la mesa y volvieron a cruzarse en el medio.

—¿Cuál es tu plan?

—Convencer al directorio de retroceder en el proyecto de exploración.

—¿Por las buenas o por las malas?

—Primero por las buenas, pero sé que no se podrá.

—Los números preliminares que se manejan son impresionantes. Si yo fuera su abogado les recomendaría que te peguen un tiro en la nuca y que ni locos pierdan esa oportunidad.

—¡Qué suerte que sos mi abogado y no el de ellos! —dijo haciendo una mueca de espanto.

—¿Y cómo saben de ese yacimiento? No hubo excavaciones ni sondeos —, indagó Sebastián mientras ojeaba las fotografías satelitales e intentaba traducir las páginas en ruso.

—Estamos usando satélites con tecnología rusa. Los más modernos y de mayor precisión. *Top Secret*. La cuenca petrolífera se extiende hasta el continente, pero la parte más rica y profunda está justo debajo del archipiélago. Como si no fuera suficiente riqueza lo que tiene en la superficie...

—No vas a poder parar esto.

—No poder no es una opción...

—Vos sabes mejor que nadie que estos tipos no se detienen en nimiedades del medio ambiente ni los pueblos sublevados. Vos fuiste su mano enguantada para ejecutar el trabajo sucio durante siete años. Por eso tenés todo esto.

—Porque mi abogado me recomendó cubrirme.

—Y tu abogado te dice que con esto, sin importar si hay cláusula de confidencialidad o no, sos una bomba de tiempo, y no van a escatimar esfuerzos para desactivarte.

—A esta altura, no me importa.

El rostro de Sebastián se ensombreció. Se incorporó y acercó más a la mesa. Su voz fue grave.

—Como tu cuñado, tengo la obligación de decirte que no van a ir sólo por vos.

—Lo sé...

—Una isla, un pedazo de tierra, no vale el riesgo de una vida, ni la tuya ni la mía. Pero si de lo que estamos hablando es de quienes amamos...

Los dos se quedaron en silencio. Eric se levantó y se alejó hasta la ventana de la sala de estar. Sebastián habló a sus espaldas.

—Mis dos hijos son tus sobrinos...

—Los cuatro que yo quiero tener serán los tuyos y quiero que crezcan corriendo por esas playas, junto a los bebuchos. No puedo permitir que avancen sobre ese lugar. No podría vivir con eso sobre mi conciencia. Tiene que haber algo que yo pueda hacer.

El silencio era abrumador. Le temblaban las manos pensando en las implicancias de su decisión y que tan lejos podían llegar las consecuencias de sus actos. Escuchó el ruido de papeles y miró sobre su hombro.

Sebastián tenía el codo apoyado en la mesa, sosteniéndose la cabeza, mientras ojeaba los papeles de la carpeta que contenía su contrato laboral.

∽ა൭ Ꝺൟൟ

—¿Estás listo?

—Al mal paso, darle prisa —dijo Eric antes de abrir la puerta de la sala de reuniones, dejando atrás a su acompañante. Otra vez, todos los ojos fueron a él, pero porque, esta vez, era él quien encabezaba la reunión. No en liderazgo sino en información.

McDuffin se acomodó en su asiento y lo miró tan serio que parecía el padre de un niño malcriado que había recibido el aviso de expulsión por parte de la directora. El tipo era un visionario.

A falta de asistente, él mismo repartió la famosa carpeta negra en la que se pasaban los papeles sin importancia, una para cada uno, y se detuvo en su lugar de siempre.

—¿Y bien?

—Los legisladores se echaron atrás. Ninguno de los dos proyectos serán incluidos en el paquete de leyes de mañana.

El murmullo pareció surgir de una reunión de amigas y no de profesionales encumbrados de una de las petroleras más grandes del mundo, con intereses en las empresas más importantes de Estados Unidos y el resto del planeta. Bumbury, el vocero, acostumbrado a tener cara de *poker*, aún en las peores situaciones, era el único que permanecía impasible en su posición.

—¿De qué estás hablando, Artinian?

—Hablé con todos y cada uno de ellos. En persona, en Caracas, antes de partir y de nuevo ayer, por teléfono. No están dispuestos a asumir el costo político de esa votación.

—¿Y se van a quedar con el dinero?

—La mayoría preguntó como hacían para devolverlo...

McDuffin bajó la mirada a la carpeta que Eric había dejado delante de él.

—Si no sale por las buenas... iremos por las malas.

—No voy a dejar que eso ocurra.

—¿De qué estás hablando? —. Abrió la carpeta con violencia y vio una copia de los dos mails de Max Millerton con las instrucciones y la lista de los legisladores "negociados" con los montos depositados a cada uno. Abrochados atrás, fotocopia de los cheques de la empresa con los importes exactos y las boletas de depósito que él mismo se había encargado de confeccionar. Además de los legisladores, figuraban nombres de ministerio, incluso niveles más altos.

Y eso no era lo único. Había legajos idénticos en cuanto información de todas las operaciones en las que Eric participó: Delta Niger, Kara Barents, Lena Tunguska, Orinoco – Maracaibo, Balabac y Mindoro.

—¿Qué mierda es esto? ¿Qué quieres demostrar?

—No voy a participar en esto. Estoy afuera. Los Roques no se tocan.

—Demasiado tarde, chico lindo. Estás hasta los huevos, si lo que quieres es salir limpio de esto.

Los 10 restantes miembros de la mesa no podían salir de su estupor y contemplaban en silencio la contienda entre el joven y su maestro, porque si de alguien había aprendido Eric Artinian todos sus trucos, era de McDuffin. Por eso era él quien más lo vigilaba y quien menos cosas le confiaba.

—No dije que quiero salir limpio... —todos contuvieron la respiración.

—No te conocía esa faceta mártir. No es muy común en los de tu especie.

—¿Mi especie? Descendiente directa de la suya.

—Yo no muerdo la mano que me alimenta. ¿Quién te está pagando? ¿Con quién trabajas, bastardo traidor?

—Nadie.

—¡Mentiroso! ¿Te quedaste con el dinero? ¡Por eso los legisladores no quieren votar! ¿No fue suficiente para que te quedaras con tu retorno? Por eso pediste más financiación.

—Yo no me quedé con nada... —dijo tan calmado que terminó de hacer explotar a McDuffin

—¡Hijo de puta! ¡Argentino tenías que ser, casa de nazis, refugio de ladrones, es por lo único que son famosos! Nunca debimos confiar en ti. Eres una vergüenza. Pero no puedes tocarnos, idiota. Eres nuestro, tenemos tus bolas en un puño... Tu maldito contrato te va a patear el culo durante años, incluso en la cárcel. No puedes difundir nada de esto ¡NADA!

Esa fue la línea para la entrada de Sebastián. Todos lo miraron como si hubiera entrado desnudo.

—Señores. Mi abogado, el doctor Sebastián Da Prá.

—Buenas tardes —dijo en un inglés impecable. Sin mucho más preámbulo, se acercó a McDuffin y le entregó una carpeta transparente. Allí estaba el legajo completo de Eric, copia de su contrato, firmado al ingreso y revalidado cuando ascendió a nivel de director, una fotocopia del contrato de confidencialidad anexo y una copia un poco más generosa.

—Retírese por favor, esto es una reunión privada.

—Le pido por favor que lea lo resaltado en el último juego de copias.

Renuente a acatar órdenes, pero ansioso de saber qué se traían entre manos, McDuffin hojeó las copias hasta llegar a la marca fluorescente. Era una copia del manual de procedimientos de la Compañía, de la sección Ética, extraída del Brochure de *Global Compact*, organización no gubernamental de las Naciones Unidas, de la que *Trexxon* no sólo era suscriptor formal sino socio fundador. Por si el tipo no entendía lo que estaba leyendo, Sebastián le dio un pantallazo.

—De acuerdo con la Sección 9, página 12 párrafo 3, como suscriptores al contrato laboral de la empresa, y ésta en sí misma, los actores se atienen a respetar fundamentalmente la vida y el medio ambiente en todos sus procedimientos, la ética y la ley en todas sus negociaciones y transacciones. El principio de que el soborno a cualquier funcionario extranjero es una práctica ilegal se encuentra establecida en el Acta de Prácticas de Corrupción fuera de los Estados Unidos fechada en 1977, reconocida posteriormente por las *Naciones Unidas* en 2003. Ninguna operación puede ser llevada adelante por medio de la coerción o coacción, valuando la ética personal como parámetro principal de cualquier decisión. Y dentro de medio de coerción, podemos incluir con claridad cualquier tipo de cláusula de confidencialidad.

Mientras hablaba, varios tipos en la mesa tomaron nota de las referencias al manual de procedimientos. El silencio en la sala de reuniones parecía un velo de muerte.

El duelo de miradas entre Eric y McDuffin era intenso y descarnado. Uno sentía la traición, el otro estaba obrando inesperadamente bien.

El teléfono de Bumbury vibró sobre la mesa de madera. Chequeó el mensaje y habló sin dejar de leerlo.

—Te esperan arriba. — A MacDuffin se le dibujo una sonrisa de triunfo en el rostro y extendió la carpeta con su contrato laboral. Eric lo alcanzó de salida, rumbo al piso de arriba, donde se encontraría cara a cara con Max Millerton, CEO y máximo responsable de *Trexxon*.

စာ၆ ၅၆

La secretaria de Max Millerton lo esperaba parada junto a la enorme puerta tallada en madera de Caoba que asemejaba la entrada a una iglesia. Sin decir nada, ni si quiera saludarlo, abrió una hoja y le dio acceso a la oficina del CEO.

El tipo estaba ahí, sentado en su gran sillón, con los anteojos puestos y la mirada fija en uno de 12 televisores que tenía empotrados en la pared.

—Buenas tardes, señor Millerton. —Por primera vez en todo el día, a Eric se le secó la garganta como si se hubiera bebido la arena del Sahara.

—Siéntate. —No se movió muy rápido, se tomó su tiempo y se ubicó frente al enorme escritorio.

—¿Para quién estás trabajando?

—Para nadie.

—¿Te volviste loco?

—No, señor —lo cual no era del todo acertado, pero no estaba loco en los términos que Millerton se refería. En ese aspecto estaba más cuerdo y lúcido que nunca.

—¿Qué quieres? ¿Dinero? Porque con esta muestra de deslealtad, no tienes futuro aquí ni en ninguna otra empresa del grupo ni del rubro.

—Mi renuncia está a su disposición, como siempre la ha estado —y sacó la primera hoja de la carpeta transparente: su renuncia sin aviso de 2 semanas, firmada y notariada.

—¿Por qué estás haciendo esto? ¿Qué te importa?

—Es personal.

Millerton explotó en carcajadas, sosteniéndose de los apoyabrazos de su sillón presidencial.

—Estás jodido, Artinian. En este estado, la ley está de nuestra parte y si tengo ganas, te mando a la cámara de gas.

—Esto es un delito federal —. A Millerton se le borró la sonrisa. Se dio cuenta que no estaba con un improvisado.

—Si te metes con mi empresa, eres un pez muerto. También es personal para mí —. Las palabras de Millerton fueron dichas con un tono tan visceral y teñido de odio que barrieron el cerebro de Eric, dejando a la luz lo importante. Y como si todo fuera un gran rompecabezas, las piezas encajaron a la perfección ante sus ojos develando una verdad que jamás había entrado en sus cálculos.

—Usted lo hizo personal antes. Esto no es por el petróleo, sino por su propia revancha.

Millerton se enderezó como si le hubieran clavado un palo al final de la espalda. Los ojos de Eric brillaron...

—¿Por qué mandó el *Marlin Red* con la perforadora antes de que el trato estuviera cerrado? Para llegar a Los Roques desde el Mar del Norte, tendría que haber salido como mínimo hace 20 días.

—Un exceso de confianza de mi parte en alguien que no lo merecía.

—¿Dónde están las traducciones de los informes satelitales? Siempre los envían... nunca iniciamos una exploración sin una prueba preliminar. No hay registros de las excavaciones en el continente.

—Yo no le doy explicaciones a un junior.

—¿Qué es esto? ¿Su concurso personal para ver quién mea más lejos? *¿Trexxon* vs Venezuela, campeonato de pesos pesados?

—¿Qué mierda...?

—El informe de impacto ambiental indica que el daño que ocasionarían sólo la exploración e investigación de la cuenca petrolífera que se extiende bajo el archipiélago sería irreparable. La invasión del entorno con las perforaciones sería equivalente a derramar dos veces el Gómez... ¿Sólo para demostrar si hay o no petróleo allí? ¿Sin saber de qué calidad y rendimiento?

Millerton lo miraba con los ojos brillantes de furia. El tipo era un excelente jugador de póker, jamás dejaría que descubriera su mano, salvo que pudiera llevarlo al extremo, donde podía perder todo...

—Por muy avanzados que sean los satélites, es sólo un pronóstico, una suposición.

—Voy a hacer esto, estés o no en el medio. Con o sin la ley. Y no te voy a dar una puta explicación.

—A mí no, pero a la Asamblea Anual de Accionistas sí... —que si la memoria no le fallaba, sería en Mayo.

Millerton se puso de pie golpeando su escritorio, tallado en la misma madera que la puerta y todos los muebles de su enorme oficina.

—No necesito una ley. En lo que respecta a Venezuela, manejando su petróleo, tengo el rango de Dios.

—No. Necesita una autorización de la Asamblea.

—¡Me importa una mierda la Asamblea, el Presidente y tu Isla! Aquí lo que nos importa es el petróleo, no los pececitos de colores.

—Usted no perdona la movida de 2007, la expropiación, la humillación. Esta es su revancha, su vendetta.

—Tú qué sabes...

—No voy a permitir que toque la isla. Tengo todas las pruebas y puedo ir a muchos lugares, no sólo a los medios. Usted sabe quién sueña con echarle mano a la información que tengo aquí —, dijo Eric mostrando la carpeta, —y aquí —, señalando su cabeza.

Sentía que le vibraba el estómago. La lista podía empezar con *GP*, *Shell* y *Total*, que habían quedado a la sombra del monstruo, seguiría con la CIA, el FBI y la IRS por transacciones fraudulentas, y cerraría su recorrido con la nómina de accionistas de *Trexxon*.

Millerton respiraba como un toro embravecido. Nunca, en los años que lo conocía, las pocas veces que coincidieron, incluso en varias de ellas crisis similares a esa, lo había visto perder la compostura y el tono ganador que lo caracterizaba.

—¿Qué quieres?

—Que no se toque Los Roques. Ya le conseguí su regreso a las Grandes Ligas y un contrato exclusivo con *PDVSA* para la explotación en la Faja del Orinoco. Esta administración es mucho más permeable que la anterior. Es un hecho. Ganará más de lo que se puedan imaginar.

—No van a comer arena cuando los petrodólares se acaben, no calefaccionarán sus casas ni harán funcionar sus fábricas y automóviles con agua de mar o hipocampos. Esa tierra no vale nada...

—No me importa, lo vale para quienes viven allí, quienes han nacido y crecido allí, quienes guardan de ese lugar recuerdos de sus mejores vacaciones.

—¿Y a ti qué te importa? Ni siquiera te gusta la playa...

—¿Y?

—No tiene ningún sentido.

—Para usted, no. Para mí lo tiene todo...

Millerton lo miraba con tal intensidad que podía radiografiarlo. Lo miró segundos eternos plagados de silencio. Eric comprendió el término "si las miradas mataran" en carne propia.

—¿Qué más quieres?

—Nada más. —El CEO se inclinó sobre su escritorio y le habló en un susurro amenazador

—No vas a salir indemne de esto. Voy a arrastrar tu nombre y tu culo por el lodo. Voy a encargarme de hundirte y que no consigas un puto trabajo con nadie.

—No me importa.

—Te puedo mandar preso.

—Asumo la responsabilidad de mis actos. Pero no me voy a ir solo.

—Puedo pegarte donde más te duele. Y yo no amenazo en vano.

Eric se puso de pie.

—De más está decirle que cualquier cosa que me pase a mí, o cualquier persona de mi entorno, enviará toda la documentación en mi poder a una lista importante que conservan tres abogados diseminados por el mundo.

Antes de marcharse, él también se inclinó sobre el escritorio.

—Tocas a alguien de los míos, te vas a dar cuenta que si hay algo seguro en esta vida, si la historia nos ha enseñado algo, es que se puede matar a cualquiera. Y yo tampoco amenazo en vano.

Y dicho eso, dio media vuelta y salió con paso tranquilo de la oficina, de la empresa y de la vida de Trexxon, para siempre.

வ௫ ௫௳

Lo que en la imaginación de Eric y Sebastián se programó como el escape del siglo, sucedió sin mucha tragedia.

Los guardias los escoltaron al Departamento de Personal, firmaron una serie de papeles, revisaron la oficina por última vez y abandonaron el edificio antes de las 6 de la tarde.

Empacar lo que tenía en su casa, fue un juego de niños. Lo que no iba a llevarse en ese momento, lo subió a su automóvil y alquiló un depósito en Lyndon Johnson que le recomendó el dueño del departamento. El tipo no se quejó por el abandono ya que Eric pagaba el alquiler por semestre, así que tomó los 5 meses y medio como indemnización.

Sebastián estaba en los detalles, él ya no tenía cabeza para ello. Estaba cerrando todas las puertas que le había llevado casi 7 años abrir en Estados Unidos. No se arrepentía, ni un segundo ni de nada, estaba enfocado hacia adelante, pero cerraba una etapa que hacía 10 días atrás sentía que sería su vida por muchos años más. Y no era nostalgia, por el contrario, era tomar conciencia de su nueva vida, la que quería construir, de sus nuevas aspiraciones, de volver, quizás no exitoso pero sí triunfador.

En el viaje de vuelta sintió el peso del cansancio en los hombros. No necesitó tomar nada: se puso las anteojeras, empujó su asiento de primera clase en horizontal y Sebastián lo despertó cuando iban a aterrizar.

Llegó a su casa sin avisar y sus padres no estaban. Eso le dio margen para desempacar y meterse otra vez en la cama. Durmió otro día corrido.

A la mañana siguiente, sin encender la luz, su madre entró en su habitación con sigilo, dejó algo en la mesa de luz y acercó la silla. Recordar la última vez que alguien le llevó el desayuno a la cama le perforó el pecho.

—Hola, má.

—¿Cómo estás, mi cielo?

—Cansado.

—¿Querés dormir un poco más?

—Si.

—¿No querés hablar?

Cerró los ojos e imaginó la reunión familiar que habría tenido como principal orador a Sebastián, narrando sus aventuras en Irving, Texas, para salvarle el culo a su cuñadito, después de arrojar por la borda su tan trabajada carrera y futuro profesional por... ¡Ouch! El agujero en el pecho volvió a doler.

—¿Qué querés saber, má?

—Quiero que me digas cómo estás

—Cansado.

—Y además...

—Necesito dormir un poco. Después, clarificar mis ideas un poco bastante y cuando pueda levantarme, empezar a tomar decisiones.

—¿Qué hiciste? — El tono de su madre sonó acusador pero sólo estaba preocupada.

—¿No hablaron con Sebas?

—Sí, pero no nos dio detalles —. Ah, era eso, los detalles escabrosos, el plato principal de cualquier mujer. Tomó aire, se sentó en la cama, encendió la luz y enfrentó a su madre.

—Me arrepentí de lo que hacía en mi trabajo. Cuando decidí dar marcha atrás, llamé a Sebastián para que me asesorara y acompañara. Cerré mi ciclo en *Trexxon* y asunto terminado.

—¿Por qué?

—¿Sabés cuál era mi trabajo? — Su madre lo miró con los ojos muy abiertos y palideció. Eric se rió entre dientes. —No maté a nadie, por lo menos no directamente...

—Me asustás...

—Mi intervención en las negociaciones tenía que ver con los proyectos más difíciles de obtener de la empresa. Hay lugares más accesibles, otros no. Hay gobiernos más accesibles, otros no.

—¿Cuánto hace que hacías eso?

—Seis años.

—¿Y qué cambió ahora? — Eric miró de costado a su madre, consciente que los detalles escabrosos no eran los favoritos sólo de las mujeres de su familia. Algún que otro caballero disfrutaba del tema también.

—Conocí el lugar que tendría que desaparecer para poder extraer petróleo.

—Desa...parecer... — Dahlia volvió a palidecer.

—Literalmente.

—¿Cómo? — se apretó el tabique e intento suprimir las imágenes.

—Es como si acá descubrieran petróleo en el Perito Moreno y decidieran romperlo para extraer.

—Desaparecería… —dijo su madre, como en una epifanía. Eric puso los ojos en blanco.

—Literalmente.

Su madre estiró la mano hasta la bandeja donde había llevado el mate, la pava y los bizcochitos agridulces que tanto le gustaban. Sirvió uno, comprobó que estuviera bien de temperatura y gusto, y se lo pasó a su hijo. Eric sorbió recostado en las almohadas, mirando la nada. Ella fue quien sucumbió al peso del silencio.

—¿Quién es Vera? — Eric levantó la vista y la clavó en esos ojos idénticos a los suyos.

—Es... — No era duda lo que ahogaba sus palabras, sino incertidumbre. Aún después de lograr detener la crisis, "sacrificarse" por llamarlo de alguna manera, y el anhelo que llenaba su alma de que sus sentimientos fueran correspondidos, le costaba ponerle nombre a su relación, porque novia no era un concepto unilateral, y él, hasta ese momento, sólo podía hablar por lo suyo.

—¿Hace mucho que están juntos?

Dahlia era rápida para las cuentas, no como Sebastián. Ella ya sabía todo, o eso era lo que pensaba. Por ser quien le dio la vida, la consideró merecedora de conocer detalles de la relación.

—No mucho — *¡Ah, te jugaste!* Se recriminó.

—¿Con ella pasaste las fiestas?

—Sólo año nuevo.

—¿Vive allí?

—No. Su padre —. El cambio de gesto le advirtió que había tocado un nervio.

—¿Fuiste a conocer al padre?

—No fue tan así, pero sí... Se dio así y así pasó.

—¿Y...?

—¿Y qué?

—¿Qué pasó?

—Mamá, como detective te morís de hambre. El padre tiene una posada turística en Los Roques, el lugar que iba a desaparecer por las exploraciones petroleras que yo llevé adelante.

—¿Y?

—¿Cómo y? ¿No viste la tele estos días? ¿Los noticieros? ¿Los diarios? ¿Internet?

—Tu padre me tuvo de inventario en el negocio y...

—Mamá...

—Sí, vi todo. Pero no era tu culpa, vos sos un empleado, no el dueño, ni siquiera el que va a extraer. Además, que poca seguridad en ese país. ¡Cuándo desbordaron las vayas! ¡Madre de Dios! ¡Cuándo esa loca se te tiró encima! ¿Y si hubiera estado armada? ¿Y si te lastimaba? ¡Qué locura! ¡Ojalá todavía esté presa!

—Esa era Vera.

Dahlia se quedó mirándolo con la boca abierta y la expresión desencajada.

—Mamá, Vera tenía razón y fue a través suyo que pude ver lo que hacía mal, y por lo que siento por ella, es que decidí, no sólo terminar con ese trabajo, sino detener ese proyecto.

—¿Por ella?

—Sí, algo así, pero también por lo que el lugar significa para ella, para su padre, para todas las personas que conocí...

—En tres días...

—No se trata de cuánto tiempo se vive, sino de cómo se vive ese tiempo.

—¿Estás enamorado?

—Sí.

Así nomás se lo dijo. Y si a su madre no se le destrababa la mandíbula de la cantidad de veces que la desarticuló, estaba salvado. Él, que nunca, en sus 33 años había llevado una novia a casa, blanqueado una amiga con beneficios, o subido a una mujer más arriba del estatus de conquista, estaba confesando a su madre que estaba enamorado, de la chica a la que había visto en televisión darle vuelta la cara de un cachetazo al mejor estilo André - Kulliok.

Después de un silencio bastante prolongado y varias idas y vuelta de mates, por fin preguntó:

—¿Hablaste con ella?

—No

—¿Vas a llamarla?

—¿Para decirle qué? Lo que tengo que hablar no se lo puedo, ni se lo quiero decir por teléfono.

—¿La vas a ir a buscar?

—Sí.

—¿A la isla?

—Si está allí, si, sino, peinaré el mundo hasta encontrarla.

—¿Dónde vive?

—En Canadá, pero trabaja de fotógrafa, así que viaja mucho.

—¿Así se conocieron? ¿Viajando?

—Sí.

—Andá y hacelo, no la pierdas.

—¿Por qué? ¿Porque se dio el gusto de pegarme como vos nunca pudiste?

—Que no haya querido no significa que no haya podido. Yo elegí no pegarles nunca. No creo en los golpes. No la pierdas, porque es la mujer que saca lo mejor de vos, la que te transforma en algo mejor. No estés con ella sólo por lo que es, por dentro o por fuera. Quedate con ella por lo que sos cuando estás con ella.

Esa frase retumbó como un trueno en las paredes de su corazón.

—Y no sólo es lo que soy con ella, sino lo que quiero ser, lo que quiero construir: Una vida, una familia, un hogar...

Dahlia se sentó en la cama con los ojos llenos de lágrimas y abrazó con fuerza a su hijo.

—Tengo que conocerla y convencerla que tienen que vivir aquí

Eric se aferró a su madre. Sin decir mucho más, ella ya se había dado cuenta que él la seguiría donde quiera que quisiera estar, porque no le importaba otra cosa que Vera y su amor.

✤ Capítulo 10 ✤

16 de Enero

Diez días habían pasado, parecían diez años. Todo seguía igual, imperturbable, con la calma después de la tormenta. Y aunque pareciera, nada era igual, aquí, adentro, donde las cosas se conservan, donde nada las puede tocar.

Diez días después del miedo, Vera se quedó esperando, como nunca en su vida. En el peor momento entre ellos, él siempre hizo hincapié en verse fuera de allí, en el mundo real. La ilusión la hizo sentir como una niña. Entonces la realidad golpeó, y no fue tan fuerte para afrontarlo. Las cartas eran otras, el juego estaba perdido.

Diez días atrás lo inminente era la tragedia, la batalla, la derrota. Como nunca en la historia dividida de Venezuela, el pueblo entero salió a la calle; en todos los rincones del país, del llano al oriente, de Mérida al Amazonas, hombres, mujeres y niños salieron embanderados y abrazados reclamando por su derecho. En el mar, humildes botes de pescadores y yates lujosísimos rodearon el imponente barco que trasladaba la estación de exploración submarina. La televisión no tenía un presidente en cadena nacional, y aún así en todos los canales de aire y cable se veía lo mismo: a pantalla partida, se enfocaba el Palacio Presidencial de Miraflores y el Capitolio Federal, donde los legisladores se reunían para la primera sesión ordinaria de la Asamblea Nacional. Había gente con radios, teléfonos, televisores y computadoras portátiles, lo más actual de la tecnología, que se conjugaba con gritos de la época de la Colonia, donde el pregón diseminaba la noticia. Por ahí sonaba una gaita o un joropo y por momentos la gente se reunía, una y otra vez, cantando el himno nacional.

Caía la tarde el Seis de Enero, cuando los legisladores se reunieron con el pueblo, el Presidente salió a la calle, y sin micrófono, a viva voz, ampliado por los gritos a su alrededor, se anunció que no habría ninguna modificación a la ley de Parques Nacionales. Los Roques seguían siendo intocables.

Vera ya no podía mirar la televisión. Estaba parada en la puerta de la posada, con los brazos cruzados y los ojos puestos en ese gigante amenazador de azul y rojo. La noticia fue como una explosión, como si todos hubieran salido despedidos de sus casas, directo a la playa. El rumor se levantó sobre la arena como los pies descalzos que corrieron al mar, hombres y mujeres, jóvenes y viejos, todos se reunieron con el agua y corrieron hasta que las ropas se mojaron, bailaron, cantaron y lloraron, y desde la costa pudieron verse los fuegos artificiales que se lanzaban desde la Capital. Se sintieron más hermanados que nunca, el agua azul del Caribe, transparente, libre e intocable como la sangre roja en sus venas. Mientras todos festejaban, Vera entró a la casa y se quedó parada frente al televisor, recorriendo los canales para encontrar otra cosa que no fueran festejos, otro rostro que no fuera el del presidente. En los canales nacionales e internacionales la noticia era una sola y se repetían una y otra vez las mismas imágenes.

Diez días después, Vera había decidido dejar de esperar.

En algún momento debía volver a la realidad, y quedarse ahí, cruzada de brazos, no era la manera que debía hacerlo. Los primeros días no se movió de al lado del teléfono, esperando un llamado. Después decidió abandonar la oficina pero no la posada, sólo por si acaso. Volvió a conectar el *iPad* de Eric, que no había abierto desde que había explotado la hecatombe, y probó mandar un email a su casilla. Todas sus direcciones aparecieron como cerradas, los mails regresaron. Esa noche la pasó en vela conectada a Internet, buscándolo por toda la red. Nada apareció. Era como si se lo hubiera tragado la tierra. No había fotos, ni cuentas en las redes sociales, ni en el sitio de *Trexxon* ni en los sitios profesionales. Buscó en Argentina, en Estados Unidos, incluso en Armenia. Nada. Eric Artinian no existía.

Había sacado pasaje en el vuelo de *American Airlines* de las 11 de la mañana con escala en Miami y Chicago. Le había prometido a Mempo que estaría en casa ese día y ya estaba demorada. Nada peor para alguien cuya única manera de relacionarse con el mundo era tener todo bajo control y anticipado, que no cumplir las fechas. Su madre ya la estaba odiando por eso.

Era un día maravilloso en Los Roques, de esos que hacían que la gente desapareciera de las posadas y llenara las playas y cayos adyacentes. Había terminado de preparar las habitaciones para el nuevo contingente de turistas que llegaba. Carmen y su padre habían ido a esperarlos, Betzabel estaba preparando los refrigerios de recepción y Chechy había ido a buscar el pedido de bebidas a la despensa. Encendió el televisor con la esperanza de encontrar algo. Siempre lo hacía en horas del mediodía, donde la *CNN* tenía su segmento de Economía global. Con tanta investigación ya se había convertido en experta en petroleras y personas desaparecidas.

Al inicio del segmento, se sentó en la mesa de centro, cerca del aparato con el control remoto en la mano. El epígrafe de la nota hablaba de la conferencia de prensa realizada por el vocero oficial de la petrolera *Trexxon* por el Affaire Los Roques, que había motivado una movilización local e internacional sin precedentes. Dejó de respirar. Se incorporó y se apoyó sobre sus rodillas para poner todos sus sentidos en la noticia.

El tipo, Harry Bumbury, vocero oficial de la multinacional *Trexxon*, habló:

"Nunca fue nuestra intención desencadenar semejante situación. Nuestra empresa sigue los procedimientos estandarizados de investigación y negociación, respetando las políticas y leyes de todos y cada uno de los países en los que trabajamos e invertimos. No es nuestra primera inversión ni exploración de este tipo, pero entendemos que el lugar y su significado es sensible e importante para su población. Es por ello que hemos decidido dar un paso atrás y realizar más estudios preliminares y decidir, en conjunto con PDVSA y el Gobierno de Venezuela, cuáles serán los pasos a seguir"

Después de las declaraciones del Vocero, parecía un compacto, lo que se sucedían eran imágenes de la revuelta de en Caracas, la primera en la que ella había participado. El analista económico hablaba de las implicancias de la explotación y Vera trató de prestarle atención. Subió el volumen.

En el momento que el analista explicaba los costos económicos y financieros de la fallida operación, el nuevo contingente de turistas entró a la posada, las voces de Carmen y Betzabel explicando las comodidades del lugar, donde comer y dejar las cosas, tapaban la del analista. Se acercó más a la pantalla y volvió a subir el volumen.

—Vera, el volumen —dijo una voz más atrás. Su padre. En ese momento vio la imagen de Eric entre los tipos de traje. Subió más para escuchar que la cabeza que había rodado como consecuencia del fracaso había sido la del ejecutivo junior encargado. Las palabras la hicieron temblar. Otra vez su padre habló. —Puedes bajar el volumen, por favor.

Todavía dándole la espalda, puso los ojos en blanco y bajó el volumen, pegándose más a la pantalla.
—Necesitamos que nos des una mano aquí. — Quiso gritar. El analista estaba hablando de Eric, de sus antecedentes, de las operaciones en las que había intervenido, eso ella lo había leído en algún reporte de *GP* cuando viajaba a Caracas. No quería saber nada de su pasado, no le importaba, lo único que quería era saber dónde estaba.
—Vera.

Miró por sobre el hombro a la comitiva. Las dos mujeres llevaban dos niños pequeños en brazos. Las dos parecían hermanas, o madre e hija, eran idénticas: de cabello castaño claro, suelto, tez bronceada y ojos celestes. Los dos hombres no se parecían ni por asomo, pero vestían la misma camiseta de fútbol celeste y blanca. Le castañearon los dientes.
—Buenas tardes — dijo en un hilo de voz. Se apartó del televisor y llegó hasta la recepción. Tenían reservadas tres habitaciones, ¿dejarían a los bebés solos siendo tan pequeños? Se le apretó el corazón.
—Vera, acompáñalos a su habitación y dales una mano para armar la cuna.
—Ok.

Se dibujó su mejor sonrisa y se apuró a levantar el bulto rectangular que de seguro era la cuna portátil.
—Por aquí. —Las dos mujeres la siguieron mientras los hombres se quedaban cerrando los trámites de recepción y pago. —¿Cuánto tiempo planean quedarse?
—Dos semanas.

—Es un lugar fabuloso para los niños. Los peces de colores los volverán locos.

—Estoy segura.

—No es necesario que les diga que tomen recaudos con el sol. En los horarios del mediodía está muy bravo. Pero podemos armarles algo atrás con una piscina inflable que debemos tener guardada. —Se dio vuelta y miró al bebé más grande. Estiró un dedo para que jugara con él.

—Soy muy quisquillosa con el sol, pero igual gracias por el consejo — dijo la mujer más joven.

Las hizo pasar a la habitación, acomodó sus bolsos y dejó la cuna en la puerta.

—¿Necesita que le arme la cuna en la otra habitación?

—No. Aquí está bien. Pero no es necesario. Mi esposo la armará después.

Vera les mostró la habitación y el baño, e hizo un relato ausente del discurso que tenían memorizado para los huéspedes. En eso estaba cuando miró a la muchacha más joven. Hacía un esfuerzo para no reírse. Se miró con disimulo, esperando no estar con la ropa al revés o con la cara manchada. Podía suceder… estaba tan despistada últimamente.

—Vera.

—¿Sí?

—Eric está afuera.

Su cuerpo quedó inmóvil del impacto, incapaz de obedecer las órdenes de su cerebro, su corazón y su sistema vital. Uno le decía que indagara que quería decir esa muchacha con la frase "Eric está afuera", el corazón, que saliera corriendo a buscarlo y su sistema vital que se sentara porque sino se desplomaría. El bebé más grande sumó su cuota gritando:

—¡Tío! ¡Tío! ¡Tío!

—Yo... — La mujer más grande con el bebé más pequeño estiró una mano para agarrarla de un brazo y sentarla en la cama. La más joven no podía aguantar la risa. Vera estaba a punto de colapsar.

—Si a esta nena le pasa algo, voy a matar a tu hermano —. Vera las miraba a las dos, desde donde estaba sentada, poniéndoles rostro a las personas de las que Eric le había hablado.

—Se quiere hacer el romántico y le sale taaaaan mal.

—¿Dónde está?

—Me dijo que te dijera "afuera" —dijo entornando los ojos al borde de quedar bizca.

Vera se excusó y salió como pudo de la habitación. Le temblaban tanto las piernas que quizás levitó hasta la puerta. Se quedó parada mirando a un lado y al otro. Eric no estaba allí, ni en la puerta ni en el agua. Rodeó la posada y llegó hasta la salida de la cocina, donde estaban los sillones en los que una vez desayunaron. No, tampoco estaba ahí. Volvió a la puerta principal, mirando alrededor. Sabrina, la hermana de Eric estaba en el primer escalón del frente de la posada, mirándola entre condescendiente y divertida. Le hizo una seña con el dedo hacia la izquierda, al camino que llevaba al aeropuerto, o por lo menos en ese sentido. Podía ser que se hubiera quedado ahí.

Salió corriendo.

El corazón le latía tan fuerte que pensaba que se iba a morir ahí. Y había sobrevivido a tanto hasta ese momento que sería un mal chiste del destino morirse sin verlo antes. El sol le pegaba de frente y había tanta gente en la playa que iba a tropezar con alguien y romperse el cuello. Cayó una vez pero pudo atajarse con las manos. Unos niños se rieron. Correr en línea recta no era su fuerte y menos sobre la arena. Se sacudió y prosiguió, descalza, cuando esa voz que sólo escuchaba en sueños dijo su nombre.

—Vera.

Y ahí estaba él, sentado, en toda su gloria, opacando el paisaje, con su camiseta de *GREENPEACE* celeste y sus bermudas blancos y su pelo revuelto por la brisa, levantándose los anteojos. En el extremo opuesto, la antítesis, estaba ella, con las manos, y de seguro también la cara, llenas de arena, con su short de jean más roto y su camiseta blanca de *GREENPEACE*, que usaba todos los días desde que había vuelto de Caracas. Carmen la lavaba de noche y la tenía lista para el día siguiente. Se sacudió las manos y trató de acomodar su pelo, pero el viento no la iba dejar parecer una modelo salida de revista. Algunos podían, como Eric, otros, hacían lo que podían, como ella.

—Hola.

Se acercó y se sentó junto a él.

—¡Qué divertido es verte correr por la arena y caer! —Ella quiso golpearle la pierna por la broma y él aprovechó el movimiento para sostenerle una muñeca y acercarla. La detuvo a un centímetro de su rostro, casi rozando su nariz. Tenerlo tan cerca le quitó la respiración, mirarlo de nuevo a los ojos fue ahogarse en ese azul de mar, morir y ser feliz. —Te extrañé.

Ella sonrió y lo acarició con la punta de la nariz, susurrando contra sus labios:

—Yo también.

Su beso fue tierno, inesperado por lo dulce, por lo suave, como si nada hubiera pasado ni diez días que pesaron diez siglos ni eventos que amenazaron separarlos. Como el de un aniversario, que guardan en su simpleza y en su significado el resumen de una vida juntos. Y no se quejaba y le encantaba, pero le quemaba en la mente las imágenes de lo que las palabras "te extraño" y "te necesito" reflejaban en el más carnal de los sentidos. Pero ese beso fue más allá, y con los ojos cerrados, sintió que tocó su alma. Y cuando pensaba que podía medir sus reacciones y responder a ellas, él podía sacar otra faceta y encenderla, y enamorarla, una vez más.

La miraba con esa sonrisa de medio lado, entre satisfecho y pagado de sí. ¿Ilusionado también?

—¿Qué hiciste, Eric?

—Lo que tenía que hacer —, dijo acariciando su rostro con los pulgares. —Tenía que proteger mi paraíso.

Allí, sentados en una escalera de piedra frente al mar, con el sol y la arena de testigos, él la besó otra vez y ella le entregó su corazón... otra vez, para siempre.

꧁꧂

Cuando por fin pudo desprenderse de sus labios, y el cielo era testigo de lo mucho que le costaba mantener la cordura y la postura en ese reencuentro, la estrechó entre sus brazos y se puso de pie, arrastrándola de la mano. La hizo subir un escalón para quedar a la misma altura y jugueteó con sus dedos sin dejar de mirarla, como si tenerla allí, de nuevo, no fuera suficiente. Él necesitaba más.

—Necesito hablar con vos —. Ella parpadeó dos veces.

—Sí.

Entonces, toda la seguridad adquirida con horas y horas de práctica, desde el momento que había tomado la decisión más trascendente de su vida hasta ese día, se desvaneció en el aire y quedó ahí, desnudo y expuesto, como si lo hubieran soltado en el aire sin paracaídas a 10 mil metros de altura. Se le secó la garganta y empezó a respirar entrecortado. Pero pudo disimularlo.

—Sé que suena precipitado, aunque en esta relación todo ha pasado muy rápido, pero quiero preguntarte si...

—Sí.

—Quiero preguntarte si...

—Sí. Sí a lo que sea. Sí a lo que quieras preguntarme. Mi respuesta es sí.

—¿Estás segura?

—Absolutamente.

Si el corazón no se le detenía en ese momento, tenía una salud de hierro. El padre Humberto abrió la única puerta de la Iglesia y les sonrió.

—Ya tengo todo preparado, Eric. Cuando quieras...

Vera perdió todo el color del rostro y él se rió para adentro. No le dio tiempo a nada. Superó los escalones de una sola zancada y la arrastró dentro de la Iglesia. ¿Dónde más podría estar la casa de Dios si no era ahí? Él también hubiera elegido ese lugar.

—Eric... —balbuceó Vera, sin negarse ni retroceder, pero visiblemente conmocionada. La adelantó hacia el altar donde el padre tenía acomodado un jarrito de cristal con agua bendita, supuso, una bandeja de plata y la cajita de terciopelo rojo que él le había entregado. Sus ojos marrones, muy abiertos en muda incredulidad, miraban la escena con expresión de querer salir corriendo de allí. Eric se inclinó y dijo:

—Vos dijiste sí.

El padre Humberto abrió la cajita de terciopelo, sacó los tres anillos y los colocó en la bandeja de plata. Sentía a Vera temblar entre sus brazos.

—Eric me dijo que fue el anillo de compromiso de su madre.

Vera lo miró de nuevo y tuvo que hacer un esfuerzo para no reírse de su expresión. El padre hizo la señal de la cruz sobre los anillos, los roció con agua bendita murmurando algunas frases, los elevó sin moverse del lugar hacia las tres imágenes que dominaban el altar. Después de una última señal de la cruz, extendió la bandeja hacia Eric. Él tomo el único anillo con una piedra y buscó la mano derecha de ella, extendiendo sus dedos, recorriéndolos desde la base hasta la punta.

—Vera, no puedo vivir sin vos. Cambiaste mi vida y por eso te pertenece. No quiero un cuento de hadas, quiero una historia con vos. No quiero un tiempo sino una eternidad, porque con vos todos mis sueños, se hacen realidad. ¿Vera Di Lorenzo, te querés casar conmigo?

—¿Ahora?

Eric se rió entre dientes y negó. Entonces ella asintió y él coloco el anillo en su dedo anular. Sostuvo la mano entre las suyas, se inclinó y besó su piel, que tembló contra sus labios. La acercó a su lado y sin soltar sus manos volvieron a enfrentar al padre.

—Ante la Iglesia, el compromiso tiene un significado especial, un valor sacramental. Que la gracia de Dios los acompañe y que en este anillo, que hoy brilla, se inmole la luz eterna del amor para iluminarlos siempre.

Recibieron la bendición, saludaron al padre, guardaron los anillos y abandonaron la iglesia juntos. Con sus manos entrelazadas, caminaron lento por la arena, camino a la posada. Eric se inclinó a un costado sobre ella y susurró:

—Te asustaste, ¿eh?

—Sólo podía pensar: mi mamá me mata.

—La mía también. Y mi hermana ni te cuento. Vamos, quiero presentarles a la futura madre de mis hijos.

༺ঔ ঔ༻

Eran las 2 de la mañana cuando el último visitante se marchó de la posada. Félix y sus amigos habían venido para saludar a Eric, como muchos otros, después de la cena. Era un secreto a voces que estaba en la isla y él había sido el héroe que intercedió por el futuro de las islas. No había que ser un genio para saber que le había costado el puesto en la petrolera. Aún así, desempleado y vapuleado por los medios, él lucía feliz, exultante, y por nada del mundo soltaba la mano de Vera, esa que llevaba el anillo de compromiso que hoy más que nunca, la declaraba suya.

Tomaron unas cervezas a la luz de la luna, que parecía brillar más esa noche, y programaron un encuentro en Francisquí antes de que Félix partiera a la competencia internacional de Kite en Marsala, Italia, pero todos entendieron que no sería mañana.

Y como dice Gustavo: "ya lo sabes nada es casualidad", la habitación que compartían, era la misma que antes.

Ni siquiera encendieron la luz, se adivinaban en el calor de la noche. Tampoco necesitaron música, sus respiraciones y el roce de su piel era la orquesta necesaria.

—Combinamos —dijo ella acariciando su camiseta celeste y haciendo alusión a la suya. Él se la sacó tirando del cuello y después le hizo levantar los brazos para sacar la suya también. Cuando el pecho de ella rozó el suyo, él acarició su costado, deteniéndose en la curva de sus senos.

—Ahora también.

La ropa cayó lentamente y cuando la tuvo desnuda, la hizo sentar en la cama y estirarse sobre el colchón. El chasquido de sus labios sobre su piel rompía la noche y su lengua saboreaba su sal. Se tomó su tiempo, no escatimó atención en cada centímetro que así lo demandó y prestó especial mimo a todo aquello que había aprendido que le gustaba, escalando en gemidos, tensando su espalda.

Llegó al ombligo y el preludio le hizo vibrar el vientre. Sus manos se deslizaron por sus caderas, presionando sus muslos para que se abrieran. Sus dedos hábiles se metieron en su piel, atendiendo cada resquicio en su avance sigiloso. Sentir su interior era parte de su delirio y no podía esperar por más. Sin darle tiempo a sus dedos a salir, sumó su boca al juego y su lengua jugó en círculos con un dedo y esa piel húmeda con forma de pera que ya no era un secreto para él. La respiración de Vera se elevó como sus caderas y sus gemidos se ahogaron bajo una almohada. La llevó hasta el límite y más allá, hasta el momento en que se tensó y se quebró, y sus piernas apretaron su cabeza para no dejarlo escapar. La sostuvo mientras caía de su gracioso espiral.

Cuando se relajó entre sus manos, escaló con besos hasta su boca y allí se quedó dejándose devorar. Ella se aferró a su cabello y lo separó de un tirón.

—Quiero más —demandó.

෧෧ඓ ඓ෧෧

No dejó que tomara el pedido al libre albedrío y sacó de abajo de la almohada uno de los tres preservativos que había escondido en una de sus escapadas al baño.

Carmen ya le había dicho que guardaban esa habitación para ellos, así que se encargó de preparar el terreno, sólo por si acaso.

Eric abrió el sobre con los dientes y se protegió antes de colocarse sobre ella. Su mente se agitaba al ritmo de sus fantasías, esas que él provocaba, inventaba y satisfacía para ella. Enganchó una de sus piernas con un brazo y ella hizo gala de una destreza que no tenía, pero de su mano podía ser hasta Nadia Comaneci: apoyó el tobillo en su hombro y él lo besó como si fuera precioso.

Se apoyó en su sexo, allí, donde su boca había estado, que permanecía sensible a sus besos y el reciente orgasmo que había sido sólo un preámbulo, lo sabía, porque lo que asomaba a su interior en ese momento era lo que en verdad quería. Presionó con su cuerpo, enterrándose despacio, su pierna elevándose en la medida que él se acercaba. El calor se concentraba mientras sus músculos se estiraban, despacio. Su pausa era un deleite, podía sentirlo expandirla más y más, hasta llegar al fondo. Se empujó más dentro de ella y ahogó el dolor en un gemido. Él le beso la nariz y susurró:

—Te amo.

No llegó a decir "yo también" o "yo más" porque desapareció de sus labios y con rapidez retrocedió, levantó su otra pierna y las abrazó contra su pecho, mientras arremetía con fuerza contra su interior, haciendo el mismo recorrido que antes había sido sereno, casi con violencia. La posición generaba una fricción diferente que la estimuló con tanta intensidad que un nuevo orgasmo escaló sin poder detenerlo. No encontró la almohada para ahogar sus gritos, que eran la única manera de liberar el vapor de su interior. Apenas si atinó a taparse el rostro con ambas manos y morderse casi las muñecas, mientras perdía el control.

⁂

Todo eso era una visión, verla sacudirse por su culpa, su pecho, su cabeza, su cuerpo arrastrarse sobre las sábanas en tanto él se clavaba en su interior. Si él pensaba que la necesitaba, era recién en ese momento que se daba cuenta de cuánto y cómo, lejos de lo racional y lo poético, cercano a lo animal. Su orgasmo fue brutal, algo que nunca había sentido, una fuerza que lo sacudió incluso fuera de su piel, como poseído. En el último espasmo de su liberación, dejó caer sus piernas y se derrumbó temblando sobre ella, resoplando sin poder volver a recuperar el aire.

Le costó volver a la normalidad y mucho más abandonar su cuerpo. Rodó sobre su costado y la obligó a enfrentarlo. Apartó sus manos, secó sus lágrimas y esperó que se calmara. Por fin ella exhaló.

—Espero que algún día pueda terminar una sesión de sexo sin llorar.

—¿Tan malo soy?

—Malísimo.

—Debe ser la falta de entrenamiento.

—Llámame si me necesitas. De entrenadora personal o puching ball, soy tu chica. —Eric se acercó, tomó su rostro entre ambas manos para besar sus labios y luego susurrar:

—Seguro que sos mi chica.

✣✦ Epílogo ✦✣

10 años después

—Hasta el lunes, señor Artinian.

Eric miró por encima de la pantalla de la computadora a su secretaria, la última que quedaba en la oficina, además de él.
—Hasta el lunes, Marina. Que descanses.

Ahora sí, estaba solo. Se quitó los anteojos y masajeó el vértice de sus ojos a la altura del tabique. La tensión lo iba a matar. Todavía le quedaban dos informes por completar y revisar. Con lo que odiaba llevarse trabajo a casa. Se echó para atrás en su sillón y apoyó los pies en el escritorio. Estiró la espalda y cerró los ojos, tratando de aliviar las tensiones que lo agobiaban. Las reuniones, la ciudad, la rutina. A veces se sentía ahogado, hasta vulnerable.

El ruido del teléfono en la oficina contigua lo hizo abrir los ojos y la primera imagen que tuvo fue el protector de pantalla con la foto de sus últimas vacaciones en la playa. La recorrió en detalle, aunque se la sabía de memoria: se repetía en el portarretrato en su escritorio y en el fondo de su teléfono. ¿Cuántos años le faltaban para jubilarse y escapar a su paraíso? Escapar...

El teléfono seguía sonando, ¿es que acaso la gente no entiende el concepto de "atendemos hasta las 18 horas"? Digitó dos números y capturó la llamada entrante.

—Estudio Da Prá y Asociados, buenas noches —, recalcó en la última palabra. Hubo un breve silencio y se vio tentado de cortar. Lo detuvo la voz suave que apareció del otro lado de la línea.

—*Buenas noches, con el señor Eric Artinian, por favor.*

Se acomodó en el asiento y contuvo la respiración. Ese acento, esa entonación. Esa voz. Volvió a mirar la pantalla de su computadora y la apagó.

—Vera…

—*Eric.*

—Hola… — parecía un adolescente. Se recompuso en su propio cuerpo y trató de soltarse. — ¿Cómo estás?

—*Bien. Haciendo malabares para encontrarte.*

—Ah… ¿sí? ¿Tan difícil soy?

—*Un poco…*

—¿Dónde estás?

—*En Buenos Aires… sólo de paso. No quise perder la oportunidad de… verte…* —sus manos tantearon en el bolsillo de su saco, buscando el teléfono. ¿Qué hora era?

—Bueno, si querés… podemos… —las imágenes y las posibilidades le hicieron agua la boca. —… encontrarnos…

—*Estoy abajo, en la entrada de tu oficina.*

La comunicación se cortó y se quedó mirando el aparato. Las imágenes y las posibilidades le secaron la garganta.

Tres golpes en la puerta lo sacaron de su ensoñación. Se acomodó la corbata, arregló su cabello con los dedos y se volvió a poner el saco. Abrió la puerta de su despacho y atravesó el hall de recepción hasta la puerta principal de la oficina de Da Prá & Asociados. Después de renunciar a *Trexxon*, su nombre también era su estigma, aunque algunos todavía contrataran sus servicios por la leyenda que lo precedía. Pero a él no le importaba, estaba bien así.

Se acomodó de vuelta el saco antes de abrir, con el corazón rebotándole en el pecho. Su cita levantó los ojos y sonrió.

—Vera —. Diez años después, ella seguía tan hermosa como siempre, más aún. Vestía formal, con un traje de falda y saco entallado color azul, camisa blanca y zapatos altísimos. Su pelo seguía largo pero caía en bucles elaborados sobre un hombro. ¿Había ido a la peluquería para él? Estiró una mano, invitándola a pasar y ella avanzó directo a la oficina. —¿Querés tomar algo?

—Agua está bien.

Él se acercó hasta el pequeño refrigerador, sacó una botella de agua mineral, le sirvió un vaso y se sentó de nuevo, bebiendo el resto del envase. Ella desabrochó el único botón de su saco, colgó el bolso que llevaba, carísimo como todo lo que usaba, y tomó asiento, cruzándose de piernas. Desde donde estaba podía ver al trasluz de su camisa el conjunto de ropa interior que usaba ese día, de seguro *Victoria´s Secret*, al igual que su perfume, el que todavía lo devolvía a la primera vez que se vieron, diez años atrás.

—Gracias por llamarme.

—Devolución de gentilezas, la última vez tú me buscaste —. La pausa fue sugestiva y sus ojos fueron a sus manos. Ningún anillo allí, sonrió de costado. Él no se molestó en ocultar el suyo. —¿Cómo estás?

—Acostumbrado —. Ella arqueó una ceja sin comprender y él se rió entre dientes. —Estoy bien, Vera. Mejor al tenerte aquí.

Ella sonrió. Él no supo qué decir... qué esperar. ¿La dejaba tomar la iniciativa o iba por ella? La intriga lo estaba matando.

Incómoda en el silencio, dejó que sus ojos vagaran por el escritorio, desordenado y lleno de papeles, hasta el único portarretrato. Se adelantó hasta alcanzarlo y girarlo, para admirarlo con detenimiento.

—Me dijiste que tenías cuatro niños. —Eric se inclinó sobre el escritorio y se acercó lo suficiente para poder mirar lo mismo que ella. La foto estaba tomada desde atrás de una mujer, se notaba su pelo y parte de su cuerpo, y un poco más allá, él jugando con tres niños, en un mar celeste de ensueño. Describió una curva más abajo con el dedo.

—Mi esposa estaba embarazada de la más pequeña, Nati. Allí están Anto, Nacho y Gus.

—¿Quién sacó la foto?

—Mi hermana.

—Sabrina. —Él asintió y ella volvió a poner la foto en su lugar. Aprovechó la cercanía para sostener su muñeca y atraerla, haciéndola rodear el escritorio.

Hacerla pasar una pierna por sobre las suyas y acomodarla en su regazo pareció un movimiento coreografiado, ensayado. La falda acompañó su lento descenso, deslizándose hacia arriba, develando más de la lencería que se insinuaba a través de su camisa. El conjunto continuaba en un portaligas que sostenía las medias de color natural, nada más. Acarició la piel que se escapaba bajo el encaje y la apoyó en su entrepierna. Ella friccionó su sexo con alevosía, sin dejar de mirarlo a los ojos.

—Te extrañé tanto...

—Mentiroso.

—¿Te parece que miento? No puedo sacarte de mi cabeza. Sos un tormento.

—Si te hace mal... —murmuró, queriendo apartarse y él la sostuvo, escalando por su cuerpo hasta llegar a su cuello.

Ella se estiró, ofrenciéndose aún vestida, disfrutando de la caricia que podía convertirse en una presa siniestra. La tomó del rostro y la obligó a mirarlo. Sentía que sus ojos ardían en la pasión incontrolable que esa mujer podía desatar.

—¿Querés que los deje? ¿Querés que abandone todo? Mi casa, mi mujer, mis hijos, mi trabajo...

—¿Lo harías? ¿Harías eso por mí? — No dudó. Su respuesta estuvo en ese beso hambriento, abrazador, que buscaba poseerla y disfrazar, detrás de toda su puesta de macho superpoderoso, que no podía vivir sin ella. Estaba mareado cuando la soltó y se apoyó en su frente para recuperar el equilibrio. Vera le acarició el rostro con un solo dedo, desde la sien hasta la comisura de los labios.

—Me pasé la vida imaginándote, no es momento para ser cobarde — ahí estaba Cerati otra vez, poniéndole letra a sus sentimientos.

—Déjalo así. Estamos bien jugándola de amantes clandestinos una vez por año.

Le quitó el saco mientras ella se inclinaba para besarlo y la acarició a través de la tela, descubriendo los primeros indicios de su excitación. Sin soltarle los labios, sus manos escalaron hasta el cuello de la camisa y de allí tiraron para ambos lados, haciendo saltar los botones por el aire. Ella apretó las piernas, aprisionándolo. Eso lo desató. La empujó sobre el escritorio y la montaña de papeles aterrizó en el piso, desplazada por su cuerpo. Con la falda en la cintura, apoderarse de ella era tan sencillo como bajar el cierre de su pantalón, pero ella no parecía muy de acuerdo con el plan.

—¿Estás apurado?

—Algo...

—Quería ir a un hotel...

—Hoy no puedo, tengo que volver a casa y... —Vera lo apartó un poco y eso lo enfrió. Resopló fastidiado.

—Rectifico: Quiero ir a un hotel.

La agarró de la camisa y la acercó intempestivamente. La besó con hambre y ella se entregó. A la mierda el hotel, lo iban a hacer ahí mismo, ya mismo. Ya había liberado su miembro pero ella se apartó de nuevo.

—¿Si te llevo a un hotel, me vas a dar lo que quiero?

—¿Y qué querés? —dijo ella moviendo su pelo, ahora ondulado. Sus manos bajaron por sus caderas y se apoderaron de sus nalgas. Apretó su carne hasta marcarla y avanzó hasta el centro. Vera se rió contra sus labios —Siempre lo mismo.

Con la prestancia de siempre y aprovechando el factor sorpresa, la hizo dar vuelta para aterrizar de cara sobre el escritorio. Más cosas cayeron. El vidrio del portarretratos explotó contra el suelo. Buscó el frente de su corsette con una mano, lo bajó liberando sus pechos y la escuchó gemir cuando sus pezones chocaron contra el frío de la superficie vidriada. Sabía que eso la volvería loca, como lo salvaje, lo prohibido. Él la había modificado en su esencia, como ella lo había logrado con él. Eran afines y complementarios. Volátiles en la conjunción.

—Quedate quieta —gruñó cuando ella quiso acomodarse, apretándola contra el escritorio. Subió la mano libre por su pierna, rozando la media de seda, el encaje y su piel. Ella buscó más fricción y consiguió un azote que la hizo temblar. En esa posición era toda una tentación soltarle las riendas al demonio.

La estimuló un poco antes de separarle las piernas con la suya y la penetró sin piedad, con los dedos también.

Estar dentro de ella seguía siendo su perdición y su rescate, sus alas y, en ese momento, su pasaje directo al infierno.

Sujetó su cabello y la sacudió con fuerza hasta llevarla al borde del orgasmo. Cuando la sintió vibrar de placer, se echó para atrás y la soltó. La atrajo hacia él mientras volvía a sentarse en su sillón y ella interpretó que debía acomodarse allí, pero no... él tenía otros planes.

La hizo girar y caer de rodillas entre sus piernas. Enredó los dedos en su cabello. La besó, recorriendo de nuevo toda su boca, y luego, sin soltarla, la inclinó sobre su regazo y la dejó hacer.

Echó la cabeza para atrás y cerró los ojos, rindiéndose al placer de su boca. Nunca habría nadie que lo hiciera mejor, porque él la había entrenado en persona, enseñándole como le gustaba la fricción y el jugueteo de su lengua, como manejarse con cuidado con los dientes, como llevarlo al extremo y sostenerlo allí indefinidamente hasta precipitar un orgasmo que, algunas pocas veces, había llegado a derramarse en su garganta. Sí... eso quería esa noche... eso también.

El teléfono en el bolsillo de su saco se encendió. Su primer impulso fue arrojarlo contra la pared, pero primero miró quien llamaba. Echó la cabeza para atrás hasta golpear el respaldo del sillón, enfurecido.

—No atiendas —susurró ella.

—No puedo...

—No...

—Shhhhh —la silenció, obligándola con una mano a seguir con su tarea, mientras con la otra contestaba, componiendo el tono. —Hola.

Escuchó la voz del otro lado todo lo calmado que pudo, mientras la traidora entre sus piernas optimizaba su destreza para volverlo loco.

—Ok. ¿Le diste el antitérmico? —Vera se olvidó de todas las recomendaciones y apretó el miembro con sus dientes, obligándolo a alejar el aparato y gemir con la boca cerrada. —Ok. Voy para allá.

Cortó la comunicación y se inclinó sobre Vera.

—Pará.

—¿Qué pasa? —dijo ella fastidiada, con los ojos en llamas.

—Nati tiene fiebre. Ten... — Quiso incorporarla pero ella fue más rápida, agarró su saco del piso y de camino a la salida, arrancó su bolso de la otra silla, desapareciendo del despacho, dejando una estela de dolor y por último un portazo que sacudió las paredes del edificio.

Eric se dejó caer en el sillón, intentando recuperarse. Como pudo, levantó los papeles del piso, trató de ordenar sus informes antes de guardarlos en su portafolios y apagó la computadora. Se acomodó en la ropa, se peinó un poco y caminó con paso cansado a la salida, apagando la luz de su oficina. Su teléfono sonó otra vez.

—Hola... Sí... Esperá...

Se acercó a la puerta del baño y golpeó despacio.

—Mi amor, pregunta mi mamá cuánto pesa la gorda.

Vera abrió la puerta con el pelo recogido y su conjunto de gimnasia negro, siempre *Victoria's Secret*, varios centímetros más baja de lo que la recordaba. ¿Cómo cabía un vestuario completo en la cartera de una mujer?

—Dame... Hola, Dahlia. Si. ¿Cómo está? Si, no es nada. Casi 8 kilos. 4 cc del Ibuprofeno naranja. En el botiquín... Ah, Ok. Sí, ya vamos para allá. Gracias.

Vera apagó el teléfono, se lo devolvió y salió por la puerta que él sostenía abierta. Esperó que él cerrara la oficina, de pie frente al ascensor. En cuanto llegó junto a ella, habló.

—Te dije que era muy chiquita para dejarla sola.

—No está sola, está con mis viejos.

—Tú me entiendes...

Entraron al ascensor y ella se apoyó de espaldas con los brazos cruzados. Cuando las puertas se cerraron, Eric la arrinconó.

—No te enojes... casi lo logramos…

—Nuestra vida sexual es un fracaso... —dijo ella al borde de las lágrimas. Soltó el portafolios y la abrazó con ternura.

—Vera, tenemos cuatro chicos, dos perros, una casa enorme. Trabajo como un animal y vos estás agotada de ir y venir, llevar y traer y hacer todo con mínima ayuda. Es una etapa...

Sus ojos aguados lo decían todo. Ya lo habían hablado, la rutina se los estaba comiendo, tenía miedo que ya no le gustara, que buscara otra. La fantasía de encontrarse como si esa rutina no existiera surgió entre los dos y cuando él llegó con todo el plan armado, para espantar sus miedos, ella sacó todas las excusas habidas y por haber. Entonces la obligó a hacerlo. A tomarse un día para ella, a arreglarse para él, incluso había encargado ese conjunto de ropa interior para la ocasión.

Todo iba a la perfección, pero sus vidas ya no dependían de ellos.

La hizo girar y la sostuvo frente a frente, inclinándose para besarla. Se apoyó contra ella y sonrió.

—Mirá como me tenés. Paro el ascensor acá y termino lo que empezamos arriba.

—No prometas lo que no vas a poder cumplir.

—¿Por qué no? —dijo estirando una mano hacia el panel de control.

—Porque quiero llegar a casa.

Se apartó, levantó el portafolios y bajó con ella en cuanto se abrieron las puertas en el primer subsuelo del estacionamiento.

Cuando salieron del edificio, Eric encendió la radio y maniobró para meterse en la avenida que los llevaba a su hogar, en la zona norte de la Ciudad de Buenos Aires. Un embotellamiento inusual llenaba de luces rojas la autovía y recordó que había un recital en un estadio al que se llegaba también por ahí. Les tomaría un rato largo salir de allí. Sonrió sólo para él.

Eric estiró el brazo hasta llegar al cuello de su esposa, de la mujer por la que había renunciado a todo y cambiado su vida para siempre. Su compañera, su todo, la madre de sus hijos. Se desabrochó el cinturón de seguridad, se acercó y la besó, como siempre y como nunca, con pasión, con adoración. Ella también soltó su cinturón y se acomodó contra él, que volvió a su asiento, mientras sus manos acariciaban su pierna...

No creía que fuera casualidad que en ese momento, en la radio, sonara Visiones del Paraíso de Mick Jagger.

Donde estuviera, mientras fuera con ella, siempre estaría en el Paraíso.

Libros Publicados

Saga Ángel Prohibido

Miénteme (Libro 1) en Amazon.com

Sálvame de Daphne Ars (Libro 2) en Amazon.com

Inspírame (Libro 3) en Amazon.com

Libérame (Libro 4) en Amazon.com

Rescátame de Daphne Ars (Libro 5) en Amazon.com

Escríbeme
barb.capisce@gmail.com
Sígueme en Twitter
@BarbCapisce
Léeme
http://barb-escritora.blogspot.com

Mientras esta novela está siendo editada y publicada, 30 activistas de **GREENPEACE** han sido apresados en Rusia después de que intentaron impedir **pacíficamente** que la empresa Gazprom, socia de Shell, hiciera la primera perforación para extraer petróleo en el Polo Norte.

Camila Speziale, argentina, fotógrafa, hermana de Pedro, que padece un trastorno dentro del espectro autista, ha sido acusada junto a otros 29 compañeros por piratería y vandalísmo, cuyas penas llegnas hasta los 15 años de prisión #**Liberenalos30** #**FreeArtic30**

Como Ciberactivista de esta agrupación, te pido encarecidamente, que nos ayudes a difundir su situación y la de todos los activistas. Ellos están defendiendo el planeta de TODOS.

Agradecimientos

A mi esposo Alejandro y a mis hijos, Pilar, Santiago y Bautista, por aguantar mis locuras y mis tiempos. Sin ustedes no soy nada.

A Mapi, por acompañarme en este viaje y ser mi compañera de ruta, guía espiritual y azotadora oficial

A Carla, gracias por tu amistad, apoyo y corrección.

A Stefanía, my right hand girl & BF, por la hermosa portada que diseñó para esta novela. A Marcelo por su ayuda en la edición final.

A mis hermanas: Alejandra, Janick y Karina.

A Daphne, Fernanda, Karina, y muy especialmente a María Auxiliadora, por su permanente e invaluable colaboración en cada uno de los aportes relacionados con la descripción de la cultura venezolana y argentina, para lograr este producto como reflejo de la Patria Grande que me abraza. A Mariana por su especial visión de y sobre mi trabajo.

A Gustavo Garcia Cuerva por su increíble y apasionado asesoramiento sobre Los Roques y el Kitesurf.

A Silvina Caputo y su familia, por su amistad. Gracias por permitirme usar el nombre de Mempo y que sea parte de esta historia tan especial.

A MyMuse por ponerle siempre el cuerpo a cuanto desafio le tiro enfrente. Quiero seguir escribiendo tus mil vidas #1000Lives.

A mi amigo Diego y su esposa Mariana, por su apoyo y contribución permanente a mi desarrollo como escritora.

A mis ídolos de siempre, Soda Stereo y sus miembros, Hector Bosio, Charlie Alberti y Gustavo Cerati, por musicalizar la historia de mi vida.

A todos aquellos que me leen, porque sin ustedes, esto perdería completamente su razón de ser.

¡Gracias Totales!

35144466R00154

Made in the USA
Lexington, KY
02 September 2014